スター作家傑作選

甘く、切なく、じれったく

ダイアナ・パーマー
レベッカ・ウインターズ　ジェシカ・スティール

Published by Harlequin Japan,
a Division of K.K. HarperCollins Japan, 2024

Contents

ジョブ・ドッド

Jobe Dodd

ダイアナ・パーマー
松村和紀子 訳

ダイアナ・パーマー

シリーズロマンスの世界でもっとも売れている作家のひとり。各紙のベストセラーリストにもたびたび登場している。かつて新聞記者として締め切りに追われる多忙な毎日を経験したことから、今も精力的に執筆を続ける。大の親日家として知られており、日本の言葉と文化を学んでいる。ジョージア州在住。

主要登場人物

サンディ・リーガン……………ITエンジニア。
テッド・リーガン……………サンディの兄。牧場主。
コリーン……………………テッドの妻。
ジョブ・ドッド………………テッドの雇った牧場監督。
ミッシー……………………ジョブに熱を上げている娘。
フィリップ・クランスン……サンディの上司。

1

彼は心底いやそうだ。サンディにはそれが手にとるようにわかった。どんな話であれ、サンディはジョブ・ドッドに話をおしまいまでじっと聞かせるのに苦労する。だが、いまはパソコンの話を聞かせようというのだから、よけいな文句はつけないに越したことはない。

「兄の牧場なのよ」サンディ・リーガンはぴしりと言い、のっぽで金髪の牧場監督をにらみつけた。「その兄が記録管理を現代的にしようと言っているの。したがって、あなたは現代的な方式で記録管理を行うってこと！」

信じられないほど高いところから、険しく細められたグレーの目がじろりと光ってサンディを見下ろした。すらりとした両手を引きしまった腰に据えたポーズが、無言のうちに、サンディと彼女の言ういまいましい機械に対する彼の意見をはっきり物語っていた。彼は大学の修士号は持っていないとしても、科学を見下してかかる尊大な態度はしっかり身につけていた。

「私の言ったことがわかった？　テッドはそうするつもりなのよ！」サンディは始末に負えない黒い髪のひと房をかき上げた。ひどいインフルエンザがようやく治りかけたところだ。テッドの妻で、サンディにとっては親友のコリーンがずっと看病してくれて、ずいぶんよくなった。とにかく、ついさっきまではそうだった。

「テッドはビクトリアのあの牧場をいまも所有している」ジョブはぶっきらぼうな低音の声で、前に働いていた牧場のことを持ち出した。テッドとサンデイがジェイコブズビルの代々続く屋敷に戻ってくる以前、彼はそこにいたのだ。「僕が向こうに移れない理由は一つもない」

「すばらしい案ね。あなたは向こうで働けるわ。テッドが私に、向こうの記録もパソコンファイルに切り替えろと言うまではね！」

彼は聖人でもむっとするにちがいない不躾《ぶしつけ》な視線をサンディに向けた。「君がそう勧めたとテッドに言っておこう」

サンディはぎゅっと口を引き結んだ。はらわたが煮えくり返っていた。怒り――それがこの男に対する積年の感情だった。十五歳の誕生日以来の宿敵だ。ジョブ・ドッドはサンディが大学に入る少し前にテッドのもとで働きはじめたのだが、サンディが勉強に励めば励むほど、彼はいやがらせを言って怒らせた。彼はよい成績で高校をきちんと出、その後に畜産学の職業訓練を受けていたが、エレクトロニクス機器については無知と言っていい。私は精通している。ジョブは私の専門知識をやっかんでいるのだ。

彼は口が裂けてもそうは言わないけれど。

「あなたは私が大学を出ているってことだけで我慢がならないんでしょう？」サンディは怒りに任せて言った。「女のくせに自分が知らないことを知っている。それが気に障るのよ！」

「パソコンのことなどわからなくてもいっこうに困らない」ジョブ・ドッドは涼しい顔で言った。「遺伝学を知らなくても君が困らないのと同じさ。思うに、君は次には、雌牛たちをあのくだらない箱に詰めこむつもりなんだろう」彼はサンディが牧場のオフィスに設置したパソコンシステムの方にあごをしゃくった。

「実のところ、すでに準備を進めてるわ」サンディは冷ややかに微笑した。「パソコンチップを牛のおしりに埋めこんで――」

「くそ食らえ」

「牛の体をスキャンして同時進行で状態を記録できれば、時間の大きな節約になるし、繁殖計画や事務的な仕事の面倒が大幅に省けるわ」

「繁殖計画は僕がとりしきってる」

「パソコンを使えばずっと効率的よ」

「君は君の思ったようにやればいい」ジョブはうわべだけ愛想よく言った。「好きなだけ、どんなふうにでも」

サンディは怒りの吐息をつき、額に手をやった。インフルエンザのせいでまだ頭がふらふらしていた。おまけにジョブと言い争うと、必ず頭痛がしてくる。職業に伴う危険。彼をそう見なそうとしていたが、そうすると実家で過ごす時間が恐ろしくうっとうしくなる。この数カ月、何かと理由をつけてテッドとコリーンを訪ねるのを避けていたのは、彼と顔を突き合わせるのがいやだったからだ。ところがインフルエンザで倒れ、しようがなくてここに来た。サンディはれっきとしたおとなだったが、テッドは家族の面倒みがいいのだ。

あいにくなことに、テッドは、かつてジョブの父と共同で牛のビジネスをしていたという経緯から、ジョブも身内同然と思っている。彼は妹と牧場監督が犬猿の仲でもまったく気に留めなかった。両人とも、個人的な衝突は棚に上げ、仕事はきちんと果たしているのを知っていたからだ。サンディの見地からすれば、この先いっそうたくさんの棚が必要になりそうだった。

「僕と議論を始める前に、そのちっぽけな骨にもっと肉をつけておけ」彼は少しやさしい声になって言った。「吹けば飛ぶようじゃないか」

「私に棒を持たせてごらんなさい。吹けば飛ぶようかどうか見せてあげるわ」サンディは兄とよく似たブルーの目でジョブをにらみつけた。「テッドが言っていなかった？　あなたはどうしたってパソコンを学習しなきゃならないわよ。あなたがデータを入力して管理することになるんですからね」

ジョブは震え上がったような顔をした。「なんだって？」

「私はパソコンのプログラミングをしにここに来ないもの。だからあなたは否応《いやおう》なくパソコンの使い方を覚えて、群れの記録とか、種つけの記録とか、そのほかの必要な情報を入力して使いこなせるようにならなくちゃならないわ」

彼はサンディをにらんだ。「パソコンを習うなんてくそ食らえだ。人類にパソコンを使わせようというのが神の計らいなら、我々はおぎゃあと生まれた時、手にキーボードをくっつけているはずさ！」

サンディはにこっとした。「くだらないわね」彼の頭から湯気が上がっているのが目に見えるようだ。すごくいい気分だった。彼といて、こんなに胸がすかっとすることはめったにない。「学習しろってテッドに言われたでしょう？」

ジョブは片方の眉をぴくりと上げた。「君が料理を習うなら、その暁にはこっちもパソコンを習ってもいいぜ、お嬢ちゃん」

サンディの淡いブルーの目が怒りに燃えた。「お料理くらいできるわ！」

「へえ！」ジョブは愉快になってきた。「前に君がバーベキューを手伝ってくれた時のことをよく覚えている」彼は冷やかした。「あれは生まれて初めて見る光景だったな。牛飼いが魚を食ってるなんてね。あれにはびびったよ。思い出させて悪いが、僕は遠慮しておいた」

「臆病者《おくびょう》」サンディは言った。「おいしいバーベキューだったわ。かりかりっとしてて。おいしく焼けたものはなんでもかりっとしてるのよ！」

「中まで真っ黒焦げなのを〝かりっと〟とは言わな

いぜ」

「その気になれば、私だってちゃんとした料理を作れるわよ！」サンディは声を張り上げた。

背後で笑いをこらえる声がした。振り返ると、兄のテッドが裏庭から入ってくるのが見えた。日差しに映えて若白髪が銀色に光っている。

テッドは面白がっているジョブから、火を噴きそうな妹の顔に目を移してため息をついた。

「僕はベトナムで戦ったが、最近の我が家が戦地さながらなのにはびっくりだ」

サンディは赤くなったが、目に燃え上がる怒りは少しもおさまらなかった。「彼ったら、こう言うのよ。ビクトリアの牧場に移る、そうすればパソコンを習わなくてもすむからですって！」

ジョブは黙っている。それがなぜかいっそう腹立たしかった。

テッドは妹から牧場監督に目を戻した。「我々も現代に移行しないとね。いまだって気は進まないが、バレンジャー家のところですら、避けては通れないと、数年前に導入に踏みきっているんだ」

「それは子供たちのせいだな」ジョブは思案顔で言った。「彼らは、息子たちは知っているのに、自分たちは触れもしないなんてことになりたくなかったんだろう」

「ありえるね」身に覚えのあるテッドはにやりとした。「一歳になったばかりのうちの坊主ですら、自分用の小さいパソコンを持っているんだから」

「そのとおりよ」サンディはくすくす笑った。プライス・リーガン坊やの初めての誕生日に、絵本のパソコンソフトをプレゼントしたのは彼女だ。

「赤ん坊でもできるなら、君にだってできる」テッドはジョブに請け合った。

ジョブはブロンドの眉と口の端をつり上げ、精いっぱいしかめっ面をした。「機械は嫌いなんだ」

「一度、干し草束ね機に上着をはさまれたからって、それくらいで……！」

「もう少しで腕を付け根からもぎとられるところだったんだぞ」ジョブが言い返す。

「だったら、パソコンはあなたの腕をもぎとりはしないわよ」サンディはきっぱり言った。

ジョブの目が細く光った。「そうだろうとも。しかし、そいつを使って小さい子供がナパーム爆弾を作ることもできる」

「子供たちが簡単にアクセスできるインターネットに、ある種の化学薬品の製法の情報を流すべきではないって意見には、まったく異論なしよ」サンディは言った。「それに、なんらかの監視装置を親たちが利用できるようにすべきだわ」

「ご賛同をどうもありがとう」ジョブは言った。

「しかし、僕の子なら、忙しくて一日ずっとパソコンに鼻を突っこんで座っている暇はないな。外で家畜の世話をさせるし、迷子になった牛を追跡する方法を学ばせる」

「昼も夜も四六時中？」サンディはことさらに当たりやわらかく言った。「では、うかがいますけれど、まず第一に、その多忙きわまりない夢の子供たちをあなたはどこから調達してくるの？　私の記憶によれば、あなたはあなたの高い理想にかなった女性にめぐり合ったことは一度もないんでしょう！」

「君でないことはたしかだな」にんまり笑ってジョブは言った。

サンディがかんかんになって椅子から立ち上がり、ちょっと体を揺すった。

「まあまあ」テッドが二人のあいだに割って入った。「これは家畜の記録管理をパソコンにやらせようという話だ。第三次世界大戦を始めるわけじゃない」

テッドはジョブからサンディに目を向けた。「なんとか平和条約を結ぶ努力をしてほしいな。このことでは君たちは協力する必要がある。へこまし合いを続けていたんじゃ、いつまでたっても新しいシステムを立ち上がらせられない」

「私は彼を立ち上がらせて働かせてやりたいわ！」サンディはジョブにちらっと挑発的な視線を向けた。

ジョブはふんという顔をして小言を言った。「品を落とすな」

サンディははっと気づき、ラディッシュのように真っ赤になった。

テッドは頭を振った。「おまえたちときたら、まったく悲しむべきか笑うべきか。とにかく、うちの牛のビジネスを二十一世紀に向かって動かしたい。それが僕の意向だ」

「馬もだわね」

ジョブは渋い顔をした。「パソコンなんて呪《のろ》ってやりたい」

「呪えば呪われる」テッドが言った。「つまり、こういうことだ。そのシステムを立ち上げるのがサンディであれ、ほかの誰であれ、君は使い方を習わなくちゃならない」

テッドがそういう口調でものを言った時には誰も逆らえない。ジョブは了解と言う代わりに、黙って広い肩を上げて落とし、サンディをにらんだ。

「彼女は、仕事にかけては優秀だ」テッドは断言した。「ほかの誰よりうまくやってくれるよ」

「じゃあ、彼女にやらせたらいい。牧場監督はたくさんいる」ジョブはテッドに軽く頭を下げ、背中を向けた。

「逃げるわけにはいかないぞ！」テッドがぴしりと言った。

ジョブは肩越しに振り返った。「逃げるわけじゃない」彼は歩き続けた。

「パソコンを使っていないところなど、テキサス中どこを探してもありゃしない！」

「じゃあ、ニューメキシコかアリゾナかモンタナにでも行くさ」

「いったいどうしたの、ジョブ？　おつむが悪くて教わってもわからない。それが心配なのかしら？」

サンディはいともやさしい猫なで声できいた。

ジョブはぴたりと足を止めた。振り返って向けた目は焼けた石炭のように燃えている。「なんて言った？」彼は静かにきいた。

彼がそういう顔をした時、大の男たちが引き下がるのをサンディは見たことがある。それが、ジョブが優れた牧場監督である理由の一つだ。大きなげんこつを使う必要がまずない。

だが、サンディは引き下がるつもりはなかった。彼に一目置いているが、怖いとは思っていない。

「こう言ったのよ。パソコンの使い方を覚えられないのが怖いんじゃないのって」かんで含めるように言う。

ジョブは両手を腰に当て、胸を突き出した。「やればできる。やりたくないだけだ」

「そういう言い方もあるわね」サンディは肩をすくめ、そっぽを向いた。

「できないわけない！」

サンディはまた肩をすくめた。

ジョブの高い頬骨のあたりが赤黒く染まり、鼻孔がひくひくした。テッドは吹き出したくなるのをこらえた。ジョブのはらわたをこんなふうに煮えくり返らせられるのはサンディだけだ。それにしても、寄ると触ると激しくぶつかり合う両人が、そこに怒りだけではない感情の火花が散っていることにまったく気づかないとは不思議でならない。

「よし。じゃあ、試しにやってみようじゃないか」ジョブが言った。ただしテッドに向かって。「やってみて気に食わなかったら、出ていく」

「それならそれでいい。だが、きっと、かなりの時間が節約できるのがわかるはずだ」

ジョブはじっとテッドを見た。「節約できたとして、その時間をどうしろって言うんだ？」

「繁殖プログラムの改良だ」テッドは待っていたように答えた。「セミナーに出るといい。あちこちの研究会に出て、遺伝学の最新情報を仕入れてきてもらいたい。勉強に使える時間がふえるんだから、本格的に畜産学を修めてしまったらどうだ」

ジョブは気をそそられたようだった。彼はしばし考えてから、こっくりとうなずいた。「いつから始める？」

「彼女が本調子に戻りしだい」テッドはサンディの方をあごでさした。「インフルエンザでだいぶまいっているからな。大事な仕事だから、完全によくなってからとりかかってほしい」

「私ならだいじょうぶよ」サンディは言ったが、虚勢も虚《むな》しく咳《せ》きこんだ。

「しかし、ごらんのとおりだ」ジョブはぶつぶつ言った。「君はまだ起き出しちゃいけないんだろうに。頭がどうかしている！」

「放《ほう》っておいて！」サンディは言い返し、またごほごほ咳きこんだ。「自分の面倒くらい、ちゃんとみられるわ」

「そうだろうとも」ジョブはうなずいた。「もしテッドがビクトリアに君の様子を見に行かなかったら、肺炎を起こして死んでいたところだぞ。あのアパートメントで、独りぼっちで」

サンディは胸のすくような反論を唱えたいところだったが、残念ながら本当のことだった。はなをかみ、そのハンカチをジャケットのポケットに戻す。

「来週からとりかかりましょう」サンディは言った。「それならハードウェアとプログラムを少しいじる時間もあるし。あなたの仕事にうまく使えるように、プログラムにいくらか手を加える必要があるでしょうね。でも、ちょっとしたことよ。なんの問題もないわ」

「おまえはもうベッドに戻れ」テッドが言った。

「ジョブと話し合いたいことがあるんだ」

「オーケー」サンディは応じた。ひどくぐったりした気分だったが、出ていきながら牧場監督につんとした一瞥《いちべつ》を投げるのは忘れなかった。

ジョブは彼女をにらみつけ、片手を脇《わき》で握りしめた。「くだらん」彼は低くうなった。

サンディは階段をのぼっていった。

テッドはジョブを書斎に引っ張りこんで、引き戸を閉めた。「彼女をいじめるのはよせ」

「彼女に言ってくれ。僕に突っかかるなって」ジョブはかっかとして言い返した。「まったく、彼女ときたら待ち伏せしているんだ！　突っかかるようなことを言ったり、皮肉を浴びせたり……。ほかのやつだったら僕が我慢していると思うか？」

「君たちは神経を逆なでし合ってるのさ」テッドはぐさりと言った。「何か飲むか？」

「僕は飲まない」ジョブはテッドにそのことを思い出させた。

「レモネードかアイスティのことを言ったんだぞ」テッドが付け加えた。

ジョブは笑った。「失礼。頭がよく働いていなかった。レモネードを頼む」

テッドは小さな冷蔵庫からピッチャーを出し、二つのグラスになみなみと注《つ》いだ。八月にしても暑い日だった――エアコンをつけているというのに。

若い方の男は大きくため息をつき、レモネードに口をつけながら淡い色の目を細くして、窓の外を、柵《さく》に囲まれた牧場を眺めた。

「彼女がパソコンのことを何から何まで知っているのが気に障るわけじゃない」ジョブはつぶやいた。

「がみがみ言うのがいやなんだ。そりゃ僕は機械に強くない。それはわかってる。だが畜産学と遺伝学についてなら、そこそこ知ってる！」

テッドは傷ついたプライドを目にした。サンディはジョブが繊細な男だということすらわかっていないんだろうか。たぶん、わかっていないんだな。妹はこの牧場監督に注意を払うまいと躍起になっている。

「そうだとも」テッドは同情を寄せた。「しかし彼女は本当に口やかましいわけじゃない。仕事が好きなんだよ。少しばかり意気ごみすぎているきらいはあるかもしれないがね」

ジョブは顔を向け、腹立たしげにふさふさとした髪に指をくぐらせた。「誇大妄想にとりつかれた精力的なエンジニアってところか」ぼそりと言う。「ジェイコブズビルはちっぽけな町だから物足りないんだ。彼女はネオンの輝く都会やしゃれた会社に憧《あこが》れていたからな」

「若者はたいていそうじゃないか？」

ジョブは広い肩をすくめた。「僕は若いころもぜんぜんそんなことはなかった。た。生まれてこの方そうだ。よい牧場暮らしに満足してい人々に囲まれていて、気晴らしがほしければ近くの酒場に行けばよかったし、助けが必要なときには友達がたくさんいた」彼は不思議そうにテッドを見た。「サンディはそういうことをちっとも大事に思ってないのかな？」

「思っているさ」年上の男は答えた。「だが、彼女は頭がよかったからそれを生かそうとした。そしてまずは、女性の数がまだ少なかった分野でキャリアを築いた」

「なるほど」ジョブは冷ややかに言った。「女も男と同じことができるってことを見せびらかしたかったわけだ」

「だとすれば、それは君の責任だな」テッドは咎《とが》める。

るように言い、口をはさみかけるジョブを片手を上げて制した。「わかっているはずだ」彼はずばずばと続けた。「君はサンディがティーンエイジャーの時から、ことあるごとに女は劣っているという態度をひけらかし、機械類の修理を手伝おうとすれば冷やかし、彼女が男のように軽々と乾草の束を担げないと言ってはばかにした。君はサンディに劣等感を植えつけたんだ。少女時代から彼女はただ一つのことを、つまり、おとなになったら何かしらの面で必ず君にまさってみせるってことを心に誓っていた。そして彼女はやってのけたんだ」

ジョブは腹立たしげに手を振った。「あのころ彼女は、ジェイコブズビルなんてちっぽけでつまらないとけちばかりつけていた。こんな田舎で一生を終えたくないってね。都会に出て、しゃれた暮らしをしたがってた。始終言ってたものさ。カウボーイと結婚して、死ぬまで木綿の服を着ているなんてごめんだって」

テッドは細めた目に思いやりをこめて、相手を見つめた。年下の男は目をそらした。「子供には何が大事かわからない。おとなになって初めてわかるものさ。気づいているだろうが、いまはサンディもジェイコブズビルをちがったふうに見ている。うちの坊主を目に入れても痛くないほどかわいがっているしね。しょっちゅう座りこんであの子と遊んでいるよ」

「自分の子じゃないからな」ジョブはそっけなく言った。「重荷になったらいつでも放り出せる。自分の子で、いやでも面倒をみなきゃならないとなったらどうだろうな？」

「きいてみたらどうだ？」

ジョブは冷たく笑った。「僕がか？　まさか。もしいつの日か結婚しようって気になったとしたら、男の世界でのし上がろうなんてことは夢にも考えない、田舎育ちの気立てのいい娘とするよ。僕の子供をたくさん産んでくれる女がいいな。パソコンの専門家はいらない」

　彼らはどちらも、サンディが置き忘れたレモネードのグラスをとりにそっと戻ったことに気づかなかった。彼女が書斎のドアの前で足を止めた時、ジョブが話している言葉が聞こえた。

　サンディの顔は火のように赤くなった。彼女はきびすを返すと足音を忍ばせ、ゆっくりとまた階段をのぼった。みぞおちを蹴《け》られたような気分だ。ずっと前からわかっていた。ジョブの考えも、私のことをどう思っているかも、たがいに結婚の相手としてふさわしくないってことも。彼はパソコンのエキスパートは求めていない。私だって、妻にひたすら従順を要求し、妻の人生の半分を妊娠と出産で縛りつけたがっている男性優位主義者の男と一緒になろうなんて思わない。

　それはずっと前からはっきりしていたことだ。いまこんなにショックを受けるのは変だった。けれど、思えば、ジョブの言うことはいつだって、ほかの誰に言われるよりぐさりとくるのだ。彼はことあるごとに、私がちっぽけで、劣っていて、なんの価値もない人間だと思い知らせようとする。でも、そんなことはない。私は、頭脳にかけてはこの町のどの男性にも負けない。たいていの男性より頭脳がある。もちろん、彼より頭脳があるのはたしかだ。

　結婚について言えば、世の中にはパソコン・システムに精通している妻を持つのを誇りに思う男性がたくさんいるわ！　サンディは過去のデートをあれこれ思い出し、顔をしかめた。とにかく、私と恋愛を楽しみたがる男性はたくさんいる。なかなかプロポーズには至らないとしても。

　それはたいしたことではない。キャリアウーマンとして生きていくつもりなのだから。世の中は思いのままだ。身を置くところはいくらでもあるし、男に頼って生きる必要はぜんぜんない。子供もほしくない。もちろん、テッドとコリーンの坊やはかわいくてたまらないけれど。見れば抱きしめたくなる甥《おい》の愛らしさを思うと、サンディの目はやさしくなった。

ジョブにはかわいいところなんてまったくない。あんなにうんざりさせられる男はいない。その彼と、兄の牧場で協力して仕事をしなければならないとは、ただもう悲惨だ。

いっそテッドがジョブをくびにしてくれたらいいのに。彼の二倍は仕事ができる男性はいくらだっているはずだ。大学出で、遺伝学に精通していて、家畜の売買や品種改良ができ、カウボーイがテッドの妹に図々《ずうずう》しい口をきこうものなら撃退し……。

少女時代、ジョブがいかに過保護だったか思い出すのもいやだった。テッドが妹に目を配ることができなかったので、代わりにジョブがお目付役になった。デートでどこかに出かけると、必ずそこに彼が姿を現すという具合だった。カフェで何か食べていると、彼もそこでコーラを飲んでいたり、映画館に行けば、彼がポップコーンを買っているとか。これまでの生涯で最悪のあの夜、ひどく酔っ払ったボーイフレンドが無理やりサンディを車のバックシートに押しこもうとした時も、彼はそばにいた。

ジョブはその若者のベルトをつかんで引きずり出し、こてんぱんに殴りつけたうえ、警察を呼んで引き渡した。仰天した両親が駆けつけて息子を請け出したが、その子は次の日によその州にいる祖母のところにやられ、二度と戻ってこなかった。彼の両親は、きちんとしたよい人たちだが、その後しばらくは、ジョブの姿を見るたびに顔をひきつらせていた。

男たちは、ジョブがテッドの妹を心配しすぎるとからかった。皆は彼がサンディを好きなのだと思っていた。だが、そうではないことをサンディは知っていた。彼はただ威張りちらしているいやな人間で、サンディがこの土地の者と結婚するのを何がなんでも邪魔しようとしているのだ。一度そうはっきり言ったことさえある。町から出ていけ、僕の前から消え失《う》せろと。サンディが土地の若者と結婚してこの近辺で所帯を持つようなことはごめんだ、と。

その一方でジョブはざるで水をすくうように、次から次へと、いろんな女性と付き合っていた。ジョブは交際する女性たちにやさしく親切だったが、彼女たちの誰一人、彼から約束の言葉を引き出せなかった。彼は一人気ままに生きるのが好きで、結婚指輪の話が出ると、うなぎのようにするりと逃げてしまう。三十六歳になるいまでも、夫になる気も父親になる気もいっこうにないらしい。

別にかまわない。彼が死ぬまで独身でいたって、ちっともかまわない。サンディは彼が憎かった。本当に憎らしいったらない！　彼ときたら意地悪で、まさしく筋金入りの……。

自分の部屋に入り、音をたてないようにドアを閉めたとたん、涙がサンディの頬を伝った。どうして、いったいどうしてあんな男を愛するはめになったわけ？　拒絶されるだけで、希望のひとかけらもないのに、こんなにも長いあいだ……。

2

コリーン・タールトン・リーガンは廊下にもれるすすり泣きを耳にし、そっとドアを開けた。彼女はベッドに大の親友と並んで座り、ゆっくりと両腕を回して彼女を抱きしめた。

「彼が憎らしくて」サンディははなをすすり上げ、荒々しく涙を払った。「彼って、ばかもいいところよ！」

「ほんと。わかるわ」コリーンはやさしくほほ笑み、ベッドのそばの箱からティッシュをつまんでサンディに渡した。「涙をふいて。テッドは彼をビクトリアにやったわ。向こうのオフィスの記録を二、三調べに。だから今日は一日帰ってこないわよ」

「よかった！　帰りにエイリアンにでもさらわれてしまえばいいのよ！」

「あらあら、彼がここにいなくなったらすごく寂しくなるわよ」

「私はならないわ！」

コリーンのブルーの目が笑った。「彼はあなたが好きなのかもよ。そう思ってみたことはない？　意地悪なことを言うのは、ひとえにあなたの気を引きたいからなんじゃないかしら」

「ちがうわ」目の縁を赤くしたサンディはコリーンをにらんだ。

「ジョブはあなたの影に寄り添うようにいつもくっついていたわ。あなたが大学に入ってよそに行くまでね」

「それは彼が私を監視していたってことでしょう」サンディは苦々しく言った。「そのころだって彼はいつもいつも私を物笑いの種にしたり、こき下ろしたりしていたわ」

「あなたはとっても頭がいい。たぶん彼は脅威に感じていたのよ」

「彼にだって、それ相応の脳みそはあるわ」サンディは咳《せき》をこらえながら言った。「ジョブはただ利口な女が嫌いなのよ。たったいまもテッドにそう言っていたのを階下《した》で聞いたわ。彼はパソコンの表と裏の区別もできないような子供をひと群れほどほしいんですって」目に怒りがひらめく。「あんな男の子供なんて誰がほしいものですか！」

コリーンは処置なしだと思ったが、顔には出さず、やさしく友達の肩を叩《たた》いた。この人は、ジョブに対する本当の感情が丸見えだってことに気づいていないのかしら。きっとそうなんでしょうね。気づいたらいたたまれないはずだもの。サンディはジョブを我慢ならないと思っている。本当はその反対なのだ。

コリーン自身、もつれた思いに悩んだ経験がたっぷりあったので、友達の心の中で起こっていることが手にとるようにわかった。

「気分がむしゃくしゃしているんでしょう？」コリーンはやさしくきいた。「少し眠ってみたら？」

「それがよさそうね」サンディは無理に微笑を浮かべて言った。「あなたみたいにいい友達っていないわ」

「それはこっちもよ。あなたみたいにいい友達はいない」コリーンは心から言った。「そう悩まないで。本当に最悪の事態になったら、ジョブを鮫《さめ》がうじゃうじゃいる海に突き落とすのを手伝ってあげる。そして絶対に口を割らないわ」

サンディは涙ぐみながらやっと笑った。「それこそ真の友情ね」

コリーンはうなずいた。「そのとおり！」

しかし、一日彼が留守にすれば状況がましになるとサンディが思っていたとしたら、まったく当てはずれだった。ビクトリアから戻ったジョブは荒れ模様で、その週はずっとサンディを避けていた。サンディにはその方がよかった。おかげでジョブにパソコンの使い方を教えるという難行を控えて、体力をつけておく時間ができた。

次の月曜日の朝、ジョブは処刑場に引かれていくような顔でテッドのオフィスに現れた。

スラックスにチューブトップ、髪を後ろできちんと結ったサンディは、少なくともうわべは、冷静でリラックスしているように見えた。ジョブはジーンズにブーツ、赤い格子縞《じま》の長袖《そで》のシャツを着ていた。まさしくロデオカウボーイそのものに見える。実際、彼がこの牧場にいる獰猛《どうもう》な雄牛でも、恐ろしく癖の悪い種馬でも、なんでも乗りこなせるのをサンディは知っていた。

ジョブはシャツの一番上のボタンをいつもきちんとはめている。それがちょっとおかしかった。彼は慎み深い男なのだ。サンディは彼が上半身裸になったり、しわくちゃの服を着たりしているのを一度も見たことがない。ブロンドの髪にもきちんと櫛《くし》を入れている。彼はサンディが知っているカウボーイの中で一番身だしなみがいい。それで性格の悪さをカバーしようとしているのかもしれないと、サンディは密《ひそ》かに思った。

「じゃあ、始めるとしよう」彼はぶっきらぼうに言った。

「座って」サンディは手招いて、パソコンの前の椅子に彼を座らせた。

ジョブはパソコンをにらみつけた。「大惨事が起こりそうだ。メカは苦手でね」

「たとえ壊そうとしても壊れやしないわよ。操作はきわめて簡単なの」

「スイッチはどこ?」彼はパソコンに向かって顔を

しかめた。

「装置全体のプラグは電源につながっているわ。その赤いボタンを押せばいいの。キーボードの、ここよ」サンディは実演してみせた。「これですべて作動するわ。プリンターもね」

ジョブはパソコンの画面を見つめた。「何も映っていないぞ」

「ちょっと時間がかかるの」

少し待つとメニューが出た。

「ね？」サンディはほほ笑んだ。「じゃあ、オプションを見てみましょう。あなたが見たいものはここよ」彼女はあるボックスにマウスでカーソルを動かし、クリックした。ページが開くと、テッドの家畜の記録が現れた。

「これがどうしてここにあるんだ？」ジョブがきいた。

「先週あなたが留守にしていたあいだに打ちこんでおいたの。これはリストのごく一部よ。残りは時間を見つけてあなたがやることになるわね。で、こうやってオプションを選択して、別のページを見る時はこうするの」

レッスンは遅々として進まなかった。ジョブはこれまでパソコンゲームすら一度もしたことがないのだ。小さい子供に教えるのと同じだった。しだいに雰囲気が悪くなっていく。彼はそうしている一分一秒をいやがっていたし、嫌悪感を隠そうともしなかった。

「時間の無駄だな」初めの手順を六回練習したところで、ジョブが苛立《いらだ》たしげに言った。「この記録なら全部頭に入っている。この牧場のことなら、繁殖用のどの雌牛のことでも、雄牛の一頭一頭、子牛のことだって、きかれれば全部答えられる」

「それはわかっているわ」サンディは穏やかに言った。ジョブの記憶力のよさは伝説的だ。「でも、もしあなたが病気になるとか、どこかへ行かなくてはならなくなったらどうするの？　そうなるかもしれないでしょう？」

ジョブは肩をすくめた。「そりゃそうだ」彼はサンディの顔をちらっと見て、抜け目なくきいた。「テッドは僕をくびにしようと考えているのか？　で、こんなパソコンを使おうっていうわけか？」

サンディはにこっとした。「だとしたら、彼はずいぶん長く待ったものね。あなたは私が大学に行く前からここで働いているんですから」

「そうだ」あらためて言われるのがいやだった。ジョブはそれを顔に出した。彼はパソコンの画面に視線を戻した。「ページの変え方は終わったとして、これをとっておくにはどうするんだ？」

サンディはファイルの保存の仕方と、保存したファイルのとり出し方を教えた。

ジョブはため息をついた。「たぶん、そのうちこいつにも慣れるだろう」

「ええ」サンディは請け合った。「難しいことはないもの。小さな子供でもやっているわ。いまの子供たちはパソコンと一緒に成長しているのよ」

「ある日」ジョブはつぶやいた。「電力エネルギーがなくなる。すると誰一人計算もできず、字も書けなくなるってわけだ。文明は一瞬のうちに崩壊する。人間が機械に頼りすぎたせいでね」

サンディはためらった。「ただちに滅びはしないんじゃない」

ジョブはグレーの目を険しく細めてサンディを見上げた。「いったいどうやれって言うんだ？　こことビクトリアの牧場の通常の仕事をとりしきりながら、このくそいまいましい記録を入力しろだって？」

サンディは唇を突き出し、口笛を吹いた。「テッドはそのことを考慮に入れていたのかしら」彼女は小首をかしげ、ジョブの細面の顔をじっと眺めた。

「あなたも睡眠と食事が必要?」

「ああ」

「だとすると、記録をファイルするために、テッドは誰かパソコンに詳しい人を雇わなくてはならないわね」

「そうだろうな」

「じゃあ、広告を出して……」

「その必要はない」そう言ってジョブは腰を上げた。「ミッシー・ハーベイがテクニカルスクールを卒業したところだ。パソコンプログラミング課程の修了証書を持ってる。彼女は仕事を探しているから喜んで来てくれるさ」

「それはテッドがきめることだわ」サンディは表情を硬くした。最近ジョブが時々ミッシーとデートしているのを知っていたからだ。

「僕から彼に話しておくよ」ジョブはそう言い、部屋を出ていった。

サンディは胸をざわつかせながらジョブの後ろ姿を見送った。ミッシーには来てほしくない。ここに——この家に。けれど、やきもちだと思われない反対の仕方が果たしてあるかしら? いやだわ。まるで私がジョブにやきもちをやくことがあるみたいじゃないの! ばかばかしい!

とはいえ、その夜の夕食の時にジョブがテッドにその話を持ち出すと、コリーンがちらっとサンディに目を向けた。

「永久に彼女が必要ってことじゃない」ジョブは力説した。「しかし、僕は毎日の仕事をしながら、同時に記録を入力するのは無理だ。一字ずつぽつぽつ打っていたら何週間もかかる」

テッドは考えこんだ。「そのことは考慮に入れていなかった」少しして彼は言い、サンディに目を向けた。「おまえは気が進まないと思うんだが?」

サンディは顔をしかめた。「病気休暇を全部使ってしまったのよ、テッド」正直に言った。「仕事に戻らないと。さもないと、きっと職を失ってしまうわ」

「まさか」ジョブがいやみたっぷりに言った。

サンディは射るような目を向けた。「私は自分の仕事を大事に思っているのよ。あなたがあなたの仕事を大事にしているのと同じくらいね。絡むのはやめてちょうだい」

ジョブは音高くフォークをテーブルに置いた。グレーの目がぎらぎらしている。「絡んでくるのは君の方だ、ハニー」

「ハニーなんて呼ばないで！　女がすたるわ」

ジョブはかっとして立ち上がった。「じゃあ言ってやるが、君は女の風上にも置けない」ジョブはテッドがにらむのを無視して氷のように冷たい声で言った。「どういうことかわからないだろうな？　君は男のような格好をし、男のように働き、男のように考える。振る舞いも男のようじゃないか。君は何をするにも考えるにも、この牧場のどの男よりまさっていなくちゃ気がすまない。昔からそうだ！」

怒りに震えながらサンディも立ち上がった。「どの男より、というのはちがうわ」ぴしりと言った。「あなたよりよ！　私はあなたよりまさっていなければ気がすまないの！」

「サンディ」テッドがたしなめた。

「彼をかばおうっていうの？　どうして？」サンディはナプキンを投げ捨てた。「これは彼が始めたことよ。傷つけるようなことばかり言って、さんざん侮辱して。私がまだ十六にもならない時からよ。私は言われっぱなしで、何一つ太刀打ちできなかったわ！」彼女は声の調子を落とした。「でも、私はいまでは二十六歳。彼には歯が立たないことをいろいろできる。はっきり言ってあげるわ。威張りん坊のジョブ・ドッドを言い負かしてやれるのは、すごくいい気分よ！」

ジョブはサンディをにらみつけた。高い頬骨の上が赤く染まっている。「君に言い負かされる日なんて永遠にきやしないさ、お嬢さん」

「そんなのわけないわ。あなたはパソコンの登録キーと削除キーの区別もつかないじゃないの！」サンディは高慢な微笑を浮かべた。

ジョブは返す言葉がなかった。彼はサンディを怒りに燃える目でにらみつけると、背中を向け、無言で部屋を出ていった。

サンディはまだ身の震えが止まらず、むかむかするような空虚さに襲われながら、彼の後ろ姿に視線を突き立てた。

「いまのは最悪の失敗だったな」テッドが批判した。「ジョブのような男は決してばか者扱いしてはいけない」

「なぜ？」サンディは悔しくて涙がにじみそうだった。「彼はいつもいつも私をばかにしてるわ！」

「座れ」

サンディは座った。打ちひしがれて、骨まで疲れきっていた。

テッドはテーブルに肘をついて身を乗り出し、ちらっと妻を見た。彼女は、いつもそうだが、夫の気持がすっかりわかっているようだった。

「サンディ、ジョブの母親は科学者だった」彼は静かに言った。

「テッド、だめよ」コリーンは止めようとした。

彼は片手を上げた。「サンディは知っておいた方がいい」彼は妹のこわばった顔に視線を戻した。「ジョブの母親は原子力の研究に携わっていた。父親はカウボーイだった。ジョブのように。彼は天候と家畜については知識があったが、ほかのことはたいして知らなかった。母親はいくつも学位を持っていて、彼のすることなすことを見下し、無能者扱いして傷つけた。彼は耐えかねて銃で自殺した。ジョブが十歳の時だ」

サンディは気が遠くなりそうだった。アイスティのグラスをとって頬に押し当て、つぶやく。「ああ、なんてこと……」

「そんな事態にも彼女はまったく胸を痛めなかったらしい」テッドは硬い口調で続けた。「ジョブが荷物をまとめて少年院に入った時ですらね」

「思うんだけれど、たぶん、わざとつかまるようなことをしてそこに入ったんじゃないのかしら」サンディはためらいがちに言った。

「大当たり」テッドは作り笑いを浮かべた。「馬を盗んだんだ。持ち主は訴える気がなかったが、彼は逮捕されて法廷に召喚された。母親は彼を邪魔者扱いした。〝知力に欠ける子を手元に置きたくない〟彼女がそう言ったので、彼は州の施設にやられ、仕事に就ける年齢になるまでそこにいた。それ以後ずっとうちにいる」テッドはいつになく冷たい顔を妹に向けた。「なぜ彼にパソコンを習わせたがるのか、おまえがきいてくれなかったのが残念だ。牛や馬の記録管理うんぬんは急務じゃないが、ジョブの立場が危うくなりかけている。部下の大半がパソコンにかけては彼より詳しくなっているからな」

サンディは両手の中に顔を埋《うず》めた。「ごめんなさい」小さな声で言う。

「彼に言え。僕にじゃなくて」テッドはけんもほろろに言った。

「彼女は知らなかったのよ、テッド」コリーンは我慢できなくなって口をはさんだ。席を立ち、サンディの肩に腕を回して言う。「私たち、あなたは知る必要のないことだと思っていたの」

サンディは涙を払った。「彼は頭が悪くなんかないわ」怒って言った。「彼のお母さんは、ちゃんとわかっていたはずよ！」

「彼女は最初から彼を望んでいなかったのさ」テッドが悲しげに言った。「彼女は何より世間体を第一と考える了見の狭い人間の一人だった。彼女は気まぐれにカウボーイを引っかけて遊び、妊娠した。両親と友達を喜ばせるためだけに彼と結婚し、それから毎日、彼が死ぬまで、鬱憤《うっぷん》晴らしに彼をいじめていたんだ」

「彼女はいまどこにいるの？」サンディはきいた。

「誰も知らない。ジョブは母親のことを一度たりとも口にしたことがないんだ」テッドは頭を振った。「こうなってみると、どうやら、おまえが彼を嫌っていてよかったようだ。彼はおまえがさっき言ったことを決して許さないだろうからな」

サンディはいっそう気分が悪くなった。目をそむける。コリーンはハンカチを手渡し、背中をやさしく叩いて慰めながら、サンディの頭越しに、途方に暮れた目を夫に向けた。

「お兄さんはミッシーを雇うつもりね？」サンディは目を伏せたまままきいた。

「そうだ」テッドはそっけなく言った。「彼女は男を立てるタイプだ。おまえが与えた傷をいくらかは癒《いや》してくれるだろう。彼女はやさしいからな」

「ジョブにやさしい女性が必要だとは思わないわ」サンディはいまいましげに言った。

テッドは頭をかしげて妹をじっと見た。「おまえに何がわかる？　ジョブが何をしようとちっともかまわなかったはずだろう」

「そうね」サンディは椅子の中でもぞもぞし、組んでいた脚をほどいた。「ミッシーは私が好きじゃないわ」

「別に驚かないな」テッドは答えた。「彼女はジョブがおまえに気があると思っているだろう」

サンディの心臓ははね上がった。「ほんと？」

テッドは笑った。「おまえがそばにいない時にジョブがどんなことを言っているか知らなくて幸いだ。おまえは彼のプライドを傷つけた。だが、彼のハートに触れることができた女は一人もいない。母親が彼のハートを生き埋めにしてしまったんだから」

サンディはコリーンのハンカチを下に置き、うなだれた。「あんなことを言うつもりはなかったの。でも、彼はいつも私に突っかかってくるわ。それがもううんざりだったの」

「彼をかばおうってわけじゃない」テッドは言った。「ジョブは自分の面倒は自分でみられる。だが、人の弱みを突くのは卑怯《ひきょう》だ」

「二度としないわ」

「したくてもチャンスはないだろう。ジョブはおまえの歯牙《しが》にかかりそうな距離には二度と寄りつくまい」テッドは予言し、探るように妹を眺めた。「ミッシーのことなら、彼女がどう出ようとおまえは平気だろう？」

サンディは兄に微笑を返した。「そうね。なんといっても、私はあなたの妹ですもの」

やがて明らかになったが、テッドの予言は的中した。ジョブの態度は一夜でがらっと変わった。彼はサンディが前の晩に言ったことについて、いやみ一つ言わなかった。テッドに対するようにサンディに対しても礼儀正しく振る舞ったが、いともそっけなかった。かつての反感さえ消え去り、まったくの無関心をきめこむことにしたようだ。

ミッシーはちがった。ジョブと一緒に部屋に入ってきたとたん、彼女が彼に特別の思いを寄せているのがはっきりわかった。卵形の顔のまわりにまっすぐな黒髪をカーテンのようにたらしている。大きな目は茶色で、口の形はきれいで、笑顔が愛らしい。痩《や》せすぎのきらいはあったが、決して見苦しくはなかった。

だが、ミッシーはサンディに好感を抱いておらず、それが顔に出ていた。サンディが仕事の内容を話しているあいだミッシーは黙って聞いていた。口をきかなくても、目が多くを語っていた。

サンディはグレーのシルクの高価なスーツにローヒールのパンプス、髪はフレンチ三つ編みにし、仕事に出るための身支度をしていた。サンディは資料をミッシーに手渡し、忘れていることはないかと周囲を見回した。

「もし何かわからないことがあってテッドが見つからない時にはコリーンにきいて。彼女は居場所を知っているでしょうから」

「もし何かわからないことがあったら、ジョブにきくわ」ミッシーはそっぽを向いてつんと言った。

「ここのボスは彼でしょう。あなたは別に……きゃあっ！」

ミッシーは悲鳴をあげた。サンディが彼女の椅子の背もたれをつかんでぐいと回したのだ。「あなたはリーガン家に雇われたのよ」サンディはぴしりと言い、上体を突き出してミッシーを威圧した。「ということは、私もあなたのボスだということ。あなたがここにいるのは兄がジョブを思いやってのことなの。それだけの理由よ。私はジョブになんの義理もないわ。だからいいこと、気に入らなければ誰に遠慮もなくあなたをドアの外へ放《ほう》り出せるの」サンディは冷ややかな微笑を浮かべて言い添えた。「わかったかしら」

ミッシーは顔色を失い、震えながらうなずいた。

「ならいいわ」サンディはぴんと背筋をのばして立った。その目はミッシーをきつくにらんでいる。

「ごめんなさい」ミッシーがおどおどと言った。

サンディは返事もせず、きびすをひるがえしてドアを出たが、戸口でジョブと衝突しそうになった。

ジョブはサンディの肩越しに、ミッシーが頬に涙を伝わせているのを見た。「朝食にかみそりの刃でものみこんだようだな」彼は冷たく言った。「このオフィスの問題なら僕に文句を言え」

「ここは私の家よ」サンディはむっとし、その事実を彼に思い出させた。「私に向かってペットに命令するような口をきかないでもらいたいわ。そのことを、あなたのガールフレンドにも教えておいてちょうだい」

サンディは彼を押しのけて外に出た。ひどい熱でも出したように顔が真っ赤だ。

ミッシーは泣きながらジョブの腕の中に飛びこみ、めそめそと訴えた。「あの人、私のことを憎んでいるんだわ！」

ジョブは思わずミッシーの髪をなでた。サンディの台詞《せりふ》に猛烈に腹が立つ。「心配するな。僕がついている」

ミッシーは吐息をもらし、彼の胸にいっそう顔をすり寄せた。「ああ、ジョブ、あなたってとっても強くて……」

その言葉が階段をのぼりかけたサンディの耳に届いた。気分がむしゃくしゃして爪をかみたくなる。あんなわざとらしいお芝居、もちろんジョブは見抜けるはずだわ。いえ、見抜けないかもしれない。彼のお母さんが自立した強い女性だったとすると、嫌っている母親とは正反対のタイプのミッシーのような女性に心をひかれるかもしれない。

誰のためであれ、サンディはあんな媚《こび》を売るのはプライドが許さなかった。おまえはそんじょそこらのつまらないやつたちとはちがう、リーガン家の人間だと、小さい時から兄に教えこまれていた。

サンディはスーツケースに荷物を詰め、階下に下りると、オフィスの方には一瞥《いちべつ》もくれずに車に乗りこんだ。ジョブに流し目を送ってばかりいるミッシーがどれくらい仕事を片づけられるか、それはテッドが目を光らせていればいい。テッドがうんざりしたら、さっきの私の小言などやさしく思えるくらいに、ミッシーはきつく叱《しか》られるはめになるのだ。

サンディは出張でテキサス東部の各地を回り、一週間留守にした。白の小型のスポーツカーをテッドの家のドライブウェイに入れて止めた時には、へとへともいいところだった。旅行鞄《かばん》を腕に、もう一方の肩にショルダーバッグをかけ、疲れた足を引きずって玄関の階段をのぼる。

鍵《かぎ》を手にしていたが、玄関の鍵はかかっていなかった。ドアを押して中に入り、そっと閉めた。赤ちゃんが眠っているかもしれない。最近の兄夫婦には、坊やが眠っているあいだだけが貴重な二人だけの時間なのだ。

オフィスの方から小さな物音が聞こえた。そこのドアは開いていて、サンディが近づくとその音は大きくなった。それは紛れもなく、低いうめき声だった。

サンディは戸口で足を止めた。彼女の目は冬空のように冷たくなった。ミッシーがジョブの膝の上に横たわり、頭を彼の腕にあずけている。ジョブが目を上げた。サンディがそこに立っているのを見ると、ハンサムな顔に妙な表情が走った。

「あら、私にはおかまいなく」サンディがものうげに言うと、ミッシーがはじかれたように立ち上がり、乱れた服を整えた。「テッドはあなたたちにソファのスプリングのテストをさせていたみたいね」

サンディはくるりと背を向け、硬い声が呼びとめるのを無視して階段をのぼった。

ジョブを無視できると思ったのはまちがいだった。彼はすぐに追ってきた。階段をのぼり、ためらいもせずに寝室に入ってきた。

「どういうつもり？」サンディは怒って彼と向き合った。「私はくたくたなの！　テッドと片をつけてちょうだい。言われなくてもわかってるわよ。あなたのボスはテッドで、私はアドバイザーですもの。ビジネスに口をはさむ権限はないわ」

彼のシャツから目をそむけた。前がはだけ、黒っぽい色の胸毛がのぞいている。彼を見るのもいやだった。

「僕の落度だ。ミッシーを責めてほしくない」

サンディはふっと息をついてベッドの端に腰を落とし、ほつれた髪を顔から払った。ジョブの方は見なかった。「私は何も言うつもりはないわ」冷ややかに言う。「でも、テッドには言い分があるんじゃないかしら」

「それはわかっている」

サンディは額をこすった。「ひどい頭痛がするの。出ていく時にドアを閉めていって」

ジョブは出ていかなかった。「ミセス・バードにアスピリンを持ってこさせようか？」

「持っているわ。のみたければのむわよ」サンディは軽蔑《けいべつ》をこめたきつい目を彼に向けた。

ジョブのあごがこわばった。「君はオフィスで上司とキスをしたことは一度もないって言うのか、サンディ？」

嘲《あざけ》りは空振りだった。

「私の上司は紳士よ」サンディは声を荒らげもせずに言った。「ハーバード大学で経営学を修めた人で、とてもたしなみがあるわ。女性をソファに押し倒そうなんて夢にも思わないでしょう。まして部下をね」

ジョブの目が険しくなった。彼はその目をゆったりしたジャケットからその下の胸のふくらみへと走らせた。表情がわずかに変化する。

「そいつは君をソファに押し倒したとしても、その後に何をするか果たして知っているのかな？」かつて一度もサンディに対して使ったことがない口調で、彼は言った。

サンディは唖然《あぜん》として彼を見つめた。突然、室内が妙に静まり返るのを意識した。見据えているジョブのグレーの目を、自分の息が乱れるのを、心臓がどくどくと打つのを意識した。

「あなたにそんな……そんな口を……さかれる筋合いはないわ」声が喉に詰まった。

「もしかすると、君が気づいていないだけで、僕にはその筋合いがあるかもしれない」ジョブは意地悪く言った。

「ミッシーにならあるでしょうね」サンディはつんとして言った。

「少なくとも、彼女は自分が女だってことがわかっている」ジョブは声を和らげて言った。

サンディはまばたきもせずに彼を見つめた。まるで裏切られたような気持になるなんて、ばかげている。けれど、仕方なかった。「それはよかったわね」挑発するように言う。

「君がいまだかつて決してしないことが一つあるな。それは僕に気があるってそぶりを見せることだ」彼はくだけた口調で続けた。「あいにくだな。いくつか学べることがあるだろうに」

サンディは真っ赤になった。動揺して言う。「私は男性に媚を売ったりしないわ」

「そうだろうとも。君は偉すぎて、そんなくだらないことを真剣に考えられないってわけだ。男をどう扱うべきか、お母さんからじっくり教育されたんだろう」

サンディは立ち上がった。「母のことをとやかく言わないで！」

ジョブの眉が持ち上がった。「とやかく？」

「彼女がどんなふうだったか誰もが知っているわ」

サンディは怒りをみなぎらせて言った。「彼女は父を捨ててほかの男と駆《か》け落ちし、それから少ししてまた別の男に走ったの。彼女はどの男にも満足できなかったのよ」苦々しく続ける。「私は彼女とはちがうし、彼女みたいには決してならない。私は男なんかいらないわ！」

　ジョブは黙りこんだ。彼はサンディの青ざめた顔をじっと見た。やがてその視線は、脇《わき》できつく握りしめられている彼女の両手に向けられた。

「そうだったのか」彼は独り言のようにつぶやいた。「コリーンが現れるまでテッドが女嫌いだったのは知っていた。だが理由は知らなかった」彼はあごをこわばらせた。「きっと彼女のことが影を落としていたんだな――君にもテッドにも」

　サンディは背筋をのばし、あごをそびやかした。

「母のことは、あなたにはなんの関係もないわ」

「それは意見が分かれるところだが、いまのところはそういうことにしよう」

「私をつつき回すのはそれで終わり？　だったら休みたいわ。ヒューストンからの長旅だったから」

　ジョブはジーンズのポケットに両手を入れてサンディを眺めた。「明日バーベキューをやることになっているんだ。テッドの馬のオークションに合わせて」

「そう。あなたとミッシーはお楽しみだわね」サンディはとげとげしく言った。「私は行くつもりは毛頭ないわ。それで安心した？」

　ジョブは顔をしかめた。「どこからそんな考えが出てくるんだ？」

　サンディは陰気に笑った。「いまいましいけれど、あなたが私のことをどう思っているか知っているわ」彼女は低い虚《うつ》ろな声で言い、背中を向けた。「昔から知っていたわ」

「僕が君をどう思っているって？」ジョブは別人の

ような口調できいた。

「あなたは私を軽蔑し、毛嫌いしている」サンディは背を向けたままで答えた。「私が知らないとでも思っていたの？」

3

ジョブは、矛盾する感情を胸の中で闘わせながら、サンディを見つめていた。「誰がそう言った？」しまいに彼はきいた。

「誰も言う必要はないわ」サンディはしょんぼりと言った。「少女のころ、私は何をしてもあなたの期待に達することができなかった。あなたの期待に応《こた》えたくて、くる年もくる年も努力したわ。でも、いつも届かなかった」急に寒くなったように、サンディは体に両腕を巻きつけ、窓の外を見やった。「そして、ついに諦《あきら》めたの」

彼は顔をしかめた。「わからないな。君は僕がどう思おうと知ったことじゃないと言ってる。いつもかっかして攻撃してくる」

「そうね」サンディは苦い笑い声をたてた。

「なぜだ？」

いつものサンディなら、決して話しはしなかったろう。だが、疲れはてていたし、さっき階下で目にしたシーンにがっくりしていた。望みはかけらもないということ――それがいまわかった。彼女は肩をすくめた。「つまり、あなたは気がつかなかったってことね。私があなたに恋をしていたのを」彼の方は見なかった。だが、室内の空気がびりびり震えたのを感じとった。サンディは吐息をもらした。「気にしないで。もう忘れたから」彼女は遠くの牧草地にぽつんと一頭いる馬に目をやった。

「なら、よかった」彼の声はしわがれていた。

サンディはうなずいた。「たぶん、そういうことね。私はあなたについて何も知らなかったわ。もし、知っていたら……」彼女は目をつぶった。「あなたはずっと昔からキャリアウーマンにはうんざりだったのよね」

「誰が僕の母親のことを言ったんだ？」ジョブは冷ややかにきいた。

「兄よ」サンディは両手で腕をこすり、声を落として言った。「このあいだ、あんなことを言ってごめんなさい。傷つけるつもりはなかったの」

長い沈黙があった。

「傷ついちゃいないよ」

嘘《うそ》だわ。サンディはそう思ったが、追及しなかった。額を窓枠に押しつける。それはひんやりしていた。「あなた、仕事があるでしょう」彼女は目を閉じた。「私、もう横にならないとだめだわ。頭が割れそう」

少しして、足音とドアが閉まる音がした。なんの音もしなくなって初めて、サンディは自分が泣いているのに気づいた。

後になって、サンディはなんてことを告白してしまったのだろうと、ぞっとした。ジョブは大笑いしたにちがいない。きっと、ミッシーと一緒に。そうにきまっている。ミッシーはサンディと出会うたび、これみよがしにつんとした顔をした。そしてバーベキューパーティがだいぶ進んだころ、ミッシーは突然ホステスのように振る舞い出した。

コリーンはすぐにそれを止めた。コーヒーをいれてきてちょうだいと、穏やかにキッチンにやったが、ブルーの目は怒りに燃えていた。ジョブが慰めるようにミッシーの手をとり、一緒にキッチンの方に行くのをサンディは目に留めた。

「まったく」コリーンはぷりぷりして言った。「あれを見た？　彼女は日ましに態度が大きくなるわ」

「ジョブが甘やかしているからよ」サンディはそっけなく言った。

「だったら、どこかほかで甘やかすのね。私はあんなおかしな真似《まね》を我慢していないわ」

サンディは黙っていた。

コリーンは眉をひそめ、やさしくきいた。「サンディ、どうかしたの？　このところのあなたは、まるであなたらしくないわよ。そういえば、あなたのボスが今日来るんじゃなかった？　あなたがヒューストンに忘れてきた書類を届けに」

「彼から来たファクスを見たのね」サンディは首をかしげた。「来ると言っていたけれど、どうかしら。ミスター・クランスンはパーティが苦手なの。根っからのビジネスマンなのよ」

「彼の車は黒いメルセデス？」コリーンがさりげなくきいた。

「ええ、そうだけど」

コリーンはにこっとした。「だったら、彼のご到着ね」車から降り立った黒っぽい髪の大きな男を見て小さく口笛を吹く。「あらまあ。あんなにセクシーな人だって、あなた言ったことなかったわね！」

「たしかにね」サンディはほほ笑んだ。「彼のことはとても好きよ。でも彼には思っている人がいるの」

「惜しかったわね」

「ええ、ほんと」サンディは言い、黒みがかった瞳の上司を出迎えに行った。「わざわざありがとうございます、ミスター・クランスン」

「こういう時には、フィリップと呼んでくれた方がいいね」彼はサンディに分厚いファイルを渡した。「これが君の置き忘れた書類だと思うが」

「はい、ミスター……フィリップ」サンディは言い直した。「義理の姉のコリーンです。コリーン、こちらがミスター・クランスンよ」

「はじめまして」コリーンはにこやかに言った。「でも、夫も私も、あなたのことをそれはたくさん聞かせてもらっているんですよ」

「よい噂《うわさ》だといいのだが」彼はサンディにそっけない視線を向け、自分の高価なスーツを見下ろした。「ちょっと着飾りすぎたかな」

「いまはバーベキューの最中ですけれど、あとでスクエアダンスがあるんですよ」コリーンが言った。「ぜひ、それまでいらしてください」

彼は考えこむように口をすぼめ、ちらっとサンディを見た。

「そうしていただけたら本当にうれしく思います」サンディは心から言った。

クランスンはくすりと笑った。「それならば、喜んで」

彼はサンディと並んで人々のあいだを歩き回った。上着を脱ぎ、白いシャツの袖《そで》をまくり上げた彼はとても気さくで、くつろいで見えた。彼はスマートでハンサムだ。そんな彼が、女性に対して辛辣になりがちなのは何かわけがあるのだろうか。サンディはよく不思議に思う。彼は過去についていっさい何も言わないが、ひどく怖い顔をしてむっつりオフィスに座っていることがあった。そんな時には若い社員たちはびくびくしている。

「君はずっとここに住んでいるのかい？」コーヒーを飲む手を止めて、彼はサンディに尋ねた。

「人生の大半を。ジェイコブズビルが好きなんです。小さな町ですが、大きな歴史があります」

「ほう？　聞かせてくれないか」

サンディの話にクランスンは熱心に耳を傾けていた。二人のどちらも、グレーの目がこちらをにらんでいることに気づかなかった。

ジョブはテッドとコリーンのそばに来て足を止めた。「あの男は？」彼は面白くなさそうにきいた。

「彼女のボスさ」目を合わさずにテッドが言った。

「なかなかいい男だな。そうじゃないか？　どんな人間なんだろう。サンディは彼のことをめったに口にしないが」

ジョブは目を鋭くした。「年齢が離れている。彼はかなり年上だ。男に関しては、サンディはいくつになっても赤ん坊だ。無邪気でだまされやすい」

テッドはジョブの発言にびっくりしたが、ポーカーフェイスでごまかした。「彼女は二十六だぞ、ジョブ。とうに結婚して子供を産んでいてもおかしくない」

ジョブは目をきらりとさせた。「結婚する気がないんだろう。彼女はキャリアウーマンだ」

「ナンセンスだわ」コリーンがぴしりと言った。「彼女は子供が大好きよ。それに牧場で馬を乗り回すのが彼女の何よりの楽しみなのよ」

「料理ができない」ジョブがぶすっと言った。

「生まれてこの方、する必要がなかったんだ」テッドが口をはさんだ。「うちには常に家政婦がいるからな。だが針仕事は好きだし、編み物もする」彼は妹とそのボスをじっくり眺めた。「いい組み合わせのようだな。むろん、彼は都会人だ。どこから見てもね」

「彼はパソコンのことはなんでも知っているんだろうさ」ジョブは腹立たしげに言った。

「実は、そうじゃないの」コリーンが答えた。「彼はビジネスには長《た》けているけれど、マーケティングに限ってなの。それに乗馬もしないわ」

「それは残念だ」テッドが後押しした。「だってサンディは乗馬ができないところじゃ暮らせない。馬が大好きだからね」

「でも、本当に愛しているなら、彼はなんだってサンディが喜ぶことをするはずよ」

ジョブは青くなった。彼は口の中で何かもそもそつぶやき、そばを離れた。すると、すぐにミッシーが呼びとめた。

「レディ・ボスにはいい人がいるのね」ミッシーは生意気に言った。「悪くはないけれど、彼はお年寄りだわ」

ジョブは返事をしなかった。サンディと連れの男をにらんでいる。

ミッシーはジョブに体を寄せた。「誰もいないところへ行きたくない？」甘ったるい声で言う。

ジョブはミッシーをにらんだ。なぜ気をそそられたのかわからなかった。彼女はかわいいが、どこもかしこも青くさかった。ちょっとキスをしたくらいで、もうすっかり恋人気どりだ。もしかして誰かに気づかれたかもしれない。

「いいか」彼は静かに言った。「僕たちは一緒に仕事をしている。そして僕は君が好きだ。だが、そこ止まりだ。カップルにはならない」

ミッシーは眉を上げた。「あなたは私にキスをしたわ」

「キスならたくさんの女の子としている」ジョブは正直に言った。「君はやさしい、いい子だ。だが火遊びをする気はない」

彼女は赤くなった。

「それに結婚する気もない」ジョブはきっぱりと言った。「結婚したくない。一生」

「私だって！」

ミッシーは煉瓦《れんが》で殴られたような顔をした。心持ち彼から離れる。「そう……わかったわ」

「いや、わかっていない」彼ははっきり言った。「君が好きじゃないわけじゃない。ただ、特別な関係になりたくないんだ」

彼女はとても子供っぽく見えた。目が涙で潤んでいく。ジョブは気が咎《とが》め、恥ずかしくなった。誤解を植えつけるべきではなかった。

「すまなかった」彼は静かに言った。

ミッシーは彼の胸に顔を埋《うず》め、しくしく泣いた。

ジョブは彼女を抱き寄せた。

「泣くな、ミッシー！」

「心配しないで」ミッシーははなをすすり上げながら言った。「あなたの邪魔をしたりしないわ。あなたが寂しい時、そばにいたいだけなの」

ジョブはろくに聞いていなかった。彼の目はサンディに向けられていた。バーベキューのテーブルの方へ歩きながら、サンディのボスは彼女の背中に腕を回している。彼の心臓は怒りで早鐘を打った。嫉《しっ》妬《と》でじりじりと胃が焼けつき、その激しさに自分で驚いた。

ミッシーはジョブが体をこわばらせるのを感じて顔を起こし、ポケットからティッシュを出して涙をふいた。「どうかしたの？」

ジョブは答えなかった。彼の怒りの視線をたどると、サンディと彼女と一緒にいる黒っぽい髪の大きな男に行き着いた。

「あなたは彼女が好きじゃないのね？」ミッシーは

うれしそうに言った。「よかった。彼女はきっとあの人と結婚してよそへ行ってしまうわ。彼女があなたに煩わしい思いをさせるのを見ていると、すごく癪《しゃく》に障るの」

「別に煩わしくないさ」ジョブはこわばった口調で言った。「彼女が何を言おうと気にしない」

「それならいいの。じゃあ、私と踊って。ね？」ミッシーは渋る彼をダンスフロアに引っ張っていった。

ジョブはついていったが、心はよそにあった。くそ！　どうしてもサンディから目を引き離すことができない。

サンディは、そんなことを思われているとはつゆ知らず、ハンサムな上司と一緒にバーベキューを食べ、並んで座ってパソコンの話をしていた。やがて音楽が変わり、スローテンポの官能的な歌になった。

「踊らないか？」

ジョブがいきなり誘った。

サンディは飛び上がった。彼がそんな近くにいたことに気づかなかったのだ。彼女はためらった。

「行きたまえ」クランスンがうながした。「ずっと仕事の話ばかりしていたんだ。楽しんでくるといい」ジョブは男をにらんだが、礼儀正しく会釈してサンディの手をとり、引っ張っていった。

彼の腕の中でサンディは体を硬くしていた。緊張しすぎて足がうまく動かない。

「リラックスして」ジョブが腹立たしげに言った。「僕がおかしなことでもすると思うのか？　ダンスフロアで何ができる？」

知ったら驚くでしょうね。サンディは心を乱しながら思った。心臓がどろき、息もふつうにできない。脚は骨がなくなってしまったようだ。体をこわばらせていることで、辛うじてうわべだけ尊厳を保っているというありさまだった。さっきのミッシーのように、ジョブにぴったり体を寄せたくてたまらなかった。彼のたくましさを体で感じたかった。けれど、それだけはどうしてもできない。したくない。

　ジョブの大きな手が背中のくぼみに当てられている。サンディの手は彼の手の中にあった。そしてジョブの頬は彼女のこめかみにあった。音楽に合わせてゆっくりと動く。髪にかかる彼の息が温かい。

「君はいつも、すみれのようなにおいがする」彼がつぶやいた。

　サンディはどう答えてよいかわからなかった。ジョブには彼のにおいがあった。顔から漂うスパイシーなにおい。そのにおいは、サンディの中でいつも彼と結びついていた。彼とこうしていると、奇妙なことに、感覚がとても鋭敏になる。こんなふうに彼と体を寄せ合ったのは初めてだ。以前に一度だけ彼と踊ったことがあったが、スクエアダンスだった。これとはちがう。いまのこれは比較にならないほど距離が近くて、比較にならないほど親密だ。ちょっと誘惑されたら、なしくずしになってしまいそうだ。そうはなりたくない。

「疲れたわ……」サンディは弱々しいしぐさで彼の腕から抜け出そうとした。

「いや、君は疲れてなんかいない」ジョブは彼女を引き戻した。顔を起こし、射るように彼女の目を見つめる。「リラックスして」彼はやさしく命じた。

　彼はサンディの体を命令に従わせることができるかのようだった。少しずつこわばりが解けていき、サンディは彼の腕に身をゆだねた。すると体の中で何か化学反応でも起こったように、彼女は小さく震えた。感覚という感覚が突然眠りから覚めたように、ざわめきはじめた。

　大きな手が背筋に沿ってそっと動き、サンディを引きしまった、たくましい体にぴったりと引き寄せた。サンディの頬は、たとえそうしたくなかったとしても、温かくて厚い彼の胸に埋められた。サンディは少女のころからの憧《あこが》れに、ずっと禁じていた憧れにいま負けてしまった。

ジョブはかすれた吐息をもらした。サンディを抱きしめながら、彼は彼で心を悩ませていた。とてもいい。想像していたよりずっといい。彼は目を閉じた。彼女はやわらかく甘やかだ。とても女らしい。日差しが薄らぎ、二人は踊っているほかの人々から少し離れて陰の中にいた。彼は衝動的に頭を屈《かが》め、やわらかな彼女の口に唇を触れた。彼の喉の奥からうめきがもれ、ステップが止まった。彼は彼女の震える唇を荒々しく求め、激しくむさぼった。口づけを受け入れてサンディは唇を開いた。彼女は少し体をこわばらせたが、やがて体を押しつけた。彼女の喉からすすり泣きのようなうめきがもれた。

彼はサンディのうなじに手を添えて頭を引き寄せた。唇を離しては重ねる、ついばむようなやさしいキス。サンディは身を震わせた。

「サンディ」ジョブはうめくように言い、渇望に引き裂かれながら周囲に目をやった。そばに大きな木がある。誰もこちらを見ていない。

彼はサンディを木の後ろに引きこむと、幹に彼女をやさしく留めつけ、やむにやまれぬ熱い欲望に駆られて体を押しつけた。

「だめだ」弱々しく抵抗する彼女にジョブはささやいた。「逆らうな……」

彼の唇に再び覆われる。ゆっくりと、甘く、熱烈に。いつしかサンディの腕は彼の背に回されていた。もう少しも抵抗しなかった。彼はサンディが倒れそうになるまでキスをした。倒れなかったのは木と彼の腕が支えていたからだ。わずか数分のあいだに、夢見ていたことが、憧れていたことが、いくつもかなった。彼とのあいだに、こんなに甘い情熱が生まれるとは夢にも思っていなかった。心のすべてで彼を求め、彼を愛し、彼に焦がれた。頭がくらくらし、周囲の世界がぐんぐん遠のいていく。ここには彼と二人だけ。欲望が若木のように育っていった。

やがてジョブはしぶしぶキスを終わらせた。体がうずいていたが、それをこらえ、幹に押しつけていたサンディを、ふいにやさしく守るように両腕で包んだ。

サンディは震えが止まらなかった。ジョブの腕の中でわなわなと震え続ける。そんな彼女をジョブはなだめるようにそっと揺すった。聞こえるのは低く流れる音楽だけ。夏の静かな夕方だった。

ジョブはサンディのかぐわしい熱い喉のくぼみに顔を埋め、猛《たけ》り狂う欲望とじっと闘った。

サンディは目を開けた。黒いシルエットになった枝の茂りが上にある。そのかなたに星がまたたいていた。このひとときは、この世の時間から遊離しているようだった。静けさを破るのが怖い。だから黙っていた。なぜなのと、きかなかった。ほんのひとときにしろ、彼は私を求めた。それで充分だった。この思い出を一生紡いでいける。サンディはまた目を閉じた。そして何もせず、何も言わず、彼に体をあずけていた。

ジョブは惜しみながら、少しずつ体を離した。彼の顔は石のように硬かった。彼は無言だった。ジョブが見つめているのがわかったが、暗すぎて彼の目は見えない。サンディはうなだれた。彼が後ろに下がると、急に寒くなった。

自分の息遣いがいやに大きく聞こえた。サンディは顔を上げなかった。両腕で胸を抱き、彼が離れてしまった後の薄ら寒さを温めた。脚がまだふらふらしている。

どちらも黙っていた。少しして、ジョブを呼ぶミッシーの甲高い声がした。彼は頭を起こした。声には出さずに悪態をつく。だが、体の向きを変え、ミッシーの方へ歩き出した。いまのサンディを、こんなに弱々しく無防備なサンディをミッシーに見せたくない。自分の心の動揺が薄明かりに透けて見えるとは思っていなかった。

「そこにいたの」ミッシーはジョブの腕に腕を絡ませた。「もう最後の曲ですって。行きましょう。楽しかったわね？」

ジョブは返事をしなかった。彼の心は別のところを回っていた。

サンディは自分をとり戻すと、フィリップ・クランスンを捜しに行った。すれちがう人々にさわやかな微笑を送る。顔をじっと見たとしても、彼女がほんの少し前まで男の腕の中で我を忘れていたとは誰も思わなかったろう。その夕べの残りのあいだ、サンディはコリーンと二人で完璧《かんぺき》にホステス役を果たした。ラストダンスの後で連れ立って去るミッシーとジョブにさえ、愛想よく微笑した。けれど彼と目は合わさなかった。あんな振る舞いの後では、二度と再び彼の目を見ることができないと思ったのだ。

次の朝がくるまでに、サンディは、あんなことは起こらなかったのだと自分に思いこませた。すっかり寝坊して、ぶつぶつ不満を言うコリーンにベッドから引っ張り出された。

「起きて、お寝坊さん。一生ベッドにもぐっているわけにはいかないのよ！　私、乗馬がしたいの」

サンディは目をしばたたいた。「乗馬？　夜が明けないうちから？」

「何を言っているの。もうすぐ正午よ」コリーンはくすくす笑った。「私たちが出かけているあいだ、テッドがお守りをしてくれるんですって」

おやおや。「それは見る価値があるわね」サンディは起き上がった。

たしかにテッドはリビングルームに息子と一緒にいた。赤ん坊を抱いている彼の顔は輝いていた。コリーンと結婚してからの彼の変化には目を見張るばかりだ。むっつり屋だった兄が、いまは子煩悩を絵に描《か》いたようなパパで、実にやさしい夫だ。だが、すんなりそうなったわけではなかった。コリーンへの愛に屈伏し、年齢の差について悩むのをやめるまで、どれだけコリーンに辛《つら》い思いをさせたかわからない。

二人が入っていくとテッドは顔を上げた。「好きなだけ出かけていいぞ。僕はうちにいるから」彼は気前よく言った。

コリーンは彼にすり寄ってやさしくキスをし、次に坊やの小さなおでこに口づけした。いとしげにため息をつく。「この子は本当に奇跡ね」

テッドは赤ん坊ではなく彼女を見た。「君の指に結婚指輪をはめてからこっち、僕の人生はずっと奇跡の連続だよ」

サンディは自分が邪魔者のような気がした。にこっと笑って言う。「先に行って鞍《くら》をつけてるわ」

「ジョブにつけておくように言っておいた」テッドが言った。「だが、彼は手伝いをほしがっているかもしれないな」

サンディの目がとげとげしい光を放った。「ミッシーが一緒にいるの？」

「ミッシーは土曜日は休みだ」

「ありがたいこと」サンディは密《ひそ》かにつぶやき、それから大きな声で言った。「帽子をとってこなくちゃ」まっすぐ納屋に行ってジョブと二人きりになるのがいやだった。ゆうべの後では。

「急いでね」コリーンの声が追ってきた。「午後から雨になると言っていたから」

「オーケー！」

サンディは五分もかからずに戻り、コリーンと一緒に外に出た。

ジョブは干し草の束にもたれていた。何も言わないが、ぴったりしたジーンズをはいたサンディに向けられた目は、どんな女性の膝でも震えさせてしまうにちがいない。彼は微笑しなかったし、ジョークも言わなかった。無言だった。ただ見ていた。

「ありがとう、ジョブ」馬に乗りながらコリーンが言った。

彼は肩をすくめた。「どうってことない。僕はこれから干し草を束ねる機械を調べに行くところなんだ。朝のうち調子が悪かったんでね。低地までくっついていってかまわないかな?」

「もちろんよ」コリーンはサンディの不安にとりつかれた顔を無視して言った。

ジョブはそばの仕切りから自分の馬を引き出した。すでに鞍がつけてある。彼はひらりと格好よく鞍にまたがった。一行はしばらくのあいだ、黙って気持よく歩みを進めた。

「手綱をそんなにぎゅっと持っちゃだめだ」ジョブが叱《しか》った。「馬の口を痛める」

サンディはすぐに手綱をゆるめた。言い争いもせず、食ってもかからない。

なんてめずらしいこともあるものだろう。コリーンはびっくりしてちらっとサンディの方を見たが、その顔を見て微笑を隠した。

「ちょっと向こうへ行って、納屋にいる子馬のことをハンクと話してくるわ」コリーンは言った。「すぐに追いつくから!」

サンディはコリーンを呼び戻したかった。だが、そんなことをすればジョブと二人きりになるのを恐れているのを認めることになる。二人きりですって。ふとおかしくなった。あちこちにカウボーイがいる牧場の真ん中で? 笑ってしまうわ!

ジョブは手袋をはめた手を鞍頭に置いていた。彼はサンディを見ていなかった。遠くを見ていた。つばの広い帽子は、グレーの目のところまで引き下げられている。「雨がくるのがあと二日遅ければ、ありがたいんだが。干し草刈りが終わるまで」

「機械の修理……難しそうなの？」

ジョブは首をめぐらせ、大きな麦藁《むぎわら》帽子の下のサンディの目を見た。不安そうなのが、いつになくびくびくしているのが見てとれた。彼は馬を彼女の方へ寄せた。

「怖がることはない」ジョブは彼女の目を見つめながら言った。

サンディはぎこちなく笑った。「怖がる？　あなたを？」

「ゆうべの続きを始めるつもりはない、サンディ」ジョブはしかつめらしく言った。「あれは、もののはずみだった。気にするようなことじゃない」

サンディの胸はしぼんだ。彼から目をそらす。

「わかったわ」

「もしかして……」

サンディは目を上げた。「もしかして？」

険しく細められたジョブの目がサンディの口に留まった。「もしかして、君が一か八《ばち》かやってみようと言うなら別だが」

息が喉につかえた。「一か八かって……何を……何をやってみるわけ？」

ジョブは彼女のひきつった顔を探った。「ゆうべのようなことさ」彼は答えた。「あれは想像していたよりはるかによかった。しばらく付き合って、どんな具合になるか見てみるのはどうかな？」

サンディの心臓が止まった。彼がそんなことを言うとは思ってもみなかった。「ミッシーのことは？」声が喉に詰まる。

「ミッシー？」ジョブの顔がこわばった。「彼女とは何一つ約束したわけじゃない」

「ああ、思い出したわ。あなたは女性とはなんの約束もしない主義だったっけ」

「ちゃかすのはよせ」ジョブはすげなく言った。「これは冗談じゃない。真面目《まじめ》な話だ」

サンディは唇をかみ、半ばひるみながら彼をじっと見た。「あなたは独身でいるのが好きなんでしょう。私は……火遊びなんてごめんだわ。あいにくだけれど」

「サンディ、僕が言っているのは火遊びじゃない」ジョブは無理やり微笑した。「テッドに殺されてしまう。彼も昔気質《かたぎ》の人間だから」

サンディはジョブをにらんだ。「つまり、私が古くさい人間だってことね。だからってどうなの？」

「別にいいさ」ジョブはくすりと笑った。「ある意味じゃ、僕も古くさい人間だ」

サンディは鞍の上で身を動かした。革がきしんで鳴る。「あなたはどういうことをしたいと考えているわけ？」

「外で食事をするとか映画に行くとか。そういうのは君にとっては、あまりに中産階級的かな？」

サンディは顔を赤らめた。「私も中産階級よ」

「よく言うな。君やテッドは生まれた時から金持だ。金に不自由したことは一度もないだろう」

「私は働いて自活しているわ」彼にそのことを思い出させる。二十八歳になれば、じっと座っていても多額の信託遺産が入る。なのに、なぜあえて職業に就いているのか、その理由は言いたくなかった。

「ああ、知ってる」ジョブは言った。「なぜそうしているかもね」

サンディはびっくりして彼の目を見た。「知っている……？」

ジョブは口を開いて話し出そうとした。だが、その時、コリーンがギャロップで追いついてきて、サンディと馬を並べた。

「行った方がいいわね」コリーンはすまなそうに微笑し、押し寄せてくる黒雲を指さした。「雨に濡《ぬ》れると干し草がだめになるでしょう」

「そうだな」

ジョブはサンディの方に物思わしげな一瞥《いちべつ》を投げ、帽子のつばにちょっと手をやってから馬を走らせて去った。

「邪魔してごめんなさい」コリーンが言った。

「ちょうどよいタイミングだったのよ」サンディは無理して笑った。「気にしないで。別にどうということないの」

4

サンディにはジョブの誘いを避けたい気持が強かったかもしれない。しかし、雨が彼に味方した。干し草入れの後、午後遅くなって彼はサンディを捜しに来た。

外は雨で薄暗い。サンディは家の裏手のガーデンルームに座り、ペカンの木々に降り注ぐ雨を見つめていた。

ジョブはそこで、ソファに身を丸めているホワイトジーンズとブルーのタンクトップのサンディを見つけた。

「僕を避けたいのか？」静かにきいた。

サンディはびくんとして座り直した。「どうして？　もちろん、ちがうわ」

ジョブはまっすぐに入ってくると帽子を脱ぎ、ソファに並んで腰を下ろした。「僕はスリラーが好きだ」彼は前置きなしに言った。「ダウンタウンの映画館に一本かかっているんだが、君は別の方がいいかな。グランド館でコメディをやっている」

「スリラーがいいわ」

彼はうなずいた。「見る前にピザか、ハンバーガーとポテトフライを食べよう。でなきゃカフェテリアがある。そっちの方がよければそうしよう」

なるほど、彼はテストをしているのだ。私が安い値段の食事をいやがるかどうかを。

サンディはしばらくジョブの目の中を探った。「一流レストランに行くとか、見るのはオペラや演劇でなければとか、そんなことぜんぜんないわ。あなたがそういうことを考えているのならね」彼女はやさしく言った。「私はハンバーガーとポテトフライが好きだし、映画でちっともかまわないわ」

「だが、君はそういうのに慣れていない」ジョブはため息をついた。「実を言うと、君を誘ったのを後悔していた」彼は手の中で帽子を回した。「たぶん、まちがった考えだったと思う」

サンディはどう答えてよいかわからなかった。居心地が悪そうに小さく体を動かす。「あなたがしたいことでかまわないのよ。なんでもいいわ」

「そうなのか？」ジョブの目がぎらりとした。彼は帽子を床に投げた。サンディの腰をとらえてソファに押し倒し、同時に彼女の唇を口で覆う。

抵抗はおろか息もできなかった。彼はサンディの返事に逆上したかのように乱暴だった。むさぼる口、のしかかってくる体、手加減もやさしさもない。

サンディは低く抗議の声をあげた。すると、ジョブは手の力をゆるめ、頭を起こしてサンディをにらみつけた。「僕がしたいのはこれだ」彼は吐き捨てるように言い、憎くてたまらないような目をした。

「くそ！　君が十七歳の時からずっとこうしたかった」

　彼の顔にむき出しになった自己嫌悪を見ると、サンディは青ざめた。彼は私を求め、その一方で、私を求める自分がいやでたまらないのだ。サンディの心のどこかにハッピーエンドの夢が引っかかっていたとしても、彼の目を見ると、それは灰と化した。

　怒りと失望の涙がこみ上げるのをこらえながら、サンディは両手で彼のシャツの胸を突いた。

「起こしてちょうだい」歯のあいだから押し出すように言う。

　意外にも、ジョブはすんなりそうした。彼は立ち上がり、腹立たしげに床から帽子を拾った。

「あなたと出かけるのは遠慮しておくわ。せっかくだけれど」サンディは押し殺した声で言った。ジョブをよけ、彼の腕が届かない距離に来るなり走り出す。急いで階段をのぼり、部屋に駆けこみ、後ろ手にドアを閉めて鍵《かぎ》をかけた。

　頬を伝う涙を、怒りをこめて拭《ぬぐ》う。あんなにひどい人っていない。長い長い付き合いなのに、どうして私にあんな仕打ちができるの？　あんなことをするのは、もう彼には私への礼儀のかけらさえないということだ。そう思うと胸が引き裂かれた。警戒心を解いた自分に激しい怒りがこみ上げる。

　サンディはバスルームに行って顔を洗った――怒りのあまり寒けを覚えながら。

　考えるよりも先に体が動き、クローゼットからスーツケースを引っ張り出して荷物を詰めはじめた。あんなことがあったのに、なおもここにいようとは思わない。

　サンディは急いでジーンズからきちんとしたベージュのスーツに着替えた。髪を後ろにまとめ、バッグを腕にかけ、階段を下りた。

キッチンの戸口で足を止めた。中ではミセス・バードが夕食の料理を作っているところだった。

「ビクトリアに帰らなくてはならなくなったの」サンディは言った。「急な用ができて」

「おや、それじゃ電話が鳴ったんですか？」ミセス・バードは尋ねた。「敷物をとり入れに出ていたから、それできっと聞こえなかったんですね」

「きっとそうね」サンディは真顔でごまかした。

「テッドとコリーンに、後で電話をすると言っておいてもらえる？」

「承知しました、ミス・サンディ」

サンディは家政婦にほほ笑みを送り、正面玄関を出てガレージに向かった。

ジョブがサンディの車のトランクに寄りかかっていた。彼を見てサンディの足は止まったが、それはほんの一瞬だった。

「そこをどいてもらえないかしら。スーツケースを入れたいの」サンディは一語一語を氷のように冷たい声で言った。

ジョブは彼女の青白い顔をじっと見て、目の縁が赤くなっているのに気づいた。「君はいつも逃げ出すんだな」

「ちゃんとした理由があるからよ。わからない？」

「今回は、そう、たしかにあるな」ジョブは険しく細めた目でサンディの顔を眺め回した。「特別な関係になることに気が進まないのは、こっちも同様だ。君を傷つけるつもりはなかった」彼は口重く言った。彼女の唇の、さっき自分が歯を当てたところがはれているのに目がいくと、顔をしかめた。

「傷なんてどこにもないわ」サンディはつんとして言った。「どいてもらえる？」

ジョブは脇《わき》に寄り、彼女がスーツケースを車のトランクに入れて閉めるのをじりじりした面持ちで見ていた。

「おたがい率直に気持をさらけ出して、すっきりした方がいいんじゃないか？」

サンディは屈《かが》めていた背をのばした。「あなたはさっきソファの上でそうしたんじゃない？」冷ややかに皮肉を言う。

ジョブはあごをこわばらせた。「悪かった。女性を痛い目にあわせる練習をしたことがないんでね」

「あなたは私に出ていってほしいんでしょう」

ジョブは腹が立ってたまらないように荒々しく息を吐いた。「ああ、たぶん。邪魔なものがあまりにも多すぎる……」

「そのとおりね」サンディは即座に同意した。「あなたにはミッシーがぴったりよ。ややこしいところがなくて、やさしくて。彼女となら、あなたはきっと幸福になれるわ」

「君と君のボスのようにか？」ジョブは荒々しくきいた。

サンディはドアの方へ体を向けた。「ミスター・クランスンには恋人がいるの。彼のことはとても好きだけれど、ロマンティックな関係じゃないわ」

ジョブは素直な返事に驚いた。「ずいぶん仲よく見えたけどな」

「彼のことは好きよ」サンディは繰り返した。「あなたは好きじゃないわ」恨みをこめた目で言い添える。「ほんのちょっとも」

「そのことなら、なんとかできそうだ。もし試させてくれるなら」ジョブは言った。

サンディは彼から目をそらした。「私にここにいてほしくないくせに」ずばり言うと、彼の顔にちらっと驚きがよぎる。「私が、かつてあなたに対してどんな感情を持っていたか言ったから、それであなたは調子づいたんでしょう。でも、あなたは私にここにいてほしくない。それははっきりわかったわ。でも、あなたが気の咎《とが》めを感じる必要はないわ。子供っぽい憧《あこが》れは卒業しているの。あなたは私に対してなんの借りもないわけ」

　彼はかすかに顔をゆがめた。

「いいこと、あなたは私を好きでさえない。かつて一度も好きだったことさえない。さっき言ったわね、あなたは私が職業を持って家を出た理由を知っているって。だったらよくわかっているんじゃない？」

「君は十七歳だった」ジョブは言った。「家を出て大学に行った。僕から逃げたのだということは知っていた。だが理由がわからなかった」

「あなたはリズ・メイスンと付き合っていたわ。誰もがあなたは彼女と結婚すると思っていた」サンディはしょんぼりと言い、片方の肩をすくめた。「私はリズみたいな美人じゃなかったし、牛の話もできなかった。あなたが私に苛立《いらだ》ったのはもっともだわね。あなたは事あるごとに私のあら捜しをして意地悪を言ったわ。私が家を出たのは、あなたのそばにいていつも傷つくのに耐えられなかったからよ」

「それは、君のことが嫌いだったからじゃない」

　サンディは作り笑いを浮かべた。「わかっているわ。いまはね」精いっぱいの威厳を繕って言う。「あなたは私がほしかった。そうでしょう？」

　彼は短く、腹立たしげにうなずいた。

「そして、いまも」サンディは悲しくなった。「私は舞い上がればよかったのかもね。でも、そんなの安っぽいわ。体だけならどこにだってあるもの」

「我々のあいだに起こった反応は、どこにだってあるようなものじゃなかった」ジョブは言った。「本当に、めったにあることじゃない」

「欲望しか頭にない男と何夜かベッドをともにするなんてくだらないわ」サンディは正直に言った。「だから恋愛遊戯に身を投じたこともないわ。真面目《まじめ》なのよ。軽い気持で情事なんてことができないの」

ジョブはあごを起こした。彼はまばたきもしなかった。その視線の激しさに、サンディの心臓の鼓動が速くなる。「その気になれば、いつだって君をベッドに誘いこむのは簡単だ」彼は静かに言った。「君が十七歳の時にもそうだったし、いまでもそうだ。それはいつだってわかっていた。いまだって」サンディは赤くなった。「思い上がるのもいい加減にして……」

「そわそわすることはないさ」ジョブは両手をポケットにしまった。「だからって何もしやしない。いつも君に突っかかっていたとしたら、それは君を守るためだ。いったい僕にどれだけの自制心があると思うんだ？　もし君がその気をちらつかせたら、どっちも負けだろう」

サンディは身をこわばらせた。「私はそんな女じゃないわ」

「よかったな」ジョブは言った。「そういう女だったら、僕は一番近くにいる牧師を見つけ出し、君はその牧師の前に一緒に立つはめになるだろうからな。僕は遊び半分に寝ない主義だ」

「私は何も知らない女学生じゃないのよ！」

ジョブは長いため息をついた。「君のことならよくわかってるよ、サンディ。だからといって事は少しもやさしくならない」静かに言ってじっとサンディの顔を見る。「君が本気で行こうときめたのなら、止めるつもりはない。たぶん、君が正しいんだ。差がありすぎるからね。君が中流の暮らしでやっていけるかどうかわからないし、僕はこの仕事を辞めて妻に養ってもらうなんてごめんだ」

「私は結婚なんてしたくないわ」サンディはいまいましさに歯ぎしりして言った。

ジョブには彼女の虚勢が透けて見えた。だが、反論しなかった。「じゃ、気をつけて」彼は背中を向け、その場を去った。

サンディは出ていくジョブを見つめた。ハートがどっと沈んだ。彼が本当のところ何を望んでいるのかわからなかった。彼は自分で言おうとはしない。いつもそうだ。心を読むように強いる。

「男なんて大嫌い」サンディはつぶやいた。

彼女は車に乗り、エンジンをかけて走り去った。ビクトリアまでの道中ずっと、雑念に思いをかき回されないように、我慢できる最大の音量でラジオをかけっぱなしにした。屋敷を出るべきではなかったかもしれない。向こうにいて事のなりゆきに任せるべきだったかもしれない。だが傷つくのが怖かった。ジョブが請け合ったのは、たがいの腕の中で欲望を満たすことだけだった。それでは足りない。

彼がどういう気持なのかわからなかった。怖くて危ない橋を渡る勇気がなかった。サンディは早くもその報復を受けていた。

報復は充分に受けた。二週間たっぷり、サンディはジョブを心の隅に追いやろうと躍起になった。しかし彼はそこにじっとしていようとはしなかった。始終ひょこひょこ顔を出したのだ。とくにコリーンと話をしている時には。

「このところ彼は、ミッシーとすら話そうとしないのよ」コリーンが電話をかけてきて言った。「すごくふさぎこんでいるんですって。彼の身内が死にかかってでもいるのかって、カウボーイの一人に尋ねられたわ。おかしいわ。だっていつものジョブはそれは快活で気さくなのに」

「きっと何か悪い知らせがきたんでしょう」サンディは冷ややかに言った。

「ちがうわ。そういうんじゃないの。彼がふさぎこんだのは、あなたが行ってしまってからよ。それからずっとなの」

サンディの心臓は飛び上がった。「からかわないでちょうだい」

「からかってなどいないわ。彼はあなたを恋しがっているのよ」

サンディは答えなかった。すぐに話題を変える。そしてコリーンはそれきりジョブのことは口にしなかった。

だが、二日後、テッドが電話をかけてきた。

「パソコンが思わぬ暗礁に乗り上げたんだ。記録が消えちまった。家畜の物産市のために、ぜひ必要なんだ。調べに来てくれないか？」

「わかったわ。明日の朝一番で行くわ」

「助かるよ！」

兄は電話を切り、サンディはこれは神意かしらと思った。運命が手を引っ張っている。ジェイコブズビルではどんなことが待っているのかしら。

サンディはスーツケースを詰め、次の日の朝早く出発したが、断固として自分の気持を認めようとしなかった。どれほどジョブが恋しく、どれほど彼を思っているかを。

パソコンを見にオフィスに入っていくと、彼はいなかった。だが、兄がいた。

テッドは渋い顔をしていた。「こんなものを信用するんじゃなかった」サンディがハードドライブのファイルを調べているそばでぶつぶつ言う。「こんな始末になるとはね。こいつはうちの記録をすっかり食ってしまった」

「そうじゃないわ。消えたとしてもリカバリーできるからだいじょうぶ。文句を言うのはやめて、ちょっと時間をちょうだい」

テッドは荒い鼻息をたてた。「本当にだいじょうぶなのか？」

「ええ」サンディはファイルにさっと目を通していった。「どうしてこうなったの？」

「ミッシーが動揺してまちがったキーを叩《たた》いたんだ。

ジョブがそう言ってた」

「どうして動揺したの？」好奇心がむくむくとわき起こり、サンディは兄を見た。

「知らない」テッドはそっけなく言った。「だが、あるパーティにジョブが一緒に行きたがらなかったからじゃないかな。彼女はそのために新しいドレスを買ったのに」

「彼はなぜ行きたがらなかったの？」

「本人にきいたらどうだ？」テッドはデスクの端に浅く腰を下ろした。「最近は、彼と話をするのが骨だよ。何を話していてもすぐにかっかするんだ。やけにぴりぴりしている。あの日おまえが出ていってからずっとだ。奇妙だ。そうじゃないか？」彼は目を鋭く細め、うっすら微笑した。

サンディは我にもなく赤くなった。「私たち、現状維持でいこうということで合意したの」

「言い換えれば、おまえは彼とのチャンスに賭《か》けるのを怖がっているということだな？」

パソコンを操作していたサンディの手がぴたりと止まった。椅子を回転させて兄と向き合う。「怖がっているのは双方よ。彼は私が中流の生活に甘んじられないと思っているし、私は、彼には肉体的な興味以外の感情があるように思えない。これで偏りのない見方ができるようになったかしら？」

テッドは小さく笑った。「そんなことだろうと思っていたよ」彼は胸の前で腕組みした。「しかし、人間一か八《ばち》かに賭けるべき時もある」

「お兄さんにはよくわかっているわね」サンディは兄がコリーンの恋の攻勢を必死にはね返そうとしていたのを思い出し、目を和らげた。「お兄さんたちも、結婚に至るまでにいろいろと溝を埋めなければならなかったのよね」

「おまえは半分もわかっていないな」テッドは冷やかした。「僕とコリーンは激しくぶつかり合った。

熱い火花を飛ばしてね。いまも熱くぶつかり合っているが、まったくちがったことでだ」

「言っていること、わかるわ」サンディは膝の上に重ねた自分の手をじっと見た。「私は逃げたの」

「知ってるよ」

サンディは座り直し、すらりとした脚を組んだ。

「実際、彼も逃げたのよ。私はそう思うわ。私と彼は昔からずっと角突き合わせていたから、仲よくなるのが難しいの」

「とくに、彼が望んでいるように仲よくなるのは?」テッドがやさしくからかった。

サンディは頬を染めた。「ええ」

テッドは長いため息をついた。「おまえの人生をああしろこうしろと僕には言えない。不和を解消すれば、おまえとジョブがうまくいくという約束もない。だが、僕は孤独も経験したし、いまは結婚生活を経験している。おまえが信じるかどうかは別にして、結婚生活の方がはるかにいい」

「彼が結婚したがっているかどうかわからないわ」

テッドの顔が硬くなった。「ジョブはそんな男じゃない」

「テッド、お兄さんぶるのはそのへんでやめておいて」

「なら、いまふうのモラルについてつべこべ言うのもなしだぞ」テッドは厳しく言った。「ここはテキサスの小さな町なんだ」

「こう言いたいわけね。女は結婚せずに男と一緒に暮らすのは許されず、子供はすべて正式に結婚した男女から生まれなければならない」

テッドは顔をしかめた。「まさか。だが、おまえは妹だ」

「ええ。そしてあなたは、すばらしいお兄さんだわ。ひょっとしたら、いままで言ったことがなかったかもしれないけれど」サンディはそっと言った。「でも、私は私の生き方でいくわ。お兄さんがそれを気に入らなくても」

テッドはきつい目をした。

サンディは肩をすくめた。「正直に言えば、私もだらしのない関係は嫌い。だから逃げたの。ジョブは結婚には向かない男性よ」

「結婚に向かない男なんていないさ。ふさわしい相手にめぐり合うかどうかの問題だ」テッドは言った。

「ミッシーならふさわしいと思うわ」

テッドは眉をぐいと持ち上げた。「昨日ここを飛び出していった時の彼女を見たら、そうは思うまい。すずめばちの巣をつついたより始末が悪かった」

「誰でもけんかはするわ。そして、また仲直りするの」

「じゃあ、おまえたちはなぜ仲直りしないんだ？」

サンディは再び自分の手を見つめた。「彼がいないもの」

「彼はいる」

廊下でかすかな音がした。サンディが振り返るのと同時に、ジョブが入ってきた。だが、それはサンディの記憶にあるジョブではなかった。凍《い》てついたような顔で、鋼のように硬かった。彼はサンディに会釈すらせず、テッドの方に顔を向けた。

「馬が六頭ほど道路へ出てしまった。ジャスパー・ロードのフェンスが壊れている」

「どうしてだ？」テッドはたちまち仕事の時の顔になって腰を上げた。

「トラックがパンクを起こしてフェンスを突き破ったんだ。馬を捜しに男たちを出した」

「僕も行って手伝おう。サンディはファイルをもとどおりにできると言っている」彼は妹の方へあごをしゃくった。「僕が馬を捜しているあいだに、君は彼女に手を貸してやってくれ」

テッドが出ていくと、ジョブは声をひそめて悪態をついた。「私だって好きでやっているんじゃないわ」サンディは振り返って目をむいた。「でも、私たちはここにとり残されてしまったようね」

ジョブは椅子のそばで足を止め、サンディがキーボードに指を走らせるのを見ていた。「何をしているんだ?」

「ファイルを回復させるプログラムを使っているところ。うっかり何かを消してしまっても、たいていの場合呼び戻せるわ。やり方さえ知っていればね」サンディはファイルの一時保存や記憶装置のメカニズム、回復プログラムの操作について説明した。

「すごいものだな」ジョブは言った。

「そうでしょう?」サンディは微笑した。「私は『スター・トレック』の再放送を見て育ったの。ミスター・スポックのようにコンピューターを自在に操る専門家になるのが夢だったのよ」

「たくさんの子供たちがそう思っただろう」ジョブは微笑を返した。「君がやっているのを見ると、実に簡単そうだ。だが、本当はそうじゃない」

「私は長いあいだやっているんですもの。練習すればたいていのことは上達するわ。ほら、あなただって馬や牛の扱いはお手のものでしょう」サンディはさらにいくつかのキーを叩いた。「それはあなたが小さいころから家畜と一緒にいたからよ」

ジョブはパソコンの画面を見ながら、彼女の後ろに立った。がっしりした手が彼女の髪に軽く触れる。「君が恋しかった」彼はだしぬけに言った。

サンディは息をのんだ。「ほんと?」

「テッドは僕をくびにするところだったそうだ。彼は何がまちがいだったか知っている。言葉では言わないがね」ジョブは少しのあいだ黙った。「例の問題を抱えながら、君は機嫌よく過ごしていたのかい?」

「同僚たちの話からすると、あなたと似たようなものだったんじゃないかしら」

ジョブはサンディを椅子から引っ張り上げるように立たせ、両腕に抱き寄せた。「決定を下す時がきたようだな」

「なんのこと？」

ジョブは微笑し、頭を屈めた。「これのさ」彼はサンディの熱い唇に口を寄せてささやいた。

帰るべきところに帰ってきた。そんな気がした。静けさの中、サンディは体を押しつけ、たくましい彼の体の温かさをうっとりと味わった。抵抗する気持はもう微塵《みじん》もない。彼が導くままに、慎みをかなぐり捨て、ひたすら身をゆだねる。

やがてジョブが頭を起こすと、サンディは両方の目に心をさらけ出して彼を見上げた。

彼はいつになくもじもじとしていた。じっと見つめる彼の視線には一抹の不安がのぞいている。

「どうかしたの？」サンディは尋ねた。

ジョブは彼女の頬にそっと手をやった。「怖《お》じ気《け》づいているんだ」ぼそりと言い、小さく笑った。

「わかるわ。私もそうだから」サンディはため息をついた。「でも、やっぱりとても辛《つら》いわ」

「いまじゃ、たがいの気持をずいぶんよくわかり合っているってことかな」ジョブは考えながら言った。「僕たちは子供じゃない。毎日一つずつでも事を進めないか。そしてどうなるかを見る」

サンディはうなずいた。「オーケーよ」

ジョブは再びキスをした。今度は軽く。「小さいことから」唇を合わせながらささやいた。「さもないと、すぐに手に負えなくなる」

サンディは吐息をつき、ジョブの胸に頬を寄せた。そこはくつろげて、安全なところに思えた。目を開き、彼の柄物のシャツの向こうのオフィスを眺める。

「私の子犬が死んだ時のことを覚えている？　テッ

ドに見られないように納屋で泣いていたのを、あなたに見つけられてしまったわ」

ジョブはくすっと笑った。「君は僕にも見られたくなかったのにな」

「兄とあなたは本当に煩わしいったらなかったわ。私はひどい弱虫みたいな気持にさせられたもの。でも、あなたは私を抱き上げて、涙が止まるまで腕に包んでいてくれた。あなた、あの時、なんて言ったか覚えている？」

「涙は破れたハートを癒《いや》す」ジョブはそっと言った。

「そうだろう？」

「あなたにはわからないわけね。一度も泣いたことがないから」

彼はサンディの腰の後ろで指を組み合わせた。

「おやじが自殺した時には泣いた」ジョブは言った。

「おやじは善良で思いやりのある、きちんとした人間だった。だが、母の気に入るほど頭は鋭くなかった。彼女はよく、相応な教育のある、天才的な頭脳の男がほしいと言っていた」

「お母さんがその後どうなったか知っているの？」

サンディはやさしく尋ねた。

ジョブの顔が硬くなった。「いや」

「ごめんなさい」

「別にいいさ。その質問がいやなわけじゃない。彼女の消息はわからないんだ。たぶんいまも、どこかの最高機密の研究所でリサーチをしているんだろう。案外、眼鏡にかなう男を見つけたかもしれないが、長続きしたとは思えないな。つまり、もし彼があまりにも頭がよかったら、彼女は自分と比べるのが癪《しやく》だろうからね」

「私の母は聡明《そうめい》でもなんでもなかった。ただの身持ちの悪い女だったわ」サンディは自分から言った。

「おかげでテッドはすねた人間になって、本当にひどかったわ。もしコリーンが現れなかったら、一生独身でいただろうと思うわ」

「彼女はすてきな人だ」ジョブは言い、やさしくほほ笑んでサンディの顔を見下ろした。「君もだよ。外側は堅固で、コンピューターのような頭を持っているが、君はすてきな女性だ」

「それはおほめの言葉？」

彼はサンディと軽く唇を合わせた。「ああ、そのつもりだ」ささやく息がサンディの鼻をくすぐる。「君も母と同類のキャリアウーマンだと、僕はずっと自分に思いこませようとしてきた。だが、テッドとコリーンの坊やを抱いている時の君は、芯《しん》までハードボイルドのキャリアウーマンには見えないな、サンディ」

サンディは彼の淡い色の目を不思議そうにのぞきこんだ。「あなたが子供の話をするなんて、ついぞ聞いたことがなかったわね。一度の例外を除けば」サンディは思い出し、居心地悪くなった。「あなたはテッドに、小さなパソコンのエキスパートなどほしくないって……」

ジョブは長い指でサンディの口を封じた。「誰だって心にもないことを言うことがある。その時の僕もそうだった。長年、君と勝算のない闘いをやってきたから、すぐやめるのは難しい」

「わかるわ。私は自分の望みどおりの人生を送っていると思っていたの。ところが、実家に帰ってきてあなたを見たら……」

ジョブはうなずいた。「完璧《かんぺき》にわかる」彼はサンディを引き寄せ、もう一度やさしくキスをした。

「こうするのはすてきだ」

「ほんとね」サンディはくすっと笑って目を閉じた。

「でも、テッドのファイルをなんとかしなくちゃならないわ」

「それは後回しでいい」

「たぶん。でも……」

玄関の呼び鈴が鳴った。二人の目はそちらへいった。ミセス・バードが戸口に出て、訪問者を中に入れた。それが誰かわかると二人は眉をひそめた。

ミッシーがこちらへ来る。サンディはジョブの腕から抜け出した。黄色のサンドレスを着たミッシーは、小さなバッグとファイルフォルダーを胸に抱え、とても颯爽《さっそう》としてきれいに見えた。

「あなたにはこの記録が必要だろうと思って」ミッシーはジョブに向かって愛らしくにっこりした。

「うっかり持って帰ってしまったの」反抗的な目でちらっとサンディを見た。「記録が消えてしまったから調べに来たの？」

「見つけたわ」サンディはあっさり言った。

ミッシーはどきりとしたように見えた。「あなたが消滅したファイルをリカバリーできるとは思わなかったわ」

「あなたはどこで習ったの？」サンディはちくりと言った。

「ちゃんとした学校よ」ミッシーは赤くなり、言い訳がましく言った。「リカバリーの仕方も教わったわ。ちょっと忘れただけよ」

「仕事にならないわね」サンディは冷ややかに言った。「記録をすべてパソコンに頼っていたらたいへんよ。テッドの場合、私がリカバリー操作を知っていたからよかったようなものの。今月は物産市があるってことジョブから聞いていたでしょうに」

ミッシーは微笑した。「そうね、彼は言ったかもしれないわ。でも私たちって、いつも仕事の話ばかりしているわけじゃないから。ねえ、そうでしょう？」彼女はジョブに相槌《あいづち》を求めた。

ジョブはひどく居心地が悪かった。彼はサンディに対する自己防衛の策として、ミッシーと恋仲のように見せかけてきた。それがいま、ただならぬ厄介事になってはね返ってきた。サンディの表情には、彼女がミッシーと彼の仲をいまも疑っていることがありありと現れている。その疑いをどうやって晴らしたらよいのか、ジョブには皆目わからなかった。

5

ミッシーはばつの悪そうなジョブを見て、いまのひとことがじっくり身にしみるに任せておこうときめた。「じゃ、私、帰るわね。また月曜日に」茶色の瞳をきらりとさせ、彼に秘密めいた微笑を送る。

「ああ」ジョブは答えた。

ミッシーはデスクの上に家畜の記録ファイルを置いていった。サンディはぱらぱらと目を通した。パソコンから消えた分だ。ミッシーは消去してうまくやりおおせたつもりだった。見え透いている。この分を再度入力しながら、今日ここでジョブと一緒に過ごせるように計画したのだ。

「残念だったわね」サンディは低く言った。「彼女は今日一日、やり直しをしながらここにいるつもりだったのに失敗だったわね。お気の毒」

ジョブは不安そうだった。「僕がそそのかしたわけじゃない。たしかに面白くない……」

サンディは彼の前に歩み寄った。彼女の目は澄んでいて、きらきらしていた。「ミッシーが作戦行動中だってことがわかったわ。私は妬《や》いていないわよ。そんなにはね」

ジョブは小さく笑った。「少しは妬いてる？」

サンディは肩をすくめた。「顕微鏡で見なくちゃわからないくらい」

彼は頭を屈《かが》め、ゆっくりとキスをした。「中華料理は好きかい？」

「大好きよ」サンディはささやいた。

「よし。じゃ、バッグを持って。出かけよう」

「でも、テッドのファイルを……」

「君が食べるあいだ待たせておけばいい。おなかがすいているんだろう？」

「もうぺこぺこよ」

「わかった。さあ、行くぞ！」

ジョブはサンディの手をとり、自分の黒いピックアップトラックのところへ歩いていくあいだ、ずっとその手を握っていた。彼女を乗せてシートベルトをかけてやるあいだも、一刻も目を離したくないように彼女を見つめていた。

「ガールハントにはピックアップトラックが一番だ」ジョブはぼそっと言った。「ほら、こんないいのをつかまえた」頭を屈めてキスをする。

サンディは彼の上唇を指でなでた。「よかったのか悪かったのか」ささやいて、キスを返す。

「おい！　いったい……」テッドは二人のそばに車を乗りつけて降りた。「何をしてるんだ？　家畜の記録はどうなった？」

「腹ぺこなんだ」ジョブが言った。「コリーンと坊やを連れて中華料理を食べに行かないか？」

テッドは荒々しくため息をついた。「中華料理は嫌いだ」彼は頬を染めている妹と得意顔の牧場監督を見比べた。「まあ、どのみち食べなくちゃならないわけだな。とっとと行ってこい。記録のことはしばらく待ってやる」

「ありがとう、テッド」サンディは兄に向かってにこっと笑った。

テッドも微笑を返した。「問題は解決したってことか？」

「まだやっと第一歩というところさ」サンディより先にジョブが答えた。「だが、僕たちは赤ちゃんじゃない。そうだな？」

「ええ、ちがうわ」サンディは請け合った。

二人はテッドに手を振り、車で走り去った。

それからの数日は、サンディにとって、さながら夢の中で生きているようだった。ビクトリアには戻らず、一週間の休みをとった。

サンディとジョブが始終一緒にいるので、ミッシーはぷんぷんしていた。

ある日、二人は馬で出かけた。彼はサンディを近くのターナー池に連れていった。そこは人気の釣場で、人々は料金を払って魚のいる池に釣糸を投げる。

「楽しいだろう？」ジョブは手応《てごた》えのある糸をたぐりながら、たかってくる蚊を叩《たた》いた。

サンディは彼と並んで座り、裸足《はだし》の足を桟橋でぶらぶらさせていた。「天国にいるみたい」彼女は言った。本当にそう思う。釣りなんて子供のころにしたきりだわ。ここはのんびりして静かだ。ほかの釣人があちこちにいるけれど静かだ。それにジョブと一緒にいるのが楽しくてたまらなかった。

「女性を釣りに連れてきたのは初めてだ」ジョブは帽子の下からサンディを見た。彼はブルージーンズをはいた長い脚の片方を立てて引き寄せた。「なかなかやるじゃないか」

サンディは紐《ひも》に通した、自分の釣った二匹と、ジョブの紐についている三匹をちらっと見た。「一匹負けているわ」

「いやいや立派なものだ。男にもっと釣らせてくれたら、もっと立派なんだがな」

サンディは竿《さお》を脇《わき》に投げ、笑いながら彼に飛びかかって押し倒した。

「そういうのを、いまいましい男性優位主義っていうのよ」

ジョブはサンディの背中に腕を回し、彼女を見上げてにやっとした。帽子は草の上に飛び、ブロンドの髪が乱れていた。「君はそれに慣れた方がいい。僕はそれひと筋できたんだから」

「そんなことだろうと思っていたわ」サンディは吐息して、彼の口にそっと唇を重ねた。

ジョブはサンディを自分の上にのせたまま、昼下がりの暑さの中で、彼女のキスを心ゆくまで味わった。蚊が手首を刺したが、彼は気づきもしなかった。

サンディは体の深いところで何かがはじけたような喜びの大波にのまれ、ため息をもらした。ジョブは彼女を深い草の中に引っくり返し、彼女の脚のあいだに脚を投げ出した。キスが急に過激になる。サンディは我知らず唇を開いた。心臓が飛び上がる。彼の手が胸のふくらみを探り当てると、次の瞬間、口がそこをむさぼった。

彼女は小さく声をあげた。

抗議の声ではなかったが、その声でジョブは我に返った。頭を上げ、いまいる場所に気づいて顔をしかめる。

「悪かった」彼はつぶやき、苦笑いを浮かべながらサンディを引っ張り起こした。「僕たちは釣りに来たんだった。忘れていたよ」

「私も」

ジョブは笑った。「君はこれをつけた方がいい。いまみたいなことをしていても、ほかの人たちに悪いことをしているとは思われないですむ」彼はグレーのベルベット張りの小さな箱をサンディの手の中に投げてよこした。「さあ」彼はうながした。「開けてごらん」

サンディはためらった。それがなんなのかぴんときたからだ。それと一緒に問いが投げかけられたことになる。そして彼は返事をいまここで聞こうというのだ。彼の目をじっと見る。そこに返事があった。結局のところ、できうる返事はたった一つだった。

サンディの手は震えた。小箱を開ける。ぎょっとして息をのんだ。「ひどい人！」

まんがのキャラクターのラペルバッジだわ！　サンディはぱちんと蓋《ふた》を閉め、箱を彼に投げつけた。

「よくもこんなことができるわね！」

「待ってくれ、待ってくれ。箱をまちがえたんだ！　こっちの方だ！」

ジョブは大笑いし、ポケットに手を突っこんで正しい箱を引っ張り出した。「それは小さいいとこへの……明日が彼女の誕生日なんだ。ほら、君のはこれだ」

彼はそれをサンディの手に持たせ、蓋を開けた。目は彼女の顔から一秒たりともそらさなかった。

「これはホープ・ダイヤモンドみたいに大きくないが」彼は小さなダイヤモンドのエンゲージリングに目を落としているサンディの表情を見守りながら、静かに言った。「こめた気持は負けず劣らず大きい。君を愛している。君と人生を分かち合えたらと思う」

サンディの頬を涙がどっと伝い、熱く湿った跡を残した。指輪がゆらゆらと霞《かす》む。彼のプロポーズはとてもとても感動的だった。彼が愛してくれているとは、いまのいままで思ってもみなかった。

サンディは視線を上げ、涙で霞む目を通してジョブを見た。

「ほしくないのか？」彼は沈んだ声できいた。「僕は君の気持をまるきり勘違いしてたってことか？」

サンディはかぶりを振った。「ちがうわ、ちがうわ」小さな声で言う。「あなたを愛してる。あなたが愛してくれているなんて、私、ちっとも知らなかったから」

「こうもりみたいに目が見えないんだな」ジョブはぶつぶつ言ったが、その声には安堵《あんど》がにじんでいた。

彼は指輪をつまみ出してサンディの指にはめた。

「まるっきり愛していなかったら突っかかったりしなかったさ。いとしければいとしいほど憎いってよく言うだろう。聞いたことないのか？」

「じゃあ、あなたは私をすごく愛して……」

「黙るんだ……」

ジョブは再びキスをした。今度はいっそう親密な深いキスだった。彼女を草の中に横たえる。蚊や銀ばえや、蛇さえいるかもしれなかったが、かまいはしない。サンディも、自分の背中が野生生物の固体群を押しつぶしている可能性があることなど頭にも浮かばなかった。

「僕は子供が好きだ」彼は言った。

「私もよ」

「よかった」彼は渇望するようにささやいた。「なぜなら、僕はいつか大きな牧場を買うつもりなんだ。そうしたら手伝ってくれる子供がたくさん必要になるだろう」

サンディはくすくす笑った。「私の仕事はどうなるの？」

「どうなるって？　むろん、外に出ている時間を少なくしてもらうことにはなるだろうな」

サンディは愛をこめて彼を見上げた。「私の仕事に反対じゃないってこと？」

ジョブはうなずいた。「それは君がきめることさ。サポートするよ。だが、君のうちと同じようにってわけにはいかない」彼ははっきり言った。「できる範囲でだ」

サンディは指で彼の口を封じた。「二人の収入でやっていく。私はそういう暮らしでいいの。私がもらう信託遺産は子供たちが相続すればいいわ」

ジョブの表情が明るくなった。「君はそれでいいのか？」

「あなたがとても誇り高い人だってことを知っているわ、ジョブ。あなたに気分の悪い思いをしてほしくないもの。私はいまだって自分で働いた分だけで生活しているし、実のところ、それが気に入っているの。私たちが力を合わせて、私たちの手だけで、ささやかでも価値のあるものを築くことができたら、世界中の財宝を手に入れるよりずっといいわ」

「大きな約束はできない」ジョブはつぶやいた。

「私だってそう。でも、あなたは、ただ私がほしかったんでしょう？」

「そうだ」彼は静かに言った。「ものすごく」

「でも、あなたが愛してくれているとは知らなかった」サンディは彼の顔をしみじみと眺めた。「私にはそれが一番大事なことなの」

「僕にだってさ」ジョブはささやき、顔をすり寄せた。「サンディ、あまり長く待たせないでくれ」彼の腕に力がこもる。「いつも君と一緒にいたい。牧場監督の家で暮らすことになるが、君は好きな花をなんだろうとたくさん植えて、料理をして……」ジョブは急に頭を起こして顔をしかめた。「ああ、これはことだな。僕たちは飢え死にしちまう」

あまりにあけすけに言うので、サンディは思わず吹き出し、笑顔をジョブの喉にすり寄せた。「心配しないで。私、少し前からビクトリアの学校で料理のコースをとっているの。三ツ星レストランのシェフとはいかないけれど、真っ黒焦げじゃないステーキとスカラップポテトなら、いつでもすぐに作れるわよ」

「本当かい？」ジョブは両肘をついて体重を支えながら、とろんとした目でサンディを見つめた。「僕はケーキを作れる」

「えっ、本当？」

「パウンドケーキさ。たいしてしゃれたものじゃない」ジョブはサンディの眉を指でなぞった。「とにかく、飢え死にはしないですみそうだ」それからいたずらっぽく続ける。「どのみち、結婚してから最初の一週間は、どっちも食べることなんかほとんど忘れているんじゃないかな」

サンディは彼の口をそっとつついた。「それまで待つつもり？」ふと目をそらしてきく。

ジョブは体を硬くした。「むろんさ！　お嬢さん、まさか君は僕を誘惑しようというんじゃないだろうな？」

サンディは眉を上げた。「私が？　まさか」

「それならいい」彼は低く言った。「なぜなら、僕はその種の男じゃない。僕は婚礼に白いスーツを着ようと……」

サンディは彼を軽くぶった。「わかったわ！」

「僕はそうするつもりだ」ジョブは言った。

「なぜなら、あなたは童貞だから」サンディはからかった。

彼はにこりともしなかった。

サンディは目を丸くした。「あなたは三十六歳よ！」

ジョブはそれでもにこりともしなかった。

彼女の心臓が喉まで飛び上がった。「まさか冗談でしょう！」

「君は僕の人生の忘れられないあの日に現れた」ジ

ョブは思い出し、自分の大きな手のひらとサンディの小さな手のひらを合わせた。そしてにこりとした。「君と出会ったあの日、僕はまっさかさまに恋に落ちた。そしてほかの誰のことも目に入らなくなった」彼は肩をすくめた。「僕たちは同じスタートを切るのだと思う。そうだろう？」

サンディは彼を引き寄せ、ありったけのハートをこめてキスをした。目頭がじんと熱くなる。「信じられないわ」

「やがてわかる」ジョブは思い焦がれるようにため息をついた。「きっと最初は、ちょっと不器用だろう。だが、鳥だって獣だって自然に番《つが》う。だから僕たちだってうまくいくはずさ」

サンディは涙ぐみながら笑った。「もちろんよ！ああ、ジョブ……」

足音がしたので二人はようやく唇を離した。ジョブが見上げると、帽子を被《かぶ》り、釣竿を持った熊《くま》のような大男だった。

「おれは一匹も釣れたためしがない」大男はどら声で腹立たしげに言った。「あんたらの竿はぐるぐる池をツアーしてるぜ。ついているやつはどこまでもついていやがる」男はどすんどすん地面を鳴らして立ち去った。

ジョブはまだうっとりとしているサンディに手を貸しながら起き上がり、池を漂っている竿を眺めた。「帰った方がよさそうだな。君が竿を追いかけて泳ぎたいなら別だが」

サンディは頭を振った。「ここの水は遠慮しておくわ」

「わかるよ」ジョブは魚をつけた紐をぶら下げると、キスをするために途中で立ちどまりながら、ゆっくりとピックアップトラックに戻った。

コリーンは大喜びで、勇み立って結婚式の支度にとりかかった。サンディはいくつかの仕事を片づけるあいだ、やむなく、もちろんしぶしぶ、ジョブと離れてビクトリアに行った。上司のミスター・クランスンから、結婚祝いにクリスタルのボウルをプレゼントされた。同僚たちは皆で出かけて、食器のセットと銀器を買ってくれた。テッドとコリーンはタオルやシーツ、小型の電気製品をあれこれ贈ってくれた。というわけで、新所帯のスタート準備はともかくも整い、テッドはもう一つ小さなプレゼントだと言って、牧場監督の家のバスルームを改造してくれた。

ミッシーは二人の結婚についてひとことも言わなかった。だが、それはそれでサンディには不気味だった。ミッシーが並大抵でないやきもちやきで、復《ふく》讐《しゅう》心が強いことを知っていたからだ。意中の男性を奪われてすんなり立ち去るというのは、彼女らしくない。

案の定、サンディがビクトリアのアパートメントで過ごす最後の日、ドアにノックの音が響いた。

ジョブだろうと思って出てみると、なんと涙に暮れているミッシーだった。戸口に立っているミッシーも本物なら、その涙も本物だ。

「入って」サンディは言った。

「ありがとう」ミッシーはハンカチを目に当て、鼻をぐすぐすいわせた。「ごめんなさい、押しかけてきて。しかも、こんな時間に」彼女は大きな音をたててはなをかんだ。「でも、あなたが彼と結婚する前にどうしても知っておいてほしいことがあるの」

「かけてちょうだい」

ミッシーはソファに浅く腰かけた。「本当にごめんなさい」

「それはもう言ったわよ」サンディは言った。

ミッシーは咳払《せきばら》いした。悲劇的に見えるように工夫する。「あの……こういうことなの」言いかけて、深く息を吸った。「私、妊娠しているの」

サンディは、あらまあという顔をした。そして微笑した。「おめでとう」

ミッシーは面食らったようだった。「わかっていないのね。ジョブの赤ちゃんよ」

サンディはミッシーの顔をじっと見た。ほんの一瞬――サンディはそれを深く恥じたが――ひょっとしたら本当かもしれないという思いが頭をよぎった。ミッシーの言葉とジョブの言葉を心の中で吟味してみる。疑いはたちまち消えた。

「どういうことか、全部話してもらえないかしら。アイスティはいかが？」サンディはキッチンへ行き、グラスを持ってきた。

「ちゃんと聞いてくれるつもりなのね」ミッシーはびっくりして言った。

「そのつもりよ。さあ、全部話して」

「彼に誘惑されたの」ミッシーはしくしく泣いた。

「かわいそうに」サンディは同情する口調で言った。

「まったく見下げはてた男ね！」

ミッシーは目を丸くした。「信じてくれるの？」

「もちろん信じるわ」サンディは心にもないことを言った。「あなたがかわいそうよ。ひどい男ね。こんなにかわいい人に、どうしてそんなひどいことができるのかしら？」

ミッシーはアイスティをすすり、ほくそ笑みたくなるのをこらえて、じっとサンディを見た。思いもかけなかったくらいうまくいきそうだわ。

「彼は私を愛していると言ったわ。食事に行った後で、人けのない寂しい道で車を止めたの。彼はキスをして、それがだんだんエスカレートして……。で、そういうことになってしまったの」

「あなたはピルをのんでいないってことね？」

ミッシーはちらっとサンディを見た。「どうして……どうしてわかるの？」

「だってそうでしょう。もしあなたが妊娠したとすれば……」

「ああ、そうよね。いま三カ月くらいかしら。まだ医者には診てもらってないの。でも、たしかよ。そうとしか考えられないもの。だから、わかるでしょう。赤ちゃんができたとしたら、ジョブはきっと私と結婚するわ。ジェイコブズビルはあんな小さな町だから、私の体面があるし、彼にも体面があるもの」

「もちろんそうなるわ」サンディはものわかりのよい返事をした。

ミッシーはアイスティを下に置いた。「あなたには本当にわかっているの？　彼は、私と結婚してあなたとも結婚するなんてことはできないのよ」

サンディは微笑した。「もちろん、よくわかっているわ」

「じゃあ……じゃあ、あなたはどうするつもり？」

「あなたと一緒にジェイコブズビルに行って、彼のことをどう思っているか言うつもりよ」サンディは落ち着き払って言い、立ち上がった。「さあ、行きましょう」

ミッシーは大きく息をのんだ。

「さあ！」

ミッシーは腰を上げた。「いますぐに？」びっくりしている。

「ええ、いますぐに。あなた、車で来たんでしょう？」

「あの……ええ」

「じゃ、私の後についてきて。いまバッグをとってくるから……」

二人は一緒にドアを出た。サンディは楽しんでいた。ジョブがどんな顔をするか見るのが待ちきれない。この話は孫子の代まで語りぐさになるだろう。ミッシーにも自らの立場をはっきり知らせることができる。

「一石二鳥ね」ジェイコブズビルに向かうハイウェイに車を走らせながら、サンディはつぶやいた。

ミッシーは正面玄関のそばで車を止めた。そして、のろのろと車を降りてきた。向こうにジョブの黒いピックアップトラックが止めてある。彼はおそらくオフィスにいて、パソコンを罵《ののし》っているのだろうと、サンディは思った。

サンディは先に立って家に入った。後ろにミッシーを従え、まっすぐオフィスに行く。

ジョブはデスクの端に腰をのせて電話で話をしていた。彼は顔を上げ、二人の女性を見ると、電話を切った。

「これは驚きだな」

サンディは微笑した。「そうでしょうね。あの……ミッシーが話があるそうよ。さあ」手を振ってミッシーをうながした。そして自分は手近の椅子に腰を下ろし、どんな面白い展開になるか見物することにした。

ミッシーは咳払いした。サンディからジョブへ目を移しながら頬を赤らめる。

「私、妊娠しているの」ミッシーはだしぬけに言った。

ジョブはぎょっとした顔になった。すぐにサンディを見て顔をしかめた。ノーマルな人間は、こういう時にはそうするものだと言わんばかりだ。

サンディは少しも微笑をもらさなかった。片方の眉をつり上げる。目をいっそうきらきらさせた。

「私、妊娠していると言ったのよ！」ミッシーは胸の前で腕組みし、いやに気どった微笑をジョブに向けた。「あなたはどうするつもり？　彼女にはもうすっかり話したわ」サンディの方へ小さくあごをしゃくる。

「彼女はなんて言った？」ジョブは興味津々に尋ねた。

「彼女は、あなたが私と結婚すべきだって思ってるわ」

ジョブは口の端をゆがめた。「新聞記者とテレビの報道陣も呼ぼうか」彼は言った。「もし僕がその子供の父親なら、歴史に残る大事件だ」

ミッシーはもじもじした。「それ、どういうこと」

ジョブは受話器をとり上げた。「その子の本当の父親は、当然そのことを知りたがるはずだ。コルトレーンのクリニックに今日の午後の予約を入れておこう。妊娠しているかどうかは血液検査をすればわかるし、赤ん坊が生まれたらDNA鑑定をしてもらう。そうすれば、僕が父親でないことはたちどころに判明する」

ミッシーは真っ赤になった。「あそこじゃ……あそこじゃ、そんな検査できないわよ！」

「できるさ」ジョブは言った。「コルトレーンはヒューストンに研究室を持っていて、こみ入った仕事はそこでしている。最近の検査ではびっくりするようなことまで明らかになる。君が妊娠しているかどうかくらい、あっという間にわかるだろう」彼は受話器を耳に当てた。「もしもし、ベティ？ ジョブ・ドッドだ。午後の診察の予約を……」

「やめて！」ミッシーは叫んだ。

彼女は前に飛び出して電話を切り、息をあえがせた。「いやよ……検査なんてしたくないわ！」

「どうして？」サンディはきいた。「真っ先に妊娠検査を受けるのがふつうだと思うけど」

ミッシーは怯《おび》えたような顔をしてジョブの方を見た。彼は胸の前で腕組みをしている。にこりともしていない。

ジョブはサンディをちらっと見た。「この件に関してだが、彼女の話をうのみにしたのかどうか、ぜひとも聞いておきたいな」彼は凍りついたようなミッシーの方へあごをしゃくった。

サンディはほほ笑んだ。その目は愛と信頼に満ちている。「まさか」彼女はやさしく言った。

「あなた、信じるって言ったわ！」ミッシーが声をとがらせた。

サンディは立ち上がった。「あなたがどこまでやるのか見たかったの」率直に言う。「もうお芝居はやめて本当のことを言いなさい、ミッシー。ジョブにいやな思いをさせてどうするの？　あなたは彼の人生を故意に台なしにするほど悪人じゃないと思うけど」

ミッシーは下唇を突き出した。「私、彼を愛しているのよ！」

「いいえ、あなたは愛していないわ」サンディは言った。「もし愛していたら、彼をだまして結婚しようなんて決して思わないはずよ。愛って、その人の幸福を願うことでしょう。これで、ジョブはあなたと一緒になっても幸福にはなれないことがはっきりしたわけだわ。彼があなたをとても愛しているというなら別だけれど、彼は愛していない」

ミッシーの目が暗くなった。反発をむき出しにしている。「彼が愛していなくても、私が彼の分も合わせて二人分愛してみせるわ！」

ジョブは頭を振った。「そんなことは不可能だ。僕はずっと昔からサンディを愛している。君はかわいい子だ。だが、僕は君を愛していない」

ミッシーはしょんぼりと肩を落とした。「やっぱりそうなのね。ぜったいそう思いたくなかったけど」彼女はいっそう顔を赤くした。「私、ひどくばかなことをして物笑いになったのね」

「私は笑ったりしないわ」サンディは言った。「ジョブだって、きっとそうよ。もしかしたら、彼はちょっといい気持になったかもしれないわね。でも、お芝居は終わり」

「オーケー」ミッシーはあっさり言った。「私、妊娠なんかしていないわ。彼は一度キスしただけ。怪我《けが》をした子供にするようなキスだったけど、私はたくさん夢を紡いじゃったの」彼女は長いため息をついた。「私には、きっとどこかにほかの人がいるんだわ。たぶん、いつか見つけ出せるんでしょうね」

「ええ、きっと」サンディはやさしく言った。「ところで、あなたは別の仕事を見つけた方がいいんじゃないかしら。結婚相手の候補になりそうな男性がいるような職場を」

「ここにはいないわね」ミッシーは小首をかしげた。

「ここにはいないわ」サンディはジョブの方へ静かな目を向けた。「この人は私のものですもの」そう言って、彼の高い頬骨のあたりが紅潮するのを見つめた。

ミッシーもそれを見た。ミッシーは部屋を出ていきながらぎこちなく微笑した。「せめて結婚式に呼んでもらえないかしら。私、結構負けっぷりがいいと思うんだけれど」

「うん、いい負けっぷりだ」ジョブは言い、ミッシーに微笑を送った。「つまらない面倒を起こすんじゃないぞ。おとなになるんだ」

「ええ、よく心がけます。本当にごめんなさい」ミッシーは恥ずかしそうに言った。「その時には名案だと思ったの。私、いまやっと本当のおとなになったような気がするわ」彼女は素早く部屋を出ると、ドアを閉めた。

ジョブはため息をついてデスクの端から腰を上げた。サンディのそばに行き、両腕で包みこむ。「君はあの話をひとことも信じなかったんだな？」

サンディはこっくりとうなずいた。「あなたをよく知っているもの。あなたは一度も私に嘘《うそ》をついたことがない。嘘をついてくれた方が親切な時でさえね。だから真実を見分けるのはいとも簡単だったわ。それに」彼女はジョブの頭を引き寄せた。「私はあなたを愛しているんですもの」

「僕も君を愛している」ジョブはささやき、むさぼるようにキスを返した。

6

二週間後、彼らは結婚した。ハネムーンは計画していなかったが、テッドは二人を飛行機でバハマ諸島のナッソーへ送り出した。二人のどちらも、それに異議を申し立てなかった。

ナッソーは、サンディがこれまで見たどの場所ともちがっていて、どこよりもすばらしかった。彼女もテッドも裕福な暮らしをしていたが、ここには一度も来たことがなかった。到着した日、サンディとジョブは着替えをする間も惜しんだ。ケーブル・ビーチに面したゴージャスな巨大ホテルの六階の部屋に、ベルボーイにチップをはずんでスーツケースを運んでもらうと、そのままタクシーでナッソーのダウンタウンに行った。愛想のよい売り子がいる色鮮やかな麦藁細工《むぎわら》の露店が並ぶ狭い通りをぶらぶら歩き、プリンス・ジョージ・ワーフでのんびりと客船を眺め、足を止めては商店のウインドーを冷やかした。

空気には海と冒険のにおいがあった。二人は町の古めかしいホテルの前にある初代の提督ウッズ・ロジャースの銅像を見た後、手をつなぎ、夢見心地で、ゆっくりとベイ・ストリートをぶらついた。

ホテルに戻ると、二人はディナーのために身支度を整えはじめた。ジョブがふと振り返ると、レースのテディ姿で黒い髪を肩のまわりにたらしたサンディがそこにいた。彼はまじまじと見つめた。

ジョブはシャツを脱いだところだった。胸毛に覆われた、広くたくましい、褐色に日焼けした胸が磁石のようにサンディの視線を吸い寄せた。小さく息をのみながら、彼のそばに行った。心臓が激しく鳴っている。

サンディはジョブを見上げた。彼が体をこわばらせるのがわかった。彼の息遣いが乱れる。「あなたがほしいの」彼女はかすれた声でささやいた。

ジョブは腕をのばし、やさしく彼女を抱いた。「僕も君がほしい」ささやき返し、頭を屈《かが》めて唇を合わせる。

熱く唇をむさぼり合った後、二人はベッドに横たわった。震えながら体と体を寄せる。窓を閉じていても海の響きが騒がしいほどに聞こえる部屋で、着ているものをはぎ、その下の肌に触れようと焦った。「ああ、ちくしょう……破いてしまった」テディをはぎとったジョブはうめき、その口を彼女の焼けるほど熱い、張りつめた胸のふくらみに押しつけた。「そんなこと、どうでもいいわ」サンディはあえぎながらジョブの頭にしがみついた。「ああ、ジョブ。ああ！」

彼女の小さな悲鳴がジョブを駆り立てた。彼は自分が着ていた残りの服を脱ぎ捨て、荒々しく唇と唇を合わせ、わなわな震えている彼女のすらりとした脚のあいだに体を入れた。

「すまない」彼は心をはやらせながらささやいた。「すまない。きっと不器用に……」

「かまいはしないわ！」

狂おしく燃える体をサンディはジョブにぶつけた。どうであろうとかまわない。飢えたように彼がほしかった。彼が入ってきた一瞬、わずかな苦痛があったが、たちまち強い快感にのみこまれた。美しいとしか言えない刺激に貫かれ、彼女はジョブの力強い体の下で、奔放な女のように手足を広げ、声をあげた。

「ほんとだ」ジョブはうめき、腰を動かしながら彼女の口を求め、ぶるぶる震えた。「こんなふうだとは……夢にさえ見たことがなかったろう？」

「ええ！」

サンディは唇を合わせながら体を持ち上げ、彼の動きに合わせ、一つ一つの動きに身を震わせた。ジョブが動くのをやめて、一つになった二人の体を眺め下ろし、見てごらんと言った。

「すばらしいわ！」サンディはささやいた。

「僕たちは結婚しているんだ」ジョブが声をかすれさせた。「アメリカ中で最年長の未経験の二人が……。ああ、なんてすてきなんだ！」

サンディがふいに激しく動くとジョブは自制心をかなぐり捨てた。彼女がまた動き、弓なりに体をそらすと、彼は叫び声をあげた。

ジョブは鋭いうめきとともに、荒々しく口を押しつけたが、キスで彼女の唇を味わっている余裕を突然失った。ひきつるような欲望が彼を急《せ》かしたのだ。ジョブはサンディの中に埋もれ、彼女の甘美さに、彼女のエクスタシーのすすり泣きに溺《おぼ》れて我を忘れた。彼女が大きく声をあげて背中をのけぞらせた時、彼もすでに達して歓喜の苦悶《くもん》の中にいた。頭の中が真っ暗になる。いままで一度も経験したことのない、苦しいほど強烈な快楽の震えがたくましいジョブの全身を襲い、彼は本当に気を失うかと思った。

　何分か経《た》った後、ぐっしょりと汗にまみれ、愛の行為の余韻に震えながら、サンディは頭を起こして夫となった男性を見た。思わずいたずらっぽい微笑をもらす。「待った価値があった？」彼女はからかった。

　ジョブはごろりと仰向けになった。その顔は愛と幸福に満ちて輝いている。彼は少年のように笑った。

「うん、あった。たしかに待った価値があったよ」

彼はくるりと体を回転させ、彼女に口づけした。

「君を愛している。正気の沙汰《さた》じゃないくらいに。これが初めてだというメッセージに、もし君が気づかなかったとしたら……」

　正気の沙汰ではないくらいに愛していて、それを証明したくてたまらないのは、ジョブだけではなかった。サンディはぼうっとした頭で考えた。ジョブと結婚したということは、これからの日々が、末長く、甘美な冒険の連続になるということだ。そして、いまのこれはほんの始まりにすぎないのだ！

競り落とされた想い人

His Gambler Bride

レベッカ・ウインターズ

松村和紀子 訳

レベッカ・ウインターズ

17歳のときフランス語を学ぶためスイスの寄宿学校に入り、さまざまな国籍の少女たちと出会った。帰国後、大学で多数の外国語や歴史を学び、フランス語と歴史の教師に。ユタ州ソルトレイクシティに住み、4人の子供を育てながら作家活動を開始。これまでに数々の賞を受けてきたが、2023年2月に逝去。亡くなる直前まで執筆を続けていた。

主要登場人物

シャーロット・ジャニーン・ウィリス……造園会社オーナー。愛称シー・ジェイ。
グラント・シーデル……シー・ジェイの友人。
アレックス・カーティス……シー・ジェイの仕事相手。会社社長。
リンダ……アレックスの秘書。
アネット……アレックスの亡きフィアンセ。
ロス……アレックスの取引銀行の頭取。

1

「さて、今夜のオークションの最後に、みなさんに競っていただく独身男性は……」

アレックスは競売人の声を聞きたくなかった。いや、聞くまいとした。

ぼくはどうしてこんなところにいるんだ？　いくら考えてもわからない。独身男性のオークションにじぶんを出品するとは！　いくら今日がバレンタイン・デーだからといって、こんなのはまったくぼくの趣味じゃない。

だが……。彼は心に言い聞かせた。これは善行なのだ。

競売人が売りこみの口上を述べているあいだ、アレックスはスーツの襟を引っ張りながら、落ち着かずにもぞもぞとしていた。

ここは、にっこりすべきなのか？　気取ったポーズでもとるのか？

目がくらみそうなスポットライトを浴びながら、彼はおそろしく居心地の悪い思いでステージに立っていた。こんなにびくついているのが、透けて見えなければいいが。

競売人はどんどん付け値をあげていく。だが、アレックスの耳に聞こえるのはどよめきだった。

会場は満杯で、詰めかけた女性たちは口々に数字を叫んだり、からかい合ったり、やじを飛ばしたりしている。

アレックスは目をこらし、どんな女性たちがじぶんを競っているのか見定めようとしたが、ライトがまぶしくて見えなかった。

やがて、どんと小槌《こづち》が打ちおろされた。

アレックスは競り落とされた。はたして誰が彼を買ったのか……。

シャーロット・ジャニーン・ウィリス——シー・ジェイは、最近めきめきと業績をあげている造園会社〈ラスベガス・ランドスケイプス〉の社長だ。

いまシー・ジェイは競売人のそばに立ち、背中のうしろで人差し指と中指を重ねて幸運を願いながら、アレックス・カーティスがマイクロホンの方に来るのを待ち受けた。

タージマハール・ホテルの舞踏室をぎっしりと埋めている女性たちは、いま誰もが歓声をあげたり、ぴーぴー口笛を鳴らしたりしている。鼓膜がびりびりした。大騒ぎだった。

それは、つまりアレックスが今夜の最高人気の独身男性だということだ。

だとしてもシー・ジェイは一つも驚かなかった。女性なら誰もが、黒い髪に浅黒い肌、少し陰のあるハンサムな男に心がなびくにきまっている。

今夜の彼は紺色のスーツにシルクのネクタイという、ごくオーソドックスな服装だ。だが、その下の身長が優に百九十センチある、たくましい肉体は隠しようがない。

きりりとした容貌の三十三歳、〈カーティス・ウエスト・リンクス・デザイン〉の社長で、ゴルフコース設計者のアレックス・カーティスは、じぶんでは気づいていないようだが、男らしい官能をふんぷんとさせていて、シー・ジェイは完全に彼に心を奪われてしまっていた。

ラスベガス屈指のあるホテルが世界一すばらしいゴルフコースを造ろうとしていた。シー・ジェイの会社がアレックスをそのプロジェクトに誘い、二人は出会った。二カ月前のことだ。シー・ジェイはアレックスのスレートブルーの目を一目見て、息がとまりそうになった。

それ以来、二人はほとんど毎日ゴルフコースの造成予定地を歩きまわっている。依頼者は、建設費がいくらかかろうと構わないという。

アレックスはいまは何もない砂漠のその一角を、湖水や川や滝、樹木や低木をふんだんに配し、緑豊かな風景に変えようとしていた。

シー・ジェイはアレックスと過ごす時間が多くなるにつれ、職業人としての側面だけで彼に接しているのが我慢できなくなった。仕事上、彼らは、まるで長年パートナーを組んでさまざまなプロジェクトをこなしてきたかのように、しっくりと息が合っていた。

それでアレックスは早くも、彼が次に手がけるパームスプリングスのゴルフコースの樹木や灌木《かんぼく》の調達もシー・ジェイに任せたいと言っていた。

シー・ジェイはこの先もアレックスと組んで仕事ができると思うとわくわくしたが、それだけでは満足できなかった。彼にもっと多くを求めていたのだ。

シー・ジェイはアレックスの人生におけるすべての場面にじぶんを置きたかった。彼が求めるものすべてをじぶんが満たしたかった。昼も夜もいっしょにいたかった。彼がこの人生で選ぶ最後の女性になりたかった。それを証明する指輪をしっかりとじぶんの指にはめたかった。

「ミスター・アレックス・カーティス、さあ、こちらへ。これから一週間あなたのオーナーになったのは、この方です。ミズ・シャーロット・ウィリス！」

アレックスは、あっけにとられて目をまるくした。

嘘《うそ》だろう！ しかし、チャリティ・オークションの主催者のそばに立っているのは紛れもなく、仕事のときと同じブレザーとスカート姿のシー・ジェイだった。

シー・ジェイはそっとアレックスの様子をうかがった。彼は怒っているようには見えなかった。うれしそうではないが、少なくともがっかりしているようではなかった。

ああ、よかった。ともかくもまずは。

そもそもは、アレックスの秘書のリンダが、バレンタイン・デーの週末にタージマハール・ホテルで独身男性のオークションというチャリティ・イベントがあると何気なく口にしたのが始まりだった。

それを聞いてシー・ジェイはアレックスに聞こえないようにリンダにささやいた。

〝だったら、アレックス・カーティスこそ文句なしに最高の独身男性だわ。彼が出たら、とびきりいい値がつくはずよ〟

それならばと、リンダはアレックスをオークションに出品した。シー・ジェイが密《ひそ》かに願ったとおりになったのだ。

子羊を食肉処理場に引いていくように、何も知らせずに。何が起こっているか悟ったときにはすでに遅く、どうしようもない。

そういう計画だった。

「シャーロットは、どうしてもあなたを奴隷にしたかったんでしょうね。あなたに一万ドルという値をつけました。今夜最高の競り値です！」

主催者は続けた。

「今夜みなさんは気前よく寄付してくださいました。その全額を乳幼児突然死症候群の解明と治療方法を研究している団体に贈ります。研究者たちは巨額の寄付を喜び、感謝することでしょう」

　会場を埋めている女性たちはいっそう大きな歓声をあげ、われんばかりの拍手が起こった。さらに、威勢のよい口笛が飛び交った。

　シー・ジェイは心臓をどきどきさせながら主催者の前に進み出た。そして、背伸びをしてアレックスのほてった頬にキスをした。それはシー・ジェイがずっとそうしたかったことだった。

　アレックスがシャワーで使っている石鹸《せっけん》のすてきなにおいが、シー・ジェイの鼻をくすぐった。

「リラックスして、アレックス」

　シー・ジェイはアレックスの耳元でささやいた。

　頬に触れた彼のあごは、少しひげがのび始めていて、ざらざらしていた。

「あなたは、元彼女の誰かがこのオークションのことを聞きつけて、競り落としに来るんじゃないかと心配だったんでしょう。そう思ったから、わたしは救出に来たの。もうだいじょうぶ。さあ、にっこりしていて」

「ありがとう。助かった」

　アレックスは心の底からほっとして、ささやき返した。

「シー・ジェイ、きみが来てくれなかったらどうなっていたことか」

　シー・ジェイは、こわばっていたアレックスの体がほぐれていくのを感じた。

　とてもたくましい体。

　聞くところによると、彼は毎朝仕事に来る前に地元の会員制ジムに通っているということだ。

　シー・ジェイはアレックスから体を離した。

　これから一週間――そのあいだに、アレックスはわたしなしでは生きていけないと必ず言うわ。いえ、言わせてみせるわ。

「ステージの下手から出られるとリムジンが待っています。どこへなりとミズ・ウィリスのご希望のところへお送りします。お二人とも、ハッピー・バレンタイン・ナイト！」競売人が言った。

退場するシー・ジェイとアレックスに、会場からさらに大きな歓声と喝采が送られた。

シー・ジェイは先に立ってホテルの廊下を進み、いくつかのドアを通りぬけて外に出た。そして二人を待っていたリムジンに乗った。

アレックスも続いて乗りこむと、大きく安堵《あんど》の息をつき、ドアを閉めた。

リムジンの運転手が車のインターコムを通して言った。

「どこへお送りしますか？」

すかさずアレックスが答えた。

「ぼくのバンのところへ頼む。白いバンだ。西駐車場にとめてある。北側の列の一番奥、カジノから一番離れたところだ」

運転手はさぞかし意外に思ったことだろうが、驚きの顔一つ見せずに言った。

「かしこまりました」

リムジンは、二人を見送ろうとぞろぞろ外に出てきた女性たちのあいだを走りぬけた。

アレックスは片手で豊かな黒い髪をなであげた。

「あの一万ドルだが、思うに、あれはこのあいだ樹木の船荷代金としてきみのところに振りこんだ手形の中から出したんだろう？　月曜日に銀行に連絡して、きみのところへ埋め合わせの小切手を振り出すように言っておくよ」

シー・ジェイはひやっとした。アレックスを競り落とすために、じぶんの蓄えを思いきってはたいたのだ。だが、いまのところは違うふうに思わせておこう。

先週アレックスはシー・ジェイに、秘書がとんでもないことをしてくれたとこぼした。彼はそんなオークションに出品されるより、無条件で一万ドルを寄付するほうがずっといいと言っていたのだった。

シー・ジェイはこそこそと目を伏せ、一度見たら脳裏に焼きついてしまうアレックスの横顔を盗み見て言った。

「急げば、あなたはアンジェラ・ローリーのバレンタイン・パーティーに顔を出せるわよ。午後あなたがうちの会社を出たあとで、あなたを捕まえようとしてアンジェラがかけてきたの。どんなに遅くなってもあなたを待っていると言っていたわ」

アレックスは顔をしかめた。

「彼女には、今日の夜は用があると言っておいた。厚かましすぎる。きみの会社に電話をするなんてってのほかだ。面倒なことになるところをきみに二度救われた。せめて夕食をおごらせてくれ。きみのことをもっと知りたいし、腹ぺこなんだ」

シー・ジェイは、それはお断りだった。どうせずっと仕事の話になるにきまっているから、そんな接待は受けたくなかった。このところアレックスは何かを決定する前にシー・ジェイの意見を求めることが多くなっていた。

それはとてもうれしい。けれどシー・ジェイはそんなことくらいでは満足できなかった。まったく満足ではなかった。

「それはまたの機会でいいかしら？　わたし、今夜は予定があるの」

アレックスはじろりとシー・ジェイを見た。

「グラント・シーデルとまだ付き合っているんじゃないだろうな。彼はきみのお父さんと言ってもいいぐらいの年だぞ」

あらあら。アレックスがわたしを仕事のパートナーとしか思っていないのなら、グラントのことをつべこべ言うはずがない。

シー・ジェイの胸の鼓動が速くなった。

「グラントは、あなたより二つ三つ年上なだけだと思うけど？」

シー・ジェイがそう言うと、アレックスは顔をしかめたが、返事はなかった。彼女はさらにちくりと言った。

「それに、グラントはとてもいい人よ、アレックス」

じつは、シー・ジェイは、アレックスにどうしようもなく恋していることをグラントに打ち明けていた。グラントはシー・ジェイが恋愛相談もできる唯一の友達で、さっきのオークションのことでも助けてくれた。

「ああ、わたしのバンだわ！　運転手さん、ここでとめてくださらない？　わたしを降ろして、それからミスター・カーティスをどこへでも送ってあげて」

今夜アレックスには、手ぐすね引いて待ち構えているミズ・ローリーのところへ行くつもりがないのはわかった。

だからシー・ジェイは安心して、仕事仲間らしく彼ににっこりした。

「月曜日はどっちのオフィスで？　あなたのところ、それともわたしのところ？」

「ぼくのところだ！」

アレックスは怒ったように荒々しく言った。そしてリムジンから降りようとするシー・ジェイの手をぎゅっとつかんで引き留めた。

「ちょっと待って。今夜死ぬよりひどいことになるところを、きみに救ってもらった。まだちゃんと礼を言っていなかった」

アレックスはキスをしようとしている。

シー・ジェイはとっさにわかった。

彼は両手でシー・ジェイのうなじを包んで引き寄せた。唇に彼の口が押しつけられると、シー・ジェイは小さくうめいた。

この二カ月、出会ってからずっと、シー・ジェイはこんなふうにアレックスを感じたい、味わいたいと胸を焦がしていた。

不意に叶《かな》ったキスにシー・ジェイは体が燃えあがり、矢も盾もたまらずアレッグスにしがみついた。

「どうしますか？　もうしばらくこの辺を走りまわりますか？」

運転手が言った。

シー・ジェイははっと我に返り、アレックスから口を引き離した。

彼女は恥ずかしくなった。こんなキスをして、あまりにも心の中をさらけ出してしまったのではないかと不安になった。

「降りるわ」

シー・ジェイはアレックスから目をそらして言うと、ドアを閉め、走り去るリムジンを見送った。

来週までにあなたはわたしのものになるわ、アレックス・カーティス。間違いなく。

成り行きによっては、わたしの会社は彼のプロジェクトから外されるかもしれない。だが、そのことは考えまいとした。これは賭けだ。わたしの人生の幸福は、アレックスがわたしと恋に落ちてくれるかどうかにかかっている。

2

二杯目のコーヒーに口をつけたところで、アレックスは眉をひそめた。

シー・ジェイがまだオフィスに現れない。月曜日の朝で、すでに九時半を過ぎている。これまで彼女が遅刻したことは一度もなかった。

二十六歳とはいえ、シー・ジェイは園芸ビジネスの全般に精通している。設計者の彼と組んでどう仕事を進めていくか、よくのみこんでいる。

たしかに、あの忌まわしいオークションで彼女がしたことは仕事の領域をはみ出しているが、アレックスは救われた。プロジェクトが完成したあかつきには、彼は当初の見積もりよりも多い額をシー・ジェイの会社に支払うつもりだった。

それでも、彼女が時間どおりにオフィスに現れないのは、バレンタイン・デーの週末の土日を、あの女たらしのグラント・シーデルと過ごしたためだと思うと、アレックスは心穏やかではいられなかった。シーデルが離婚して独り身だとしても。

シーデルは手広く不動産業を営んでおり、アレックスは以前彼といっしょに仕事をしたこともある。だが、彼がシー・ジェイにつきまとっているのが気にくわなくてならなかった。

アレックスは落ち着かず、何にも手がつかなかったが、とりあえず取り引き銀行の支店長に電話をかけた。

受話器を耳に当てて支店長の精力的な声が聞こえるのを待つあいだも、彼の頭はシー・ジェイのことでいっぱいだった。

シー・ジェイは十代の終わりに両親を亡くし、それからずっとひとりで家業の造園会社を切りまわしてきた。

体の弱い祖父が助けてくれていたのだが、その祖父も近ごろ亡くなり、その寂しさを埋めるためか、彼女はがむしゃらに働いて同業者との競争に勝ってきた。彼女はいまだに喪失感を引きずっているようだった。

シー・ジェイが現れたら、今日こそしっかりとあの男のことを話して聞かせよう。

アレックスは心を決めた。グラント・シーデルが彼女のような淡い青い目と金髪の巻き毛の女性に目がないことは周知の事実だ。

支店長が電話に出たので、アレックスは言った。

「ロスか？　アレックス・カーティスだ」

「やあ、聞いたよ。きみは、タージマハール・ホテルのバレンタイン・デーのイベントで、独身男性オークションに自らを出品したんだってね」

アレックスは憤懣《ふんまん》やるかたなくうめいた。

一生の不覚だった。きっと死ぬまで言われ続けるな。チャリティなら小切手を送ればすんだのに、まったくばかなことをしたものだ。あんなオークションで女性と出会おうなんて夢にも思わない。考えただけで胸がむかつく。

「幸い、〈ラスベガス・ランドスケイプス〉のオーナーが競り落としてくれた」

「へえ、それはついてたな。シー・ジェイが？　彼女は金髪の美人だ。ここだけの話だが、彼女はどうだった？」

ロスは思わせぶりに聞いた。

あのキスを思い出し、アレックスは思わず体が熱くなった。彼が口を押しつけると、シー・ジェイは唇を開いて応えた。

「どうもこうもない。シー・ジェイは恩人だ。助かったよ。ホテルを出たあとは、それぞれ別行動さ」

「それはないだろう！　そういうことになったのは、どっちの考えだ？」

「シー・ジェイだ。彼女はよくわかっている。ぼくが奴隷のタイプじゃないってことをね」

　アレックスはそのことを改めて思った。シー・ジェイはぼくのことがよくわかっている。

「恩と言えばだが、一万ドルをぼくの個人口座から会社の口座に移してくれないか。シー・ジェイがオークションで使った分を小切手で返したい」

「わかった、そうしておく。しかし、みすみす彼女を行かせてしまうなんて、きみはまったくどうかしている。ぼくなら、もし彼女がぼくを競り落として、そのあと置いてきぼりにしたら、家まで追いかけていくな。そして、中に入れてくれるまでがんがんドアを叩《たた》き続ける」

　そのことなら、アレックスは鬱々とした週末を過ごしながら一度ならず考えた。だがロスに白状するつもりはなかった。

「じゃ、ロス、頼んだよ。それじゃ、また」

　アレックスが電話を切るのと同時に、インターコムを通して秘書のリンダが言った。

「ミスター・カーティス、ミズ・ウィリスがここにいらしています。あなたに会いたいと」

　アレックスは訝《いぶか》しんだ。なぜシー・ジェイはさっさとオフィスに入ってこないんだ？　いつもはそうしているのに。

「入ってくるように言ってくれ、リンダ」

「そうできないそうなのです。彼女は急いでいて、あなたに出てきてほしいそうです」

　アレックスは目をぱちくりさせた。いったいどういうことだ？

　不吉な予感がアレックスの胸をかすめた。あのときシー・ジェイが、シーデルはいい人だと言ったあとで浮かべた微笑を思い出したのだ。

バレンタイン・デーに婚約するカップルは多い。もしかするとシー・ジェイはダイヤモンドの指輪をはめてしまったのか？　そうなんだろうか？　彼女は週末をシーデルと祝杯をあげて過ごし、それでこんなに遅刻したのか？

アレックスはリムジンの中で自分にキスしたようにシーデルにキスしているシー・ジェイを想像すると、胸の中が荒れ狂った。

同時に、じぶんがなぜこんなにも動揺するのか困惑した。だが、いま心を分析している時間はない。

彼は悪態をつきながら回転椅子から立ちあがり、荒々しく部屋を横切ってオフィスを出た。シー・ジェイに何が起こっているんだ？

秘書のデスクの横に立っているシー・ジェイを見て、アレックスはまたもひどく困惑した。

彼女はいつものスーツではなくシナモン色の地に黒いペイズリー模様のコートドレスを着ており、きれいな体の線を惜しげもなく見せていた。

誘惑するように香水が匂った。金髪の巻き毛は手でかきまぜたくてうずうずするようなフェザーカットにして、ゴールドのイヤリングをつけている。とてもエレガントで魅惑的で、アレックスはただあっけにとられた。

アレックスは文字どおり言葉を失った。

シー・ジェイはじっと立っていた。

アレックスはふしぎな幻でも見るようにシー・ジェイを見つめている。

彼は息もできずにいる、と彼女は思った。心をかき乱されているのは間違いない。

そう、それでいいのよ。

シー・ジェイがなかなかオフィスに現れないので、アレックスはすでに相当やきもきしていたはずだ。ずっとその状態でいてほしい。彼の心を完全に引き寄せ、願わくは彼の愛をこの手におさめるまで、心のバランスを乱しておいてほしい。

それがシー・ジェイの狙いだった。

「おはよう、アレックス。週末はどうだった？」

アレックスはシー・ジェイに一歩歩み寄った。そしてシー・ジェイの顔や体を、長いこと穴があくほどじっくりとながめまわした。

彼の執拗《しつよう》な視線を浴びながら、シー・ジェイは肺が空っぽになるまで息を詰めていた。

「いい週末だった」

アレックスが上の空でつぶやき、目をシー・ジェイの手にやり、またじっと顔を見た。

「きみの方は？　シーデルとのデートはどうだった？」

彼は面白くなさそうに唇を歪《ゆが》めた。

アレックスはどんな想像をふくらませているのだろう。シー・ジェイは彼の好きに思わせておくことにした。


「そうね、これまでで一番すてきなバレンタイン・デーだったわ」

アレックスはむっつりとした顔になった。

いやな感じのしわができ、そのせいで彼のすてきな顔がだいなしになった。

ということは、彼はわたしの返事が気に入らなかったということだわ。

シー・ジェイはうれしくなった。

アレックスはグラント・シーデルを嫌っている。それは嫉妬かしら？　もしそうだとすれば……。

シー・ジェイはアレックスに向かって寛容な笑みを浮かべた。

「あなたもわたしも大事な一日を控えているのよ。わたしの週末がどうだったかなんて話で時間を無駄にしないでおきましょう」

アレックスの表情が変わり、むっつり顔から本当の心配顔になった。

「シー・ジェイ……前からきみに話したいと思っていたことがある。大事な話だ。シーデルのことで。ちょっとオフィスに来てくれないか？」

「そう。でも、ごめんなさい」

シー・ジェイはハンドバッグの中をかきまわしながら言った。

「どんなお話か知らないけれど、プライベートなことはいまはだめよ。ほら、もうすぐ十時ですもの、ラルフとの打ち合わせに間に合わなくなるわ。五番ホールの池の周囲に植える木のことを話し合わなくちゃならないの。ランチのあとは、クラブハウスのそばに作る木立のレイアウトを検討しないと。今日わたしはずっと外で、会社に出るのは明日になるでしょうね。あら、しまったわ」

シー・ジェイはハンドバッグをぱちんと閉じた。

「今朝ベッドを出るとき、わたし、とてもぼうっとしていたから、携帯を持ってくるのを忘れてしまったわ。もしもグラントからわたしに電話があったら、今夜家に帰ってからかけると伝えて」

そして彼女は息もつかずにこう続けた。

「今日あなたにしてもらいたいことをリンダに頼んでリストにしてもらったわ」

シー・ジェイはアレックスの秘書からリストを受け取り、彼に渡そうとした。

けれど彼は石の柱と化したように身をこわばらせ、ぴくりとも動かない。

それでシー・ジェイはリストをリンダに返してドアに向かった。

だがシー・ジェイがオフィスのある建物をまだ出ないうちに、荒々しい足音があとを追ってきた。

駐車場に着く前にアレックスが追いついた。彼はあえぐように胸を上下させていた。

シー・ジェイは最新流行の、ヒールが十センチはあるウエッジソールの靴をはいていたので、いつものように仰向かずに、まっすぐ彼の官能的な口を見ることができた。その位置からアレックス・カーティスを見るのはなかなかよかった。

「リストに何か不明な点でも？」

アレックスはいまにも雷を落としそうな怖い顔をしていた。けれど、その刺すようなスレートブルーの目からシー・ジェイは何も読み取れなかった。彼はぐいと胸を突き出した。

「いったいどうしたというんだ？」

シー・ジェイはどんどん歩き続け、じぶんのバンのところに着くと乗りこんだ。ドアを閉めてから窓を開けて頭を外に出す。

「お気の毒に、アレックス。あのおぞましいオークションから始まって、さんざんな週末だったのね。そうなんでしょう。おかしいわね。あなたは才気あふれる設計者なのに、まだ何もわからないなんて」

彼女はバンのエンジンをかけ、走り去った。

3

「いらっしゃいませ。ご注文をうけたまわりましょうか？」

ショッピングモールの中にあるチョコレート専門店の女性店員はアレックスに、あなたのどんな個人的なお望みにも喜んでお応えしますと言わんばかりの視線を向けた。

彼女はいつもそうしているのかもしれないが、この日は目をつける男性を間違えた。

アレックスは女性店員の流し目に気づきもしなかったのだ。

「アレックスの手には、そのときもまだシー・ジェイが彼の秘書にタイプさせたリストが握られていた。

あのシー・ジェイはいったい何なんだ？　どうしてしまったんだ？　彼女はぼくをよく理解してくれていると思っていた。彼女こそじぶんが本当に求める女性かもしれないと思い始めたところだった。シー・ジェイのような女性はざらにはいない。それははっきりと言える。

「ゴディバのアマレット・トリュフを」

アレックスは心ここにあらずのように言ったが、じっさいそうだった。

「お待ちいただいているあいだに何かご試食なさいますか？」

「いや、結構」

信頼していたシー・ジェイがあんなことをしたとは。

アレックスの胸は苦々しさでいっぱいだった。

シー・ジェイがリンダに余計な入れ知恵をして、ぼくを独身男性のオークションに出品させた。そして、ぼくを世間の物笑いにした。

まったく、なんてことだ。その償いはちゃんとしてもらうぞ！

今夜アレックスは、シー・ジェイが望んだゴディバのアマレット・トリュフと彼女の好きな茎の長い赤い薔薇《ばら》の花束を持って彼女を迎えに行く予定だった。会員制のレストラン〈バスク・グリル〉に予約を入れてあるのだ。

だが、もしかするとシー・ジェイは出かける約束を忘れているかもしれない。

アレックスはちょっとしたサプライズを考えていた。

シー・ジェイが予想もしない何かを……。

シー・ジェイは、アレックスのぴかぴかの黒い車が時間きっかりに、彼女が住んでいる二軒続きの家の前にある歩道の縁石際にとまるのを窓から覗《のぞ》き見ていた。

アレックス・カーティスがシー・ジェイの思っているとおりの人なら、彼はカジュアルな格好でやってきて、プレゼントを手渡し、そしてきっぱりと最後通告を言い渡すだろう。きみとの仕事はこれで終わりにする、と。

シー・ジェイが思ったとおり、アレックスはチノパンツにスポーツシャツという服装だった。彼は腕にいろいろと抱えて玄関の方へ歩いてきた。

そのときがきたわ。

シー・ジェイは背中をぴんとのばして身構え、玄関ホールに出ていくと、呼び鈴が鳴るのを待ち構えた。

アレックスの危惧が当たった。

玄関のドアを開けたシー・ジェイは、夜の外出にふさわしい服に着替えていなかった。彼女が身につけているのはジーンズにコットンのカットソーで、足はサンダルばきだった。

彼はみるみる不機嫌な顔になった。

「入りなさい、アレックス」

シー・ジェイは命じた。

アレックスはむっとしたが、言われるままにするしかなかった。悪い魔法をかけられたかのようにふらふらと玄関をくぐり、中に入りドアを閉める。

そして彼は閉めたドアに、そうしないと立っていられないかのように背中をつけて寄りかかった。

その朝もそうだったように、アレックスはまたもやシー・ジェイの頭のてっぺんから、仕事から帰ってさっきダスキーピンクのマニキュアを塗った爪先までを、穴があきそうなくらいじろじろと眺めまわした。

やがて彼は顔をあげ、きつく眉をひそめた。黒い眉が太い一本の線になる。

「シー・ジェイ、どうしてディナーに行く支度をしていないんだ？」

「シャーロットと呼びなさい、アレックス。気が変わったのよ。女心は変わりやすいとよく言うでしょう。そういうこと。わたし、出かけるのはやめて、うちであなたにスパゲッティを作ってもらうことにしたの」

シー・ジェイはアレックスにあでやかな微笑を送った。

そして小さな金色のチョコレートの箱にかけられているリボンをほどき、ふたを開けてトリュフ・チョコレートを一つつまみあげると、小さくかじって目を閉じた。

「最高」

シー・ジェイはアレックスのそばに歩み寄ると、背のびをして彼の唇に軽くキスをした。彼の唇にじぶんの口からチョコレートをほんの少し移し、そしてささやく。

「ありがとう。さあ、キッチンに行きましょう。その花を水に入れてあげたいから」

アレックスが花の箱を差し出す。

シー・ジェイはそれを受け取りながら、ひげを剃《そ》ったばかりの彼のあごの脈が、おそろしいほど速く打っていることに気づいた。

シー・ジェイはアレックスを玄関に残し、リビングルームとダイニングルームが一続きになったL字形の部屋をさっさと横切って、こぢんまりとしたキッチンに行った。

アレックスがシー・ジェイのうちの中に入るのはこれがはじめてだったが、迷子になる心配はなかった。

けれど、アレックスはなかなかキッチンに来なかった。

シー・ジェイが見事な赤い薔薇をシンクに置いた花瓶に生け終わるころ、やっとアレックスがキッチンに現れた。

見ると、さっきアレックスの唇に移したチョコレートはなくなっていた。拭き取ったのかしら？　それとも……。

「パスタをゆでるお鍋は戸棚の右下に入っているわ。フライパンも同じところよ。パスタの材料とかあとのものはぜんぶカウンターの上か、さもなければ冷蔵庫の中にあるわ」

アレックスは眉間に気むずかしいしわを寄せ、たくましい胸の前で腕組みをしてドア口に立っている。シー・ジェイはその表情を見てわかった。アレックス・カーティスは相当に険悪なムードだということだ。

だが、アレックスがどれほど荒れ狂った気持ちでいたとしても、今夜はひるんでなどいられない。シー・ジェイは冷静な声で言った。

「あなたにこのことは言っておくわ。オークションであなたを競り落とした一万ドルのことだけれど、あのお金はわたしの貯金から出したの。樹木の追加調達のために、あなたがうちの会社宛に振り出した小切手から流用したんじゃありませんから」

見えない手にアッパーカットを食らったかのように、アレックスのあごがはねあがった。

「何だって？」

シー・ジェイは花瓶を持ちあげた。

「信じられないというの？　それなら銀行に問い合わせて、うちの会社の口座を調べてもらったらどうかしら。あなたの小切手が振りこまれたあとの差額残高は変わっていませんから。さあ、ちょっとそこを通して。この美しい薔薇をダイニングルームのテーブルに飾りたいの」

アレックスが鋭く息を吸いこむと、その音が狭いキッチンの空気を震わせた。

彼は横を通りぬけようとするシー・ジェイの手から花瓶を取りあげ、カウンターの上に置いた。

アレックスにいきなり両肩をつかまれ、シー・ジェイの体は電気に触れたようにびりびりし、渦巻くように熱が広がった。カットソーの布地を通してアレックスの手の脈動が感じ取れた。

アレックスはいまにもキスをしようとしている。シー・ジェイはそう思った。

二人の唇はすぐ近くに、いまにも触れそうなところにある。

彼の唇が早くほしくて、シー・ジェイは体がずきずきした。この苦痛は彼にしか癒やせない。

「どうして一万ドルも使ったんだ？　苦労して稼いだ金をどうしてぼくのために？」

アレックスは喉の奥から絞り出すような声で言った。

アレックスのスレートブルーの目が黒みを帯び、シー・ジェイの淡いブルーの目をのぞきこんだ。

シー・ジェイははっと我に返った。

それを聞きたかっただけなの？　シー・ジェイの期待は粉みじんになった。彼女はアレックスがとてもほしかった。アレックスもじぶんと同じように熱くなっていると思ったのに。

シー・ジェイがすぐに返事をしなかったので、アレックスは思わず彼女の肩を揺すった。

彼女のほっそりとした首の上で、きれいな頭がぐらぐら揺れた。

シー・ジェイはなんとか頭を冷やそうとした。

「あなたは売り物だったのよ。あそこに詰めかけていた女性たちはみんな、これぞと思う独身男性を競り落とそうとしていた。わたしだってほかの人たちと同じよ。あなたを買いたかったのよ」

「まじめな話だ」

あなたからいただくわ」

シー・ジェイは気持ちが昂《たか》ぶって声が震えた。

「わたしは至極まじめよ。あのときだってそうだったわ。あまりにも真剣になって、なんとしてもあなたを競り落とそうとして一万ドルって声をあげてしまったの。ほかの人たちは、いくら競り落とした男性を一週間奴隷にできるからといって、そんな大金をはたいたりはしなかったでしょうね」

シー・ジェイは一目見たとたんにアレックスに恋をした。それからずっと気持ちは募るばかりで頭がおかしくなりそうだった。どうにかしたくて、一か八《ばち》か一週間のチャンスに賭けた。そのあいだにアレックスの心をつかむのだ。仕事仲間としてではなく、ひとりの女として彼を振り向かせたかった。永遠の愛を誓っても後悔しない女だということをわからせたかった。アレックスだって、あなたがきっとほしいはずと、恋する心がそそのかした。

「そういうことなの。ですからアレックス、わたしは一万ドルを無駄にはしないわ。その分をちゃんと

4

シー・ジェイはじぶんの皿のスパゲッティを残さず平らげた。

「おいしかったわ！　ソースにベイリーフを入れたのね。それ、誰に教わったの？」

「覚えていない」

アレックスはうなるようにぶすりと言った。

三十分前、アレックスは、こんなのはもうおしまいにするといまにも言いそうだった。そうなったらどうしよう。シー・ジェイは胸がつぶれそうになった。あのときから会話はずっと一方通行だった。アレックスは黙々と夕食を作り、しゃべるのは気を引き立てようと必死のシー・ジェイばかりだった。


アレックスは鬱々とした顔で、黒い眉をひそめっぱなしだった。まるで『嵐が丘』のヒースクリフのようだとシー・ジェイは思った。グラントから聞いたところでは、アレックスは大学時代に車の衝突事故で婚約者を亡くしたのだという。いまだにその悲劇から立ち直れずにいるらしい。だとしたら、それがアレックスが独身を通している理由の一つかもしれない。

いまなおアレックスの心から離れないでいるその人はどんな女性だったのだろう。シー・ジェイは思いを巡らせた。知りたかったが、過去の辛《つら》い話をアレックスの口から引き出すには、それなりの覚悟をし、心を強く持たなければならないだろう。シー・ジェイはじぶんにはとてもできないと思った。


シー・ジェイは氷の入った冷たい水を飲んで気持ちを切り替えた。

「冷蔵庫の中にクッキーの生地があるわ。ロールにして焼けばいいだけにしてあるから、スライスしてクッキーシートに並べてオーブンに入れたら十分でデザートができるわ。わたし、オーブンを予熱に……。あら！　携帯が鳴っている。わたしのだわ」

きっとグラントだ。グラントはシー・ジェイの恋の後押しをしてくれていて、アレックスのハートに火をつけるにはやきもちを焼かせるのが一番手っ取り早いと考えている。

シー・ジェイが席を立とうとすると、その前にアレックスがすばやくキッチンに行き、携帯電話を取ってきた。

シー・ジェイは戻ってきたアレックスの顔をうかがった。さっきより表情が険しくなっている。

「シーデルからだ」

シー・ジェイは素知らぬ顔で携帯電話を受け取った。

「グラントったら、わたしからかけるまで待ってくれたらよかったのに。言っておいたのよ。わたしは今週はずっと暇がないって」

シー・ジェイがそう言うと、アレックスの目の奥で何かがめらめらと燃えあがった。

「暇がないといっても、男の人がよく想像するようなことをあなたが考えているとしたら、そうじゃないのよ。アレックス・カーティス、あなたは何でも見抜く人だけど」

シー・ジェイはちくりと皮肉をこめ、苦い顔をしているアレックスにいたずらっぽく微笑した。

「あなたの気持ちは想像がつくわ。あんなオークションで面白半分に女性に競り落とされて、奴隷みたいにされるなんて、さぞかしはらわたが煮えくり返る思いでしょうね。女に仕えるなんて冗談じゃない――男の人は正直、みんなそう思っているんでしょう？」

アレックスは、いまにも爆発しそうな怒りを必死でこらえているのだろう。口元がこわばり、そのまわりの皮膚が青白くなっている。

「食器を片付けたら、キッチンの明かりを消してリビングルームに来て。待っているわ」

シー・ジェイはチョコレートの箱を取りあげてダイニングルームを出ていきかかったが、ふと思い出し、足をとめて振り返った。

「忘れるところだったわ。アレックス、あなたの携帯をこっちにちょうだい」

アレックスはシー・ジェイをにらみつけながら、ポケットからのろのろと携帯電話を引っ張り出し、シー・ジェイに渡した。

「とても従順だこと。こういう経験ははじめてじゃないってことかしら。だとしても、基本のルールを言っておくわ。わたしがあなたのオーナーでいるあいだは、ほかの人と連絡を取らないこと。それから、わかっているでしょうけれど、何でもわたしの言うとおりにするのよ」

シー・ジェイはアレックスにキスを投げた。

「手早くしてね」

アレックスはテーブルを片付け、食器を下げて食洗機に入れると、キッチンの明かりを消した。リビングルームの方からグレン・ミラー楽団の《ムーンライト・セレナーデ》が聞こえてきた。音楽は食洗機の耳障りな音と競い合うように鳴っている。

ビッグバンドの音楽なんて、アレックスはもう何年も聞いたことがなかった。それより、この前最後に女性のために食事を作ったのはいつだっただろうか。記憶になかった。それに、ヴィンテージのボージョレー・ワインよりずっと甘いチョコレートのキスをされたことなどあっただろうか。

今日はアレックスにとって、はじめてのことの連続だった。

シー・ジェイのうちに入ったのも、これがはじめてだった。彼女は二軒続きの家のじぶんの住まいを居心地よく整えていたが、暮らしぶりは質素だった。両親が亡くなったあとここに引っ越したと聞いている。実家を売却した金は、おそらくぜんぶ会社につぎこんだのだろう。

アレックスははっとした。シー・ジェイはぼくを競り落として一週間奴隷にするために蓄えをはたいたと言った。

ただ面白半分にそんなことをするだろうか？　まさか。きっと、もっと深い意図がある。シー・ジェイは交際相手を求めたわけではない。それはまず除外できる。彼女と付き合いたがっている男がわんさといるのだ。ゴルフコースの建設に関わる男たちは、いまいましくも例外なくアレックスを脇に連れていき、彼女となんとかなりたいのだが見こみはあるかどうかと探ってくる。

これまでのところアレックスは、彼女に言い寄ろうとする男たちを、あんたは年が違いすぎるとかきみは彼女のタイプじゃないとか言ってことごとく追い払ってきた。だが、それでもシーデルだけは……。

アレックスはふと閃《ひらめ》いた。もしかするとシー・ジェイの狙いはあれじゃないか？　ぼくにこんなことをするのはきっと……。

シー・ジェイは会社の共同経営を持ちかけようとして、こんな七面倒くさい小細工をしているのかもしれないのだ。彼女の考えは、まずはじぶんを強い立場に置いてぼくの出方を探る――おじいさんが授けた知恵だろうか？

すると、あの一万ドルは、共同経営者として彼女がまたとない相手だということをぼくにわからせるためのものなのか？　あのとんでもないオークションでぼくを競り落としたのは、ぼくのためならどんなことでもするというところを見せたかったのか？

ぼくの信用を勝ち得るためだったのか？

　そう考えれば腑《ふ》に落ちる。シー・ジェイといっしょにやってきた仕事はとてもうまくいっている。ゴルフコースは、樹木に精通した彼女のような造園のエキスパートなくしては造れない。だとすれば……。いや、共同経営者になったとしても、シーデルとこんりんざい会うなと彼女に要求できるか？　それは無理な注文だろう。しかし、待てよ。ひょっとしてシー・ジェイはグラント・シーデルに早くに亡くした父の姿を……。

「アレックス、何をそんな手間取っているの？」

　シー・ジェイの声がして、アレックスの脈拍が速くなった。彼は大きく息を吸いこみ、キッチンを出てリビングルームへ行った。《ムーンライト・セレナーデ》はいつしか終わり、いまはフランク・シナトラの古い歌が流れていた。明かりはステレオのそばのランプだけだった。ランプの鈍く暖かい色の光がシー・ジェイの金髪のまわりに後光を作っている。

　シー・ジェイがつとそばに来た。

「わたし、踊りたいの」

　アレックスはどきりとした。彼女はなんてきれいなんだ！

　アレックスは言われたとおりにした。シー・ジェイを腕に引き寄せると二人の目が合った。シー・ジェイの目は青く燃えている。アレックスの頭はとたんに空っぽになり、そのあとは何も考えられなくなった。萎えた頭脳に替わってほかの意識が生き生きと働きだした。彼はシー・ジェイの体のやわらかなまるみを意識した。香水が甘く匂う肌を、首にかかる彼女の温かな息を苦しいほど意識した。それらが一つになって襲いかかり、紛れもない欲望がアレックスの体をずっしりと重くした。アレックスは長いあいだ女性を求める気持ちをかたく封印してきた。

　だが、あの夜リムジンの中で図らずもシー・ジェイにあんなことを……。

「シー・ジェイ……」

アレックスはかすれた声でささやいた。体が焦げそうなほど熱くなっている。

「シャーロットと呼んで」

アレックスは喉が詰まった。

「シャーロット、もしきみがぼくといっしょにやっていきたい、パートナーとしてずっとやっていきたいと思っているなら、ぼくは望むところだ」

アレックスの胸に置かれたシー・ジェイの手が一瞬こわばったが、彼女はすぐその手をのばして彼の頰に当てた。そして顔を起こした。彼女の目は青い炎のようだった。

「本当に？　本当に、あなたはそれでいいのね？」

シー・ジェイの声は喜びにはねあがった。

やはりそうだったのか。シー・ジェイは共同経営者になりたかったのだ。なぜかアレックスの胸を失望の波が襲った。いや、それは失望という言葉では足りなかった。シー・ジェイの返事は鋭い刃《やいば》のようにアレックスの心をぐさりと突いた。いまアレックスは気づいた。ぼくがシー・ジェイの口から聞きたかったのは……。

「ぼくが嘘《うそ》を言ったことがあるか？　この二カ月間、毎日きみといっしょに仕事をしてきた。ぼくのことは、誰よりもきみが一番よくわかっているはずだ」

「それならキスして、アレックス。二人とも息ができなくなるまでキスして」

アレックスの心臓は肋骨《ろっこつ》を突き破りそうなほどどきんとした。シー・ジェイの声にうずくような渴望を聞いたのは、ぼくのあらぬ想像だろうか。

「それは命令か？　オークションで買った奴隷に命令しているのか？」

シー・ジェイはぎょっとし、うろたえて目を大きくみひらいた。

「あなたがいま言ったこと、あれは……。あなたは、いまわたしに結婚しようと言ったんじゃなかったの？」

5

ためらう者はチャンスを失う。

そんなことわざがなかっただろうか？　この場合は、ぐずぐずしているのはアレックスで、チャンスを失うのはシー・ジェイだ。

アレックスはそうだともそうでないとも言わず、ぐずぐずしていた。そうなのね。シー・ジェイはそのとき、ようやく目が覚めた。アレックスはわたしに特別な関心など持っていない。わたしと結ばれたいとは露ほども思っていない。そういうことなんだわ。恋心に惑わされて現実が見えなくなっていたのよ。いまよくわかったわ。

だとしたら、こんな思わせぶりなゲームを続けても何の意味もない。

シー・ジェイの心は真っ暗になった。床を這《は》う黒い影のようにぺちゃんこになった。シー・ジェイは必死に気持ちを奮い立たせた。

「冗談よ、アレックス。あなたは、こんなお遊びによく付き合ってくれたわ。とても心の大きい人ね。あなたは最高！」

シー・ジェイは背のびをしてアレックスの頬に軽くキスをした。

「このキスをもって、あなたを解放します。あなたはもうわたしの奴隷じゃないわ。元のようにシー・ジェイと呼んで」

アレックスはおそろしく困惑した顔をしている。あの顔からすると、アレックスはすぐに質問を浴びせてくるだろう。

シー・ジェイは彼に追及されてぼろぼろになる前に、じぶんからすっかり話してしまうほうがいいと思った。

「こういうことなの。リンダから独身男性のオークションのことを聞いて、わたし、思わずあなたを出品するように彼女をそそのかしてしまったのよ。そんな競りってとても面白そうで、行ってみたくなったわ。でも、わたしが誰よりも高値をつけることになるなんて。何はともあれ、あなたは間違いなく一番ゴージャスな独身男性だったわ。お金をたくさん持っているどこかの女性社長が、わたしの倍の値をつけるんじゃないかと……」

アレックスは黒い眉を怒らせた。

「誰であろうと、あんなくだらないことに一万ドルも使うのは、もってのほかの無駄遣いだ」

ああ……。アレックスは怒っている。だがシー・ジェイは、それは苦にしなかった。たしかに彼のプライドは傷つけてしまったが、彼のハートを傷つけてはいない。彼はかつてフィアンセを失ったときにハートを葬ってしまっているらしいから。

「そうね、わたしも同感よ。でも、あのお金はいい目的のために使われるわ。ついでに、もう一つ白状するわ。あの一万ドルのことだけれど、生前わたしの祖父がクラップスというさいころを使う賭け事を教えてくれたの。そして必勝法を伝授してくれたわ。わたし、ものすごく腕をあげてかなり稼いだわ。でも、いつもうしろめたかった。だから、あのチャリティ・オークションは、またとない償いのチャンスだと思ったの。賭けで儲《もう》けたお金をぜんぶ使ってさっぱりしたかったのよ」

シー・ジェイは、やさしいまるみを帯びたあごをきっとあげてアレックスを見た。

「嘘《うそ》偽りなく言っておくわね。わたしはもうギャンブルはしないわ」

そのことを誠心誠意伝えようとしたので、声が震えた。

シー・ジェイの最後の賭けがアレックスだった。一世一代のギャンブル。望むとおりにはならないかもしれない、ずっと悲しい思いを引きずることになるかもしれないとわかっていたが、賭けてみたのだ。

もし両親が生きていたらきっと、それみたことかと言うだろう。

「アレックス、あなたはとても疲れた顔をしているわ。家に帰ってぐっすり眠りなさい。携帯を返すわ。明日持ってくるのを忘れないようにね」

シー・ジェイは先に立って玄関へ行き、ドアを開けてアレックスを待った。

「じゃ、明日の朝あなたのオフィスで」

シー・ジェイはアレックスが玄関ホールに出てくると明るい声で言い、ウィンクした。

「それに……心配しないで。わたし、遅刻なんかしないわ」

アレックスは無言のまま、仇討《あだう》ちに向かう戦士のようなこわばった顔をして出ていった。

シー・ジェイはドアをぜんぶ閉めなかった。そして、細く開けたすきまからアレックスが車に乗りこむのを見送った。彼はBMWをミサイルのように発進させて去っていった。

翌朝、九時きっかりにシー・ジェイはアレックスのオフィスに到着した。外側のドアの鍵は開いていたが、秘書の姿はどこにもなかった。

「こんにちは」

シー・ジェイは声をかけた。

「こっちに入ってきたまえ、シー・ジェイ」

シー・ジェイは飛びあがった。とにかくここに来たけれど……。いまシー・ジェイはおそろしく気後れしていた。

これからどうしよう？　一晩中泣き明かしたので、まぶたが小さなクッションのように腫れあがっている。こんな顔をアレックスに見られたくない。ものすごく恥ずかしい！

「すぐに行くわ」

「早く！」

「あなたは、この先の仕事はほかの業者に任せることにしたと言うんでしょうね」

シー・ジェイは思わず口走った。

「そうしたからといって、あなたを責めるつもりはないわ」

「ぼくは待っているんだぞ、シー・ジェイ」

シー・ジェイは体がぶるぶる震えだした。とめようとしてもとまらない。

「わたし、あんなことをするべきじゃなかったわ。わたし、一晩中ずっと考えていたの。たぶんあなたはフィアンセをなくした辛《つら》さを乗り越えようとして、その助けになるかもしれない女性に巡り合えるのを期待していたんでしょうね。それなのに、わたしがあなたを競り落とした。わたしったらばかね。考えなしだったわ」

シー・ジェイは悲しかった。

「いったい、いつまで壁の向こうでぶつぶつ言っているんだ？」

「わたし……あなたと顔を合わせるのが怖いの」

シー・ジェイはぼそぼそと言った。

「きみが怖がっている？　元気いっぱいで、最強のパートナーを組めるシー・ジェイが怖がっているだって？」

「その話はもうやめて。わたしは、あなたと共同経営でビジネスをやっていこうなんて思ったこともないわ。あなたはよくわかっているはずよ」

「つまり、きみはすべてじぶんのものでなければいやなんだな」

アレックスはざらざらした声で言った。

「もしぼくがきみより先に死ねば、きみが独占できる」

シー・ジェイはどきりとして息をのんだ。それって……？　震える声で言った。

「あなたはいまも……彼女がいっしょにいてくれたらと思っているんでしょう？」

「シー・ジェイ、過去を変えることはできない。アネットはぼくの初恋の人だった。だが彼女は十年前に天国に行ってしまった。いまぼくは、けしからぬことをしてくれた人を新しいパートナーとして、過去と闘って前に進もうと思っている」

「そう。でも、そのパートナーがわたしのはずなんてないわね。このプロジェクトが終了したら、わたしとあなたはもう会うことはないでしょう」

「ぼくは知っているんだ、シー・ジェイ。シーデルから聞いた」

シー・ジェイの体は熱くなり、それから冷たくなった。

った。

「いつグラントと話したの？」

「昨夜《ゆうべ》だ。カクテルを飲みながら」

シー・ジェイは身をよじった。グラントは友達だと思っていたのに。信頼できる人だと思っていたのに。それなのにアレックスに一、二杯おごられて、いったい何を打ち明けたの？

「わたし……あの、今朝はあまり気分がよくないの。だから――」

「だったら、ぼくのオフィスで横になるといい」

アレックスの深い声がした。さっきよりずっと近くで聞こえる。

シー・ジェイは振り返った。

するとアレックスがすぐそばに立っていた。白のニットシャツを着てカーキ色のズボンをはいている。彼は生き生きとしてさわやかに見えた。

アレックスはシー・ジェイの目をひたと見つめた。


「きみは悶々《もんもん》として眠れない夜を過ごしたんだな。それがわかってうれしい。きみのその顔は、シーデルが話したことは本当だという動かぬ証拠だ。きみはぼくに恋をしている。さあ、おいで、スイートハート、今度はぼくがきみをどれほど恋しく思っているか証明しよう」

アレックスはシー・ジェイの唇に熱烈なキスをすると、彼女を抱きあげてオフィスに運び、やわらかい革張りのソファに座らせた。そしてシー・ジェイが彼にそうしてほしいとずっと思っていたことをした。つまり、二人とも息が切れるほど長く激しいキスを交わしたのだ。

ずいぶんと時間が経《た》ってから、アレックスはシー・ジェイのキスで腫れた唇にささやいた。

「これで、きみがオークションではたいた一万ドルの埋め合わせになったかな？」

「いいえ、ダーリン。たった五百ドル分だけよ」

アレックスは黒髪の頭を少しあげて、シー・ジェイの目をのぞきこんだ。

「じゃあ、残りの分は生涯をかけて少しずつ取り返すというのはどうだい？」

「ええ、いいわ」

シー・ジェイの青い目は涙でいっぱいになった。

「あのとき、みんながこぞってあなたを競り落とそうとして、競り値がどんどん高くなっていったわ。わたし、負けるのじゃないかと焦ったの。それで賭けに出たのよ。どうしても勝ちたかったから預金のありったけを賭けたの。あなたのことが好きでたまらないから、なんとしてでもあなたに注目されたかったのよ」

アレックスの目が熱を帯びてきらきらした。

「ぼくはちゃんときみに注目している。しかし、いつもじぶんに言い聞かせていた。誰が見ても、きみはぼくには若すぎると。たとえきみが会社を率いる経営者だとしても」

シー・ジェイは彼の官能的な唇にそっと指を走らせた。

「わたし、生涯をともにしたくなる男性と巡り合えないのじゃないかとずっと不安だったの。祖父は、そのときがくれば必ず誰か現れると言ってくれたけれど、そんな言葉なんかちっとも当てにできなかったわ」

シー・ジェイはアレックスの肩に両腕をまわして抱きしめた。

「二カ月前、あなたはビジネスの話をするためにわたしをこのオフィスに呼んだわね。あのとき、あなたに会ったとたんにわかったの。わたしが結婚したいのはこの人だわって。わたし、すっかり動揺してしまって何も考えられず、ろくに口もきけなかった。あなたに指名してもらえたのは奇跡だわ」

アレックスはシー・ジェイに熱烈なキスをした。

「ぼくの頭のいい、かわいいギャンブラー、きみこそ奇跡だったよ。きみはぼくの人生に太陽と青空を取り戻してくれた。ぼくは一生きみの奴隷でいい、スイートハート」

シー・ジェイはアレックスのその言葉が何を意味するか、しっかりと聞き直さなくてはいけないと思った。だが、それより先にシー・ジェイのハートが叫んでいた。

ということは、わたしたち、結婚するんだわ！

もう一人のケルサ

Relative Values

ジェシカ・スティール

松村和紀子 訳

ジェシカ・スティール

イングランド中部の田舎に、7人きょうだいの6番目に生まれた。公務員として働きながら小説を書き始め、夫の励ましを得て作家デビュー。趣味は旅行で、ギリシア、日本、メキシコ、中国、香港など、取材をかねてさまざまな国を訪れた。2020年11月、惜しまれつつ永眠。生涯で88作ものロマンスを描いた。

主要登場人物

ケルサ・プリムローズ・マーチ・スティーヴンズ……アシスタント。
マーチ・スティーヴンズ……ケルサの母。旧姓フィットカム。
ライル・ヘザリントン……大企業の重役。
ガーウッド・デイヴィッド・ヘザリントン……ライルの父。
ネイディーン・アンダースン……ガーウッドの個人秘書。
エドウィーナ・ヘザリントン……ライルの母。
アリシア・エクルストーン……ライルのおば。
ブライアン・ローリングズ……弁護士。

1

ケルサは車をなだめすかして何とかエンジンをかけ、フラットの駐車場から修理工場へ向かった。ロンドンに来てまだ三カ月にしかならないが、修理工場の人とはすっかり顔なじみだった。旧モデルもいいところのフォード・フィエスタは、毎週修理してもらってやっと走っている。

この車に別れを告げる潮時だとわかっていた。でもこれは両親の車……家族の車だったから、別れるのはつらい。せめてもうしばらく一緒にいたい。ケルサにとって、ロンドンに出てくるのは一大決心だった。落ち着くまでもうしばらくの間、心のよりどころとなるものが欲しかった。

三カ月前まで、ケルサは生まれ育ったヘリフォードシャーのドリフトン・エッジに住んでいた。ありふれた村だが、のどかでとてもよいところだった。そこで幸せに暮らしていたのだが、二年前、父と母を海外旅行中の事故でいっぺんに失った。

二十歳だったケルサは悲しみにくれた。とても心細かった。愛する両親を突然失い、この世にたったひとりぼっちになってしまったのだ。ひとりっ子だったし、頼る祖父母もいなかった。父は二親を早くに失っていたし、母は遅くできた子供だったので、母方の祖父母も数年前に亡くなっていた。

ヴォニーに感謝しなくては、とケルサは思う。彼女にはっぱをかけられてクーパーズを辞める気になったのだから。あれは半年前、彼女の結婚式のブライドメイドを務めた時だった。ハネムーンの支度を手伝いながら人生について陽気におしゃべりをしていると、ヴォニーが急に真顔になって言ったのだ。

「あなたの人生はどうなの？」

「私？　私はたぶんずっとクーパーズに勤めて……」

「あんなところにいてもどうしようもないわよ」同僚のヴォニーはずばりと言った。「それに、このドリフトン・エッジだってそう」

「私は生まれてからずっとここで暮らしてきたわ」

「それが問題なのよ！」

「心配しないで」ケルサは肩をすくめた。確かにもっとやりがいのある仕事をしたいという焦燥に時々襲われるが、ハネムーンに発《た》つ友達にそんなことは打ち明けられなかった。

「私、あなたのことが気がかりなのよ」

「あら！　あなたの心は花婿さんのことでいっぱいのはずよ」ケルサはからかって話をそらそうとしたが、ヴォニーははぐらかされなかった。あまり真剣なので、ケルサはつい約束してしまった。「わかったわ。明日新聞の求人欄を見てみるわ」

「明日じゃなくて、今日見なさい！」

「いいわ、今日見るわ。だからもうにっこりして」

結婚式のあと、家に帰るといつもの不満に胸がざわめいた。ヴォニーの言うとおりかもしれない。クーパーズでくすぶっているより、やりがいのある仕事を見つけるべきかもしれない。もっとましな仕事につける能力だってあるはずだわ。

高校の時、担任教師は大学進学をしきりに勧めた。だが、母ががんとして反対した。保守的な家庭に育った母は、娘が大学に行くなんてとんでもないと言うのだった。母は父を味方につけ、近くの秘書養成学校にならば行かせてくれると言った。本当は経済的に余裕がないのかもしれないと思い、ケルサは大学進学の夢を涙をのんであきらめ、秘書養成学校に入ったのだった。

あとになって、進学させてもらえなかったのは経済的な理由ではなく、両親が娘を目の届くところに置いておきたかっただけなのだとわかった。実際、両親は礼儀作法はもとより、男女を問わず、交際する友達にもうるさかった。けれどケルサは、親が厳しすぎると思ったことも、不満に感じたこともなかった。それが親の愛だと思っていた。父と母を愛していた。

思い出にふけっているうちに修理工場に着いた。だが、接客係がほかの客と話しこんでいたので、ケルサの思いはまた過去にあと戻りした。

あの日、ケルサはヴォニーとの約束を守って新聞を調べた。近くの町にちょっとよい求人があったのだが、すぐほかの広告に目移りした。世界的な大企業ヘザリントン・グループが支社の社員を募集していた。心が動いた。ヘザリントン・グループほどの大きな会社なら、きっとチャレンジしがいのある仕事があるに違いない。少し迷ったが、結局近隣の支社に履歴書を送った。大会社はさすがに仕事が早かった。折り返し面接の通知が来て、その場で採用が決まった。それもロンドンの本社勤務に！

「でも……私はここに住んでいるんです」ケルサは驚いた。

「しかし、あなたの場合、どうしてもここにいなくてはならない理由はないでしょう？　ロンドンでの住まいは社のほうで手配しますよ」

ケルサは考えさせてほしいと言って家に帰った。どうしようと迷った。迷って返事を保留している間にヴォニーが新婚旅行から帰ってきた。帰った次の日に出勤した彼女にケルサは相談した。

「何が問題なの？」ヴォニーは言った。「家は誰かに貸せば？　向こうに行ってみて、もしどうしても都合が悪かったら転勤させてもらえるわよ」

本当にそうだわ。何も問題はない。ぐずぐずしていた割にはきっぱりと決心がついた。

家は貸さないことにした。見も知らぬ他人に、父や母が大事にしていた家具や品々を勝手に使われるのは耐えられなかった。

「ミス・スティーヴンズ！」ボンネットをたたかれ、ケルサは我に返った。接客係は、いつもと同じように車の状態について子細に説明し始めた。

「でも、修理は可能なんでしょう？」ケルサは彼が息をついたすきに言葉を挟んだ。「今日の夕方までに直してもらえます？」

「修理は何とかできますがね。明日になってしまいますよ。ご存じのとおり、一月は忙しいんで」

なぜ一月は忙しいのかしら？　天候が悪いので事故が多いということ？　父と母も自動車事故で……。ケルサはいやな思い出を急いで頭から追い出した。

「それじゃ、明日とりに来ます」車のキーを渡し、足早に修理工場を出た。帰りはバスに乗らなくては。そう思いながら、ケルサは会社に向かった。幸い徒歩で行かれる距離だった。幸いといえば、もうひとつ、住まいは会社の助けを借りずに見つけられた。家具のついていないフラットだったので、故郷の家から慣れ親しんだ家具を持ってこられた。

ヘザリントン社のビルが見えてくると胸がはずみ、ひとりでに微笑が浮かんだ。入社して三カ月、思いがけない昇進にケルサは我ながら驚いていた。

とはいえ、最初から順調だったのではない。返事をぐずぐず延ばしたせいで、希望していたポストは埋まってしまった。だが、クーパーズに退職願いを出してしまっていたし、それを撤回するのは自尊心が許さなかったので、与えられた本社輸送課のイアン・コリンズの秘書の仕事を受け入れた。

仕事は前の会社にいた時と同じくらい退屈だった。けれど二カ月後、状況は思いがけなくドラマティックな展開を見せたのだった。ケルサはヘザリントン・ビルの階段をはずむ足取りで上がり、輸送課とは反対のほうへ向かった。あの日、社長と出会ったのがうれしい運命の分かれ目だった。

運命のその日、用事でほかの部に行く途中、ケルサは廊下で六十年配の白髪の紳士とすれ違った。たまたまその時あたりには誰もいなかった。その人はすれ違いざまにケルサをちらと見たが、突然何かにつまずいたようによろけ、倒れかかった。

ケルサはとっさに腕をつかんで支えた。威厳のある雰囲気や服装から、誰か偉い人に違いないと思ったが、ためらっている場合ではなかった。

「だいじょうぶですか？」ケルサは澄んだ青い目を驚きに見開き、優しくきいた。

「君は……新入社員かね？」老紳士は姿勢を立て直すと、ケルサから目をそらして尋ねた。

「入社して二カ月です」ケルサはにっこりして答えた。支えていた手を放したが、彼がまだ少し青ざめていたので気づかわしげに見守っていた。「輸送課のイアン・コリンズの秘書です」

老紳士はひどく動揺しているようだった。急に倒れそうになったのだから無理はない。

「それで今まで見かけなかったわけだ。一度見たらその笑顔を忘れるはずがない」

お世辞だわとケルサは思った。何百人もの社員が始終廊下を行き来しているのに、たまたますれ違ったひとりの顔やほほえみを覚えられたら奇跡だわ。もうだいじょうぶそうだと思い、その場を離れようとしたが、彼はじっとケルサを見つめていた。

「ところで、私はガーウッド・ヘザリントンだ」

老紳士は名乗った。彼はケルサがひどく驚くのを期待したのかもしれないが、上層部の人だろうと思っていたので、ヘザリントンのトップのトップだとわかってもケルサはさほど驚かなかった。

「まあ、社長」ケルサはそうするのが礼儀だと思い、手をさし出した。

「君は？」彼は握手しながらきいた。

「ケルサ・スティーヴンズです」

ミスター・ヘザリントンははっとしたように目をそらし、あわてて腕時計を見た。社長ともなればスケジュールがぎっしりなのだろうとケルサは思った。

「ケルサ？　珍しい名前だ」彼はかすかにほほえんだ。「ミドルネームはあるのかね？」

気おくれを感じて当然なのに、ケルサはなぜか不思議なほど打ちとけた気持になっていた。「実は、両親は私にどういうつもりか、ケルサ・プリムローズ・マーチ・スティーヴンズなんていう名前をつけたんです」ついよけいなことまで言ってしまい、滑稽《こっ》《けい》な名前だと思われたに違いないと目を伏せた。

けれど、ミスター・ヘザリントンは滑稽とは思わなかったらしく、むしろどことなくしみじみとした口調で言った。「人は君が三月生まれだからだと思うだろう」

「でも、本当は十二月の初めなんです」ケルサはにっこりした。まるで親しい人と話しているような感じがしていた。「母の名がマーチだったんです。母はミドルネームがひとつもなかったので、もしかするとその埋め合わせに三つも私に……」

「だった？　過去形だね」

「両親は二年前に旅行中の事故で亡くなりました」

「そう……そうか。それは気の毒なことをしたね」

ミスター・ヘザリントンはしわがれた声で言い、小さくうなずいて忙しげに行ってしまった。

数日経《た》つと、ヘザリントン・グループの社長と親しく言葉を交わしたという興奮も薄れ、仕事があまり退屈なので、転職さえ考え始めた。けれど、社長はケルサを覚えていてくれたのだ。ケルサは初めて滑稽なミドルネームに感謝した。社長は変わった名前と思ったのだろう、それで彼の個人秘書のアシスタントを選ぶ時に思い出してくれたのだと思う。

ある朝、社長室に面接に来るようにと言われ、ケルサはびっくりした。そんな幸運がとても信じられなかった。けれど、長いつややかな金髪を肩の後ろに払うと、きびきびと席を立った。

ケルサは社長の個人秘書のネイディーン・アンダースンにひと目で好感を持った。四十歳くらいの、すらりとした、洗練された雰囲気のその人もケルサを気に入ってくれたようだった。彼女はにこやかにほんの少し話をしただけで、すぐ、あなたとならうまくやっていけるわと言ったので、ケルサはまたびっくりし、信じられない気がした。

即座に話は決まり、数時間後にケルサは輸送課に別れを告げ、社長室の隣のネイディーン・アンダースンのオフィスにデスクをもらった。

それからひと月ほどは学ぶことが山ほどあった。だがケルサはのみこみが早かったので、スポンジが水を吸うように必要な知識を吸収した。新しい仕事に慣れ、自分の判断力で動けるようになると毎日が楽しくてたまらなくなった。社長もネイディーンもどんなに忙しい時でも礼儀正しくにこやかで、それも毎日が楽しい要因のひとつだった。ケルサは今ではすっかり社長室の雰囲気になじみ、プライベートなことも少し知った。

ネイディーンは一度離婚し、最近また婚約したのだが、結婚を急いではいなかった。社長はエドウィーナ夫人とサリー州に住んでいる。

社長の息子のカーライルもヘザリントン・グループの重役だった。社長は彼を父親らしい愛情をこめてライルと呼んでいるが、彼は先月からオーストラリアの工場視察に行っており、ケルサはまだ会ったことがなかった。

エレベーターが最上階で止まった。今週はそのライルに会えるかもしれないと、ケルサはエレベーターを降りながら思った。彼は今日か明日帰国するはずで、ネイディーンによれば、週に一度は父親のオフィスに顔を出すという。だとすれば、きっと今週も来るだろう。ライル・ヘザリントン――とても野心家で、ばりばりの出世頭らしい。

「私が彼の年齢のころにはバケツで運べるほどの野心しかなかった」と、ある日、ヘザリントン社長は打ちとけた調子でケルサに言った。息子は事業の多角化のために巨額な資金を必要とするプロジェクトを推進させようとしているのだという。「重役会の半分は反対に回るだろうからかなり紛糾するはずだ。しかし、ライルは鋼鉄のように打たれ強い。時には非常に冷酷にさえなる。成り行きが楽しみだ。彼は必ず融資を引き出してみせるだろう」

鋼鉄のような意志と冷ややかさの持ち主でなければ、実業界では成功できないのだろう。でも、ミスター・ヘザリントンの人柄の魅力をいくらかでも受け継いでいればいいのだけれど。

オフィスに入ると社長室のドアが開いていた。いつものように、すでにミスター・ヘザリントンが出社していた。

「おはようございます」ケルサは笑顔で挨拶《あいさつ》した。

「おはよう、ケルサ」社長は言った。「ネイディーンは数日有給休暇だ。だから、しばらくは私と君と二人だけになる」

その週はそのように始まり、社長もケルサもすぐにそれぞれの仕事に専念した。

十一時半過ぎに、ケルサはティータイムをとるのを忘れていたことに気づいた。社長はあの年齢で脳を酷使していらっしゃるんですもの、少し息を抜く時間がなくちゃいけないわ。

ケルサはコーヒーを持っていった。

「ありがとう」ミスター・ヘザリントンはうれしそうに言い、しばらくケルサと雑談をした。

ケルサは、これまで少しずつ、尋ねられるままに自分のことを社長に話してきた。ヘザリントン社に入った経緯や、週末ごとに、寒さで水道管が破裂していないかなどをチェックするためにドリフトン・エッジの家に帰ることなどを。

社長もぽつりぽつりと彼自身のことを語った。ケルサはそんな話をつなぎ合わせ、彼が家庭よりも会社で仕事をしている時のほうが楽しいらしいことを感じとった。とはいえ、彼が息子を愛し、誇りに思っていることには間違いなかった。ライル・ヘザリントンは独身だったが——きっと独身の自由を思う存分満喫しているのだろう——両親のもとにではなく、バークシャーの彼自身の家に住んでいた。

「君が私のアシスタントになってひと月になるね、ケルサ」社長は笑顔で言った。「今の仕事を好きになれそうかな？」

「はい、とても気に入っています」ケルサはにっこりし、正直に答えた。

そんなひとときに、ケルサはいつも、社長との間にまるで肉親のようなぬくもりが通い合うのを感じた。

「大都会に出てきて、ひとりぼっちで寂しくはないかね？」社長は本当に心配しているようだった。

「ええ、だいじょうぶです」ケルサは答えた。その気にさえなればデイトには事欠かなかったろう。けれど、たぶん厳しくしつけられて育ったためだろう、ケルサは誰から誘われても断った。

「それならいいが」社長は微笑した。「君が寂しい思いをしているといけないと思ってね」

とても優しいかただ。出会ってまだそれほど経っていないのにケルサは社長が大好きだった。

「ところで、君の車はちゃんと動いているかね？」

「それで思い出しました。今夜のバスの時刻を調べておかなくては」

「また修理工場かい？」

「今度はひと晩泊まりで」ケルサはほほえんだ。

「本当にそろそろ買い替えなくてはなりません」

「バスの時間の心配はいらないよ。今日は私が送ってあげよう」

「まあ、とんでもない」ケルサは急いで断った。

「息子さんは今日お帰りになる予定でしたね？　きっと……」

「君を送るくらいどうということはない。本当だよ。ライルは、はたして今日帰ってくるかどうか……。帰ったとしても彼のことだ、息をつく暇もないほど忙しいだろう」ガーウッド・ヘザリントンは微笑した。「というわけだ。いいね？」

その日の三時、ケルサは社長を促した。月曜の午後は恒例のミーティングがあるのだ。「ほかのかたがたがお待ちになっているはずです」

「いや、誰も待っていないんだ。ケンドールとペティットは風邪でダウンしている。ラムジー・フォードもランチタイムに会った時に調子が悪そうだったから、ミーティングは木曜日にずらした。ということは……」彼はふいに思いついたように言った。

「我々は早く抜け出せるわけだ。どうだね？」

ケルサは仕事がたまっていたが、ミスター・ヘザリントンは少し息を抜いてゆっくりすべきだと思った。明日二倍頑張ればいいわ。

「すてきなアイディアですね！」ケルサは笑った。

二人は四時半にオフィスを出た。エレベーターを降り、正面玄関のパネルガラスのドアに向かいながら、ケルサは二人で何かいたずらをたくらんでいるような気がした。ヘザリントン・グループをとりしきる社長が時間より早く抜け出すなんて。本当はびくびくしていらっしゃるんじゃないかしら。ケルサがくすっと笑いそうになったのを、社長は目に留めたに違いない。夕方の街に出たとたん、二人は一緒に、声をあげて笑ってしまった。

ミスター・ヘザリントンはとても気さくで、ケルサは道順を説明したり、尋ねられることに答えたりしながら、少しも肩が張らなかった。やがて車はフラットの前に着いた。

「うっかりしていた……大事な電話を入れるのを忘れていた」ミスター・ヘザリントンが急に言った。

「よろしかったら私のところでどうぞ」

「かまわないかね？」

ガーウッド・ヘザリントンは、自動車電話をつけるべきかもしれないなどとつぶやきながら、ケルサの腕をとり、フラットに改造された古い建物に一緒に入った。

「電話はこちらです」ケルサは微笑を残し、その場をはずして奥の寝室でコートを脱いだ。

そして、電話を切る音がしてから少し間を置いてケルサは居間に戻った。

「とてもよい部屋だね」ミスター・ヘザリントンは家具を眺め回しながら言った。

「家具はドリフトン・エッジから持ってきました。両親が使っていたものを」

「ご両親はどちらもヘリフォードシャーの人だったのかね？」

「父はそうでした。母はウォリックシャーのインチボローという町の生まれでした」

「君はご両親をとても愛していたのだね」ガーウッド・ヘザリントンはケルサの声から感情をくみとり、優しく言った。

「とても幸せな家族でした」ケルサはほほえんだ。

「そうか。それはよかった」

ミスター・ヘザリントンは帰りかけたかに見えたが、また足を止めた。

「ご両親の写真を一枚も飾っていないようだね」

ケルサはライティングデスクのところへ行き、引き出しからスナップ写真をとり出した。「二人が亡くなる二カ月ほど前に撮ったものです」

ガーウッド・ヘザリントンは写真を手にとり、しばらく無言で見入っていたが、やがて、つぶやくように言った。「君のお母さんはとても美しい」

「ええ」

「そして君も。君はお母さんに生き写しだ」

それは必ずしも正確ではなかった。ケルサの金髪は母のよりずっと色が淡い。けれど、彼女の顔形や際立って美しいきらきらした青い目は、写真ではよくわからなかったが、母とそっくりだった。

「ありがとうございます」ケルサはとりあえずそう言った。

「ありがとう。写真を見せてくれてありがとう」ミスター・ヘザリントンは写真を返すと、すぐにドアに向かった。「では、また明日」

彼はケルサが送ってもらった礼を言う暇もないうちに出ていった。


翌朝、オフィスで顔を合わせると、ミスター・ヘザリントンはいつものように、というより、いつもよりもっと上機嫌だった。

「息子さんがお帰りになったんですね?」

社長は笑顔でうなずいた。「うん、帰ってきた。まだゆっくり話をする暇はないのだがね。早く君たち二人を引き合わせたい」

ケルサは社長のその言葉をうれしく思いながら仕事にとりかかった。だが、のちにカーライル・ヘザリントンと顔を合わせてみると、うれしいとはとても言いがたかった。

その昼過ぎ、社長室から「あ、痛っ!」と、小さな叫びが聞こえた。

ケルサが見に行くと、ミスター・ヘザリントンが指に刺さったとげを抜こうとしててこずっていた。

「これはアンティークと銘打ったデスクなのだ。それなのに、角が摩滅もせずにささくれているなんてどういうことだろう、まったく！」

　まるで小さな男の子のように不器用な手つきだった。ケルサは見かねてそばに行き、ミスター・ヘザリントンの指に目を近づけてとげを抜き、くすくす笑ってしまった。

　その時、後ろで足音がしたのでケルサは振り返った。ケルサの目に映ったのは、三十三、四歳の、黒い髪の初めて見る男性だった。ケルサはびくんとし、体が震えた。その人はとてもハンサムだった。まっすぐな鼻、がっしりとしたあご、背は父親より高く……彼が何者かは疑う余地がなかった。微笑を唇にとどめたまま、ケルサは彼と目を合わせた。が、彼の鉄灰色の目は氷のようだった。この人は私を憎んでいる！一瞬にしてケルサは悟った。

ケルサは当惑した。が、なぜ憎まれなければならないのか考えるより先にプライドが頭をもたげた。彼が私をどう思っても、ひと目で嫌われたってべつにかまわないわ。

「ライル！」ミスター・ヘザリントンは満面に笑みを浮かべた。そして、ケルサに顔を向けた。「ケルサだよ。初対面だろう？」

「紹介していただけるとはうれしいですね」ライル・ヘザリントンはすらすらと言った。ひと目でケルサに敵意を持ったにしろ、彼はすぐに宣戦布告するつもりはないようだ。

　ガーウッド・ヘザリントンは実にうれしそうに、にこにこと二人を見くらべていた。ケルサはライルと握手をしたが、彼の父との時のようにごく自然に手をさしのべるというふうにはいかなかった。彼のほうもそうだった。彼女の手をかたく握りはしたが、いやなものにでも触れたかのようにすぐに手を離した。

「ダンディの支社のことでちょっと報告が」ライルは父親に向き直り、それとなくケルサが出ていくことを促した。

ケルサは察してドアに向かった。ライル・ヘザリントンはぶらりとした足取りでついてきたが、ケルサが出ると、即座にぴしゃりとドアを閉めた。

いったいどういう人！　ケルサはあきれ返って椅子に腰を落とした。ペンをとり上げたものの、しばらくは仕事どころではなかった。ライル・ヘザリントンが私に敵意を持つなんて夢にも思わなかった。氷のように冷たいあの目！　ひと目で人に嫌われるなんて生まれて初めてだった。思い違いでありますようにと願わずにはいられなかった。

ケルサは仕事に集中しようと懸命になった。だが、ライル・ヘザリントンのことがついつい頭を占領しそうになる。彼は時には非常に冷酷にもなると社長が言っていた。でも、彼がその冷酷さを私に向けるとは思いもしなかった。いったいなぜ？

彼はすでに重役で、ネイディーンの話では、ガーウッドが引退すれば息子の彼が社長に就任することは間違いないという。いずれはヘザリントン・グループのトップに座る人が、父親の個人秘書のそのまた秘書と敵対して何の得があるのだろう？

わけがわからないままに悪い予感は的中した。ミスター・ヘザリントンが大事な用があると言ってバートン・アンド・バウエット法律事務所に出かけるとまもなく、ライルがオフィスに来た。

彼は冷ややかなまなざしをケルサに注ぎながら後ろ手にドアを閉めた。初対面から数時間経った今も彼の悪感情が変わっていないのがすぐにわかった。

「社長は外出なさいました。お帰りはたぶん……」

「わかっている！」ライルは即座に遮った。「君に用があって来たんだ」

ケルサは彼の口調にむっとしたが、穏やかに尋ねた。「どんなご用でしょうか？」

「きくが、君と父はいったいどういうことになっているんだ？」彼は噛《か》みつくように言った。

「え？」ケルサは唖然《あぜん》として彼を見つめた。聞き間違いだろうと思った。が、険しい顔のライル・ヘザリントンは繰り返し言ってくれるつもりはなさそうだ。「それはどういう意味でしょうか？」

「しらばくれるな。父と君の間に何かあるのはわかっている。君と父は暇さえあればいつもあんなふうに手を握り合って……」

「手を握り合うですって！」ケルサは穏やかなたちだったが、この時には思わずかっとなった。けれど、一生懸命に気を静めた。彼はさっき私がミスター・ヘザリントンの指のとげを抜いているところへ来て、私が彼の手をとっているのを見て……。「誤解していらっしゃるわ。さっきのことでしたら、社長が指にとげを刺したのを抜いていただけです。あなたが三十秒早くいらしていたら……」

「嘘《うそ》をつくな！」

「嘘じゃありません！　誓って……」

「好きなだけ誓うといい、ミス・スティーヴンズ」ライル・ヘザリントンはまたも途中で遮った。「だが、父はさっき君が出ていくやいなや話したいことがあると言った。〝非常に個人的な話〟だそうだ」

「私には何のことかわかりません！」

「そうかな？　非常に個人的なことなので会社では話せないそうだ」ライルはケルサを無視して続けた。「家でも話せない。母に聞かれる恐れがあるからだそうだ。つまり、四十年連れ添った妻に聞かれては困る話だってことだ！」

「とにかく、私とは関係がありません！　もう一度はっきり申し上げます。社長と私の間には何もおかしなことなどありませんし、私は……」

「ミスター・ヘザリントンなんてべつに好きでもない？」ライルはあざけるように言った。「むろん、そうだろうな。べつに好きでなくてもいいわけだ」

「私はミスター・ヘザリントンが好きだわ。すばらしいかたですもの！」ケルサは憤然として言い返した。「でも、だからといって、不倫をしているわけではないわ。あなたはそう勘繰っていらっしゃるみたいですけれど」

「勘繰っているんじゃない。断定しているんだ。昨日、君と父は中学生のカップルみたいにくすくす笑いながら、あろうことか、定時を待たずに会社を抜け出し、二人きりになれる場所に行った。つまり君のフラットにね」

「失礼だわ！」ケルサの怒りは爆発した。

「父の車に乗りこんで一緒に君のフラットに行ったことを否定するのか？」

「それは否定しません！　社長は私を送ってくださったんです。確かに定時より早く会社を出ました。でも、あなたのお父さまが私を送ってくださったのはただ、私の車が修理中で……」

「ぬけぬけと！」

「最後までちゃんと聞いてください！」

「聞く必要はない。送っていっただけだって？　僕はこの目で、父と君が楽しそうに腕をとり合って君のフラットに入っていくのをしっかり見た」

ケルサはあっけにとられた。「見たですって？　私たちのあとをつけたってこと？」

ライル・ヘザリントンはにやりとした。ユーモアのかけらもない微笑だ。「わかったろう。ごまかそうとしてもむだだ。そう、僕は君たちをつけた。そしてしかと目撃した」

「誤解よ。とんでもない誤解です！　確かに社長は中にお入りになったわ。でも、それは……」

「もういい！　君が嘘の天才だってことはよくわかった。君は確かに頭の回転は速いようだ。入社してあっという間に、ただのタイピストから流星のような速さで社長室付きに昇進しただけのことはある」

ただのタイピストですって！「私は秘書の教育をきちんと受けました」怒り余ってケルサは立ち上がった。「しかも、有能な秘書です！」

しかし、ライル・ヘザリントンはいささかも動じず、怒りのためにいっそう輝きを増したケルサの青い目を冷たく見返しただけだった。

「せいぜいほざきたまえ。僕が裁量できるものなら君は即刻くびだ！」

ライル・ヘザリントンは切りつけるようにケルサをにらむと、悠然と出ていった。

ケルサはいつ椅子に座ったのかも覚えていなかった。傷つき、心乱れ、とても信じられなかった……。どれくらいそうしていたのかわからない。

社長と不倫しているなんてあんまりだわ！ ライルが父親の魅力的な人柄をいくらかでも受け継いでいればいいと思っていたけれど、そんなもの、あの人にはかけらもないわ。本当にいやな人！

2

ライル・ヘザリントンのことが頭から離れず、ケルサはほとんどひと晩中腹を立てていた。本当に失礼だわ！ 私がベッドルーム経由で昇進したみたいなことを。よくもそんなことを言ってくれたわね！

しかし、いくらか怒りが静まってから考えてみると、確かに努力によって社長秘書のアシスタントに抜擢《ばってき》されたとは言えなかった。ヘザリントン社に採用されてから、評価を得られるほど期間が経《た》っていないし、実際、輸送課では能力を発揮するチャンスもなかった。ということは、あの日ミスター・ヘザリントンに廊下で出会わなかったなら、ちょっと立ち話をしなかったら、そして、社長が私の名前を覚えていてくれなかったら、私は面接者の候補に上がることもなく、昇進もなかったわけだ。

でも、ライル・ヘザリントンが非難したような不潔なことはまったくない。私は社長が大好きだし、社長も私を気に入っていてくださるけれど、ただそれだけのこと。やましいことなどひとつもない。社長はとてもよいかただわ。優しいけれど、決して礼儀を忘れないし……いやだわ！　なぜ弁解がましいことを考えるの？　私は潔白なのに。

ケルサは起きてシャワーを浴び、軽い朝食をとってから車で会社に向かった。ライル・ヘザリントンにまた腹が立ってくる。確かに異例の昇進だったかもしれない。でも、私は新しい仕事をちゃんとこなしているし、うぬぼれるわけではないけれど、能力を認められているわ。

あの時、ネイディーンの面接はごく簡単だったが、それは彼女が人を見る目を持っているからだわ。ケルサはヘザリントン社のビルに入りながら思った。ネイディーンは人手が欲しかったのだから、役に立たない人間をわざわざ選ぶはずはない。彼女の眼鏡にかなったからこそ、私はアシスタントのポストをもらえたのだ。

ケルサはその結論に満足し、オフィスに入った。社長は昨夜のうちに〝非常に個人的な話〟をライルに話したに違いない。ライルは私に浴びせた非難を父親にも浴びせたかしら？　そうだとしたら、社長は私に息子の誤解を詫《わ》びるかもしれないわ。そんな場面は考えただけでも居心地が悪かった。

しかし、それは取り越し苦労で、ミスター・ヘザリントンはとても上機嫌だった。

「おはよう、ケルサ」

「おはようございます、ミスター・ヘザリントン」

ケルサはほほえんだ。よかった。社長は何もご存じないんだわ。ほっとして仕事にとりかかったが、頭の中にもやもやしたものが残った。

なぜかしら？　あの歯に衣《きぬ》を着せないライル・ヘザリントンがなぜ父親に食ってかからなかったのかしら？　内密の話と私が無関係だとわかったとしても、それで彼の疑いが晴れるわけはないのだ。彼は不倫の証拠を握ったつもりでいるのだから。

ケルサは胸がむかむかし、昨日の出来事を社長に話してしまいたくなった。でも、それはできない。ミスター・ヘザリントンは息子をとても誇りに思っている。その気持に傷をつけたくなかったし、父子の間に不和の種をまくのはいやだった。それに、私が気まずく思っていることを社長が知れば、社長も気まずく感じるだろう。そうなれば、オフィスのなごやかな雰囲気が壊れ、温かな心の通い合いもなくなってしまう。

夕方、ケルサは、ライル・ヘザリントンがいつまたどなりこんでくるかもしれないと不安を抱きながら家に帰った。けれど、その晩は前夜にくらべればよく眠れた。そして、翌朝出勤すると、ネイディーンが出てきていたのでうれしかった。

「忙しかった？」ネイディーンがきいた。

「ええ、それはもう！」ケルサは笑った。「引っくり返りそうな騒ぎだったわ」

「何か問題でも？」

ケルサはネイディーンに打ち明けたい衝動に駆られたが、やはり思いとどまった。「いいえ。手に負えないようなことは何も」そう答えながら、ライル・ヘザリントンとの一件がもっとうまく処理できたらよかったのにと思った。

仕事に追われ、時間はすばやく経っていった。けれど、あの不安が――ライル・ヘザリントンが今にも父親に非難を浴びせに現れるのではないかという不安がずっと心の隅にこびりついていた。それを晴らしてくれたのはネイディーンだった。

午後、社長が会議に出かけたあとでネイディーンとケルサはお茶を飲みながら少し休憩した。その時、ネイディーンが、ライル・ヘザリントンにもう会ったかどうかケルサにきいた。

「火曜日に見えたわ。社長と何か話し合うことがあったみたい」ケルサは慎重に答えた。

「それで、どうだった？」

「えっ？」

「何も感じなかった？」ネイディーンは笑った。

「感じるって？」

「あらあら！　とぼけているの？　彼、とってもすてきだったでしょう？」

「すてきイコールハンサムということなら、確かにハンサムな人だったわ」

「ライルは社内の女性たちの憧《あこが》れの的よ」ネイディーンは言った。「でも、彼は社内の人とは決してつき合わないわ。公私をはっきり区別しているのね」

「それじゃ、どのみち私には望みなしね」ケルサは冗談を言ったが、あんな人に誘われたら脚の骨を折ってでも断るわ、と心の中でつぶやいた。

「今のところロンドンの女性はみんな望みなしよ。彼、しばらくはスコットランドですって。専務付きのオティーリー・ミラーが言っていたわ」

「そう」ケルサはいっぺんに肩の力が抜けるのを感じた。「で、いつ戻るのかしら？」

「あら、ちっとも関心がなかったはずの人が……」ネイディーンがからかった。「週末向こうで仕事をして、月曜か火曜日に飛行機で帰ってくるというのが彼のパターンよ」

「忙しいかたなのね」ケルサは適当に相づちを打って立ち上がり、カップを片づけた。彼のことを聞きたがっているように思われたくない。

ケルサの週末はぱっとしなかった。車でドリフトン・エッジに行ったが、気持が落ち着かない。いつもなら日曜日の午後までゆっくりして帰るのに、午前中にロンドンに引き返した。ライル・ヘザリントンのあらぬ誤解にまだ心をかき乱されていた。

彼はおそろしく怒っていた。母親に対する父の裏切りが許せないのだろう。でも、社長は以前と変わらず優しく、気持よく私に接してくれる。ぎこちないところはひとつもない。ということは、ライル・ヘザリントンはまだあのことを父に問いただしてはいないということだわ。

日曜日の夜、ケルサはベッドの中でライル・ヘザリントンの顔を思い浮かべ、あらためて怒りに駆られた。本当に失礼な人！　社長に訴えたい。むろん、それはできないことだけれど。彼は、いつまでも今のポストにいられると思うなと脅したわ。どうやって私を追い払うつもりかしら。でも、そうするには、彼はまずミスター・ヘザリントンに私を追い払う理由を告げなければならないはず。とすれば、社長は彼の思い違いを正してくれるわ。まったくの誤解だったとわかれば、ライル・ヘザリントンは私に詫びるだろう。そのくらいの礼儀の持ち合わせのある人であってほしい！

月曜日は目が回りそうに忙しかった。ネイディーンがデスクの向こうから慰めるように言った。「社長にお願いしてもうひとりアシスタントを入れてもらいましょうか？」

「でも、彼女のデスクを入れる場所がないわ」ケルサは笑った。

「ほんとね」ネイディーンは微笑した。

ミスター・ヘザリントンが月曜日の午後のミーティングに出かけたあと、二人は少し息を抜いた。しかし、社長は張りきった様子で、いつもより早くオフィスに戻ってきた。

「君たち、今日、残業をしてもらえるかな？」

ガーウッド・ヘザリントンは申し分のない上司だったので、ネイディーンもケルサも快く、「はい」と声をそろえて返事をした。

残業は七時半過ぎまでおよんだ。やがて、ミスター・ヘザリントンが社長室から出てきて言った。

「さあ、夕食に出かけよう！　二人ともおなかがすいただろう」

前にも残業をした時、ミスター・ヘザリントンは二人に夕食をごちそうしてくれたが、今夜、ケルサは素直に〝はい〟と言えなかった。ライルの誤解に傷ついていた。ネイディーンがどうするか見てから返事をしようと思った。三人ならおかしなことを思われないだろう。

「超スピードでコートをとってきます！」ネイディーンは言った。

手も洗わず髪も直さず、早速三人でミスター・ヘザリントンの車に乗りこんだ。食事のあとまた戻って、それぞれの車で帰るという段取りになっていた。

レストランに着くと、ネイディーンとケルサは化粧室に直行した。

「さて、何にするかね？」二人がテーブルにつくと社長が尋ねた。

「あら、指輪が……婚約指輪がないわ！」ネイディーンが声をあげた。ケルサは彼女がうろたえるのを初めて見た。「ちょっと失礼します」と、ネイディーンは不安そうに化粧室に引き返した。

「おやおや」社長は笑った。「それじゃ、ケルサ、君は何がいいのかな？」

ケルサはほほえみながらメニューから顔を上げたが、社長がまだ料理を決めかねているようだったので、ネイディーンはまだかしらと、入口のほうへ目をやった。とたんに体が凍りついた。ライル！　彼は顔に怒りをみなぎらせてにらんでいる！

彼がこちらに来る。ケルサはどきんとした。レストランの真ん中で決着をつける気なのかしら。ネイディーンが戻ってきてくれますようにと必死で祈った。ライルが、私と社長が二人で夕食に来ていると思いこんでいるのは明らかだった。でも、ネイディーンは現れてくれない。

ライル・ヘザリントンは連れのことを急に思い出したようだ。こちらに来るのをやっとのことで思いとどまり——それははた目にもはっきり見てとれたが、くるりと背を向けると、ブルネット美人の腕をとり、安堵《あんど》のあまりテーブルにくずおれそうなケルサの目の前から消えた。

一瞬の出来事だった。ケルサはミスター・ヘザリントンを見た。彼はまだメニューの選択に余念がなく、怒り狂った息子にまったく気づかなかった。

ライル・ヘザリントンは公衆の面前で父親と口論するのはやめようと、とっさに決めたのだろう。でも、デイトのお相手に何と言いわけしたのかしら？

ケルサの胸の動悸《どうき》が静まらないうちにネイディーンが戻ってきた。ほほえんでいるから指輪は無事だったんだわ。

「見つかったのね？」

「さっき抜いて置いたところにあったわ」

三人は料理を注文した。ケルサは十分前には飢え死にしそうだったのに、今は食欲が失《う》せていた。けれどわけを話すわけにもいかず、懸命に料理を口に運んだ。心が重かった。ライル・ヘザリントンは明日、間違いなく、恐ろしい剣幕で社長室に乗りこんでくるわ。ネイディーンがそばにいなかったら、思いきって社長に……。それは矛盾しているわ。だって、ネイディーンが来なかったら私も来なかったんですもの。ああ、何てこと！　社長と二人で食事をしたと誤解されないよう気をつけたつもりなのに。

ケルサはミスター・ヘザリントンとネイディーンがライルのプロジェクトのことを話しているのをう

わの空で聞いていた。

「たとえ四面楚歌《しめんそか》でもライルは必ずやってのけるだろう」ミスター・ヘザリントンが言う。彼は息子が誇らしくてならないようだった。

ケルサは胸が痛んだ。明日、ライルからあんなとんでもない話を聞いたが最後、ミスター・ヘザリントンは手放しで息子をほめられなくなるだろう。

前もってそれとなく言っておいたほうがいいかもしれないと、またケルサは思った。だが、ネイディーンの前で口に出せば、三人とも気まずくなってしまう。それに、ミスター・ヘザリントンはとても疲れた顔をしていた。多忙な一日だったから無理はない。よけいな心配を植えつけるのはやはりよそう。どうせ、明日にはわかることだもの。

「ごちそうさま。ありがとうございました」ケルサは笑顔で言った。

「二人ともご苦労だったね。こちらこそありがとう」ミスター・ヘザリントンはにっこりした。「実は家内が冬のクルーズに出かけてしまったんだ。となれば、ひとりぼっちで夕食をとる手はないだろう！」

社長は本当に優しいかただわ。ほほえみながら、ケルサはフラットに車を走らせた。

だが、次の朝、会社に向かって車を走らせるケルサの唇には微笑の影もなかった。ライル・ヘザリントンの昨夜の怒った顔が目にちらついた。絶対に今日、彼はオフィスに来るわ。とんでもない誤解で頭をいっぱいにして。社長はいつも私やネイディーンより早く出社する。ライルも。もしかしたら、二人はすでに対決しているかもしれない……。

ケルサは不安になり、身が縮む思いでオフィスのドアをくぐった。が、ミスター・ヘザリントンは、「おはよう、ケルサ」と、何事もない穏やかな笑顔を向けた。

午前中ずっと、ケルサはつるされた刃の下に座っているように落ち着かなかった。ライル・ヘザリントンがいつ乗りこんでくるかとびくびくしていた。だが、彼はいっこうに現れない。

そのうちお昼になった。食欲がなかったが、ケルサは社員食堂に行ってサンドイッチとコーヒーを買った。その時、別の不安に襲われた。私の異例の昇進をいぶかしんでいる人がほかにもいるかも……ライルと同じように、ミスター・ヘザリントンと私の仲を勘繰っている人がほかにもいるかもしれないわ。どうしよう。ケルサは喉を通らなくなったサンドイッチを向こうへ押しやった。あんなふうに社長と接してはいけなかったのかしら？　それなら、いったいどうすればよかったの？　私はごく自然にふるまっているだけなのに！　でも……そうだわ！　私の態度が本当に非常識なら、仕事ができるだけでなく、人柄もすぐれているネイディーンがとっくに指摘してくれたはずだ。それに、ミスター・ヘザリントンと私は親子ほども年が違うのよ！　父というより、むしろ祖父といっていいくらいだわ。

ケルサは腹が立ってきた。接しかたを変える必要はないわ。ミスター・ヘザリントンが軽い冗談を言い、私が笑う。それのどこがいけないの？　ライルなんて帰ってこなければ……あんな人、ずっとオーストラリアにいればよかったんだわ！

腹を立てていて幸いだった。何と五分後に、廊下でライル・ヘザリントンとすれ違うはめになったのだ。彼は背が高く、とてもハンサムで、仕立てのよいスーツをぱりっと着こなしている。ケルサの心臓はずきんとした。彼は〝やあ〟とも言わないつもりらしい。

ケルサも負けず劣らず怒っていたので、彼の顔を冷ややかに見て通り過ぎようとした。二人の目がぶつかった。射抜くような鉄灰色の冷たい目。ケルサは思わずひるみそうになった。彼みたいな人に濡《ぬ》れ衣を着せられるなんて最悪だわ。

ケルサはせいいっぱい頭を高くそびやかしてやり過ごしたが、オフィスに戻り、怒りが引くとひどく不安になった。彼はいつ来るつもりだろう。午前中以上に落ち着かず、神経がちぎれそうで、どうせ来るならいっそ早く来てくれればいいと願った。ミスター・ヘザリントンにはっきり話してほしい。そうすれば彼は息子の思い違いを正し、一件落着。本当に、こんなにばかばかしいことってないわ！

しかし、ライルは現れなかった。四時ごろに、ネイディーンが席をはずしている時に、ミスター・ヘザリントンがデスクのそばに来て、昨日残業をしてもらったから、早く帰りたければそうしてかまわないと言った。ケルサはできることなら逃げ出したかったた。でも、それはプライドが許さない。「いいえ、けっこうです」と断った。けれど、せっかくの心づかいに対してそっけなさすぎると思い、にっこりして言った。「私、ここにいるのが好きなんです」

ミスター・ヘザリントンは少しの間ケルサを見つめていた。それから、まるで赤ん坊の頭を撫《な》でるように彼女の髪をかき回した。「君は本当にかわいい子だよ」彼はとても幸福そうな顔をし、社長室に戻っていった。

その夜の八時ごろ、ジーンズとシャツという格好で洗濯をしながら、ケルサはミスター・ヘザリントンに頭を撫でられたことを思い出した。あの場にライルがいたらよかったのに！　社長が私をあんなふうに赤ん坊扱いするところを見たら、おかしな疑いはたちどころに消えたでしょうに。

ケルサはため息をついた。私ったらライル・ヘザリントンのことばかり考えているわ。先週の火曜日に出会ってから彼のことが頭を離れない。

それにしても、彼が今日社長室に乗りこんでこなかったのは不思議だわ。なぜかしらと考えているうちに脱水が終わった。洗ったものをキッチンに干しながら、ライル・ヘザリントンを頭から追い出すと、次に思い出したのが前の会社で一緒だった人のことだった。彼女の夫は浮気をし、それが明るみに出て口論になると、夫は心を入れかえるどころか彼女を捨てて愛人と暮らすほうを選んだのだった。

だからかしら？　だから、ライルは嫌悪と怒りをこめて私をにらみつけるだけで何の手も打とうとしないのかしら？　お母さまを傷つけないのがいちばんと思って沈黙しているのかしら？

ケルサはコーヒーをいれ、それを持って居間に座り、なおもライルのことを考えていた。すると呼び鈴が鳴った。玄関に出ると……頭を占領するだけでは足りないというのだろうか、目の前に険しい顔で立っているのはライル・ヘザリントンだった！

彼がフラットに押しかけてくるとは、ケルサは予想すらしていなかった。

「ご用がおありなら中へどうぞ。でも、お話は手短にお願いします」

ケルサは挑戦するように言い、整頓《せいとん》の行き届いた居間へ彼を通した。彼は私に詫びるべきだわ。そうですとも、絶対に謝ってほしいわ。

だが、ライル・ヘザリントンは詫びるどころか、ケルサが足を止めるのも待たずに言った。

「今夜は父とデイトじゃないのか？」

「変な言いがかりはやめてください！　社長と私が安っぽい情事にふけっているとでも思っていらっしゃるの？　お父さまにおききになってみたらいいわ！」

「その情事が安くつくとは思わないな」

ケルサは、時に女が男の横面を殴りつけたくなるわけがよくわかったが、むろん、こらえた。しかし、ライルのほうは、まるでわざとケルサを怒らせようとしているかのようだった。

「それに、変な言いがかりとはよく言う！　君はゆうべも父と二人で食事をしていたじゃないか？　あれはいったい……」

「昨日は残業をしたんです」ケルサは急いで遮り、あの時はネイディーンも一緒で、彼がもう少しあの場にいたら彼女と顔を合わせたはずだと言おうとした。

だが、その暇もなかった。次の言葉も出せないうちに、ライルが頭ごなしにどなった。「君みたいな女には吐き気がする！」

「聞いて……」

「父は君の祖父といってもいい年齢なんだぞ！」

「知っています！」ケルサも思わず声を高くした。

「それでもかまわないというわけか？」

「もちろん、かまいません！　私はただミスター・ヘザリントンのアシスタント……」

「君はそのポストを実力で獲得したんじゃない！」

「ええ、そうね。私もそう思います。運がよすぎると思うわ。でも、こうなんです。ある日、廊下で社長にばったり出会い、その時……」

「思ったとおりだ！」彼はせせら笑った。

「その時、名前を尋ねられたんです。私の名前が珍しいので、それで、ネイディーン・アンダースンがアシスタントが欲しいと言った時、社長は私のことを思い出してくださったんです」ああ、やっと全部言えた！　これで誤解も消えるわ。

だが、ライル・ヘザリントンの険しい表情は少しもゆるまなかった。彼はケルサが何を言おうとひと言も信じないつもりらしい。

「むろん、父は君を魅力的だとは少しも思わなかったというわけだ」

「私は……」

「そして、君にいわゆる……愛情のかけらも示したことをまったくないわけだな？」

ケルサは〝ええ〟と答えようとしたが、その日ミスター・ヘザリントンに髪を撫でられたのを思い出した。ライルはケルサのためらいを見てとると、すぐさま攻撃してきた。

「どうした？　君の舌は今度はどんな嘘《うそ》の工作をしているんだ？」

「嘘などついていません！　社長は私を好いてくださっているみたいです。でも……」

「みたいですだって？」彼はあざけった。「いいかげんはっきり認めたまえ、ミス・スティーヴンズ！」

「いいわ。では、はっきり言います」ケルサはかっとなった。ライルの目が冷たく光る。彼は自分の思いこみを裏づける告白を期待しているに違いない。

「確かに、ミスター・ヘザリントンは私を好いてくださっています。私も彼が好きです。でも、それはごく当たり前なことじゃありません？」

「君と僕とでは、当たり前についての考えかたが水と油ほども違うらしいな！」

ケルサはうんざりした。「いくら邪推が得意なあなたでも、顔を見るのもいやな人間をアシスタントに……たとえ秘書のアシスタントにでもするはずがないことぐらいおわかりになるでしょう！」

「つまり、父は君を身近に置いて君の顔を毎日眺めたいわけだ。そういうことだろう？」ライル・ヘザリントンはあくまでも自説をごり押しする。

「あなたのお父さまは……」ケルサは、社長がいつかこの部屋で母の写真を見て、〝きれいな人だ。君にそっくりだ〟と言ったり、今日、〝君は本当にかわいい子だ〟と言ったのを思い出し、言葉につまった。

「僕が邪推しているなんてよく言える！　現に君はこのフラットに祖父ほども年の違う男を招き入れて

……」

「ミスター・ヘザリントンは大事な電話をし忘れて、それでここにいらして電話をおかけになったの。それだけよ。そしてすぐ帰られました」

ライルの目は、〝嘘だ！〟ときめつけていた。こんな侮辱は生まれて初めてだった。ケルサは傷つき、胸がむかむかした。

「まだおっしゃりたいことがあるなら文書にしてください！」宝石のような青い目を怒りにきらめかせ、彼を追い立てるようにドアに向かった。

だが、ドアまで行き着けなかった。ライルの手が伸び、腕をつかんで目の前に引き据えた。

「いったい何のつもり！」ケルサは怒りを爆発させた。「何をしにいらしたの？　私が何を言おうと耳を貸す気がまるでないのなら……」

「僕のことはほうっておいてもらおう！　問題は君だ。君の関心事にけりをつけようじゃないか」

「私の関心事？」ケルサは眉をひそめた。

ライルの氷のような目がケルサを射抜いた。「そう。君の関心がヘザリントンの金にあることは明白だ。ずばりきこう。いくら欲しい？」

ケルサは驚きのあまり頭がくらくらした。「いくら？　いくらですって？　あなたは私があなたのお父さまにお金をせびっていると思っているの！」

「そうに違いない。君は金さえ手に入ればいいんだろう。それなら、君の望みの額を僕が出そう」

ケルサはあっけにとられた。耳を疑った。

「つまり、手切れ金だ。父とは二度と会わないこと、そして……」

ケルサはライル・ヘザリントンにそこまでしか言わせなかった。目の中に突然熱い赤い霧がたちこめ、許しがたい男の顔を思いきり打った。

ばしりと大きな音が響いた。

「何をする！」ライルの手がすばやく動いた。

あとずさる暇もなかった。ケルサは殴り返されると思ったが、そうではなく、彼は腕をつかんで強い力で引き寄せた。ケルサは彼が何をするつもりなのか気づき、息をのんだ。

「やめて！」

悲鳴をあげる間もなくライル・ヘザリントンの唇が罰するように荒々しくケルサの口をふさいだ。

ケルサは蹴《け》ったりこぶしを打ちつけたり、無我夢中で抵抗した。ありったけの力でライルの胸を突いた。その拍子に二人はよろめき、からまり合ったままソファに衝突した。

気づくと、どうしてそんなことになったのか、ケルサはライル・ヘザリントンと重なってソファに倒れていた。どきりとして目を上げると、彼の目が間近にあった。本当におびえていることが伝わったのだろうか、彼はまたキスをしたが、今度は少しも乱暴ではなかった。とても優しいキス。ケルサは、何におびえていたのか思い出せなくなった。

彼の唇が喉を伝う。ケルサは目を閉じた。頭の中で妙なことが起こった。逆らいたくなくなったのだ。それどころか、ライルのキスがうれしかった。

唇がもう一度重ねられた。

ケルサはうっとりとため息をもらした。彼のキスほどすてきなものがこの世にあるかしら。

「ああ、ライル！」ささやきながら、我知らず彼を抱きしめた。

ライルの唇がつと離れた。ケルサはもっとキスが欲しくて、目を閉じていた。ふいに彼がうめくような声をたて、乱暴に体を離して起き上がった。ケルサははっとして目を開いた。

ライルが見下ろしていた。優しいキスが嘘のような冷たい目で。嫌悪をこめた目で。

ケルサはわけがわからず、急いで起き上がった。

「どうして……」

返事のかわりに、ライルは吐き気を催したように手の甲で口をぬぐった。そして、いきなり立ち上がると、軽蔑《けいべつ》のかぎりをこめて言った。「僕がおやじのお余りに飛びつくと思っているなら、君は甘い」

ライル・ヘザリントンはショックに打ちのめされているケルサに背を向けると、尊大な足取りで部屋を横切り出ていった。

3

ケルサは心の中でライル・ヘザリントンにありとあらゆる悪口をたたきつけ、あんな人、罰でもむくいでも受ければいいんだわと思った。まだショックから立ち直れないまま、水曜日の朝、彼女は会社に向かって車を走らせた。ゆうべ、ライルがひどい台詞《せりふ》を吐いて出ていったあと、ケルサは彼が訪れてから起こったことを、繰り返し頭の中で再現した。

いちばんショックだったのは、屈辱感よりも、彼のキスに対するケルサ自身の反応だった。

ゆうべの私は本当にこの私だったのかしら？

車を降りながら、ケルサはまだ信じられない思いだった。いったいどうやってライル・ヘザリントンは、いとも簡単に、私を身持ちのかたい女から積極的にキスを求める女に変えたのだろう？　あの時、彼がキスをやめなかったらどうなっていたかわからない。いいえ、きっと良識が頭をもたげ、両親から受けた厳しいしつけを思い出してばかなことはしなかったはず。そうだったと思いたかった。でも、ライルを好きでさえないのに、どうしてあんなことに……。

ケルサは心を悩ませながらオフィスに入っていった。

けれど、そんなことはじきに心の隅に追いやられた。もっと大きな不安が待っていたのだ。オフィスに入ると、いつもならすでに出社しているミスター・ヘザリントンの姿がなかった。そんなことは今まで一度もなかったのでケルサは驚いた。少ししてネイディーンが来た。

「ミスター・ヘザリントンはまだ？」ネイディーンがきいた。

ケルサはうなずいた。「交通渋滞に引っかかって遅れているのかしら？」

「ありうるわね」と、ネイディーンは言ったが、本当にそう思っているはずがなかった。ミスター・ヘザリントンは毎日定時の三十分以上前に会社に着いているのだから。二人は仕事を始めたが、ネイディーンは見るからに落ち着きがなく、十時になると仕事の手を止めた。「ライルに連絡してみるわ」

ネイディーンが電話に手を伸ばすと同時に、電話が鳴った。彼女の口調や病院の名前が繰り返されたことで、よくない知らせだということがケルサにもわかった。

「ミスター・フォードからだったわ」

「社長のこと？」

「ミスター・ヘザリントンが病院に……心臓発作ですって」ネイディーンは動揺を隠しきれない様子で

言った。

「まあ！」ケルサは声をあげたが、稲妻がひらめくように別のことが頭に浮かんだ。「どっちの？」と、気がせいてきくと、ネイディーンが病院の名前を言った。「そうではなくて、どっちのミスター・ヘザリントン？」

「社長よ……ガーウッド・ヘザリントン」

二人とも動転して頭が混乱してしまった。ネイディーンは電話の内容を繰り返した。社長のそばにはライルがついていること、何かあったらラムジー・フォードが連絡してくることなどを。

ケルサは死と戦っているガーウッド・ヘザリントンを気づかう気持でいっぱいだった。が、さっきは一瞬、心臓発作を起こしたのはライルなのではと恐怖にとらわれた。心臓発作は老いも若きも見境なく襲うから。

ライル・ヘザリントンが罰でもむくいでも受ければいいなんて思ったから、だから、良心がとがめたんだわ。生死の境にいるのが彼かもしれないと思った時、気を失いそうに怖くなったのはそのせいだわ。今、ケルサは彼の父のことだけが心配だった。その下で働き始めてからまだ日が浅いのに、不思議に温かく心が通い合う人のために祈った。

そのあとはケルサもネイディーンもまったく仕事が手につかなかった。三十分ほどして、ネイディーンが内線電話を切ろうとした時に外線電話が鳴った。ケルサがとるとライルだった。

彼はケルサの声を聞くなり、どなりつけるように言った。「父が危篤だ。すぐ来い！」

「えっ？　私……私はケルサ……」

「父は君に会いたがっている。急いで！」彼はいきなり電話を切った。

ケルサはうろたえ、真っ青になってネイディーンを見た。「ライルからよ。社長が私に会いたいと言

っているんですって。すぐに……すぐに来るように
って」
ネイディーンのすぐれた人柄と機転をケルサはそ
の時あらためて知った。ネイディーンも社長を敬愛
していたし──そうでなければ個人秘書は務まらな
い──それに、彼女のほうが先輩だ。けれど、彼女
は即座に電話をとって会社の車を呼んだ。
「あなたは今運転できる精神状態じゃないわ」
ネイディーンはよけいな詮索《せんさく》はいっさいしなかっ
た。数分後、ケルサは彼女が手配してくれた車で病
院に向かっていた。
猛スピードで飛ばす車の中で、ケルサは何も考え
まいとした。ライルは社長が危篤だと言った。でも、
そんなことって……そんなことってあるはずない
わ！　だって、つい昨日、ミスター・ヘザリントン
は私の髪を優しくかき回して、君は本当にかわいい
子だと……。

車は記録的な速さで病院に着いた。ケルサは中に
駆けこみ、誰かに場所を尋ねようとしていると、向
こうからライルが急ぎ足で来るのが見えた。私を迎
えに来たに違いない。急いで彼のほうへ行くと、彼
はくるりと背を向け歩調をゆるめもせずに廊下を引
き返した。ケルサは彼に追いつこうとして走った。
エレベーターが待っていた。ケルサは上昇するエ
レベーターの中でやっと呼吸を整えた。ライルに彼
の父の容体を尋ねようとは思わなかった。深刻な状
態だとさっき聞いたし、もし尋ねたらどなりつけら
れそうだった。
その代わりに、「あの、あなたのお母さまは……」
と言いかけ、やはりどなりつけられてしまった。
「よけいなことに口を出すな！」
「私はただ、連絡がついたのかどうか……船旅に出
ていらっしゃると聞いていましたから」
エレベーターのドアが開いた。ライルは返事もせ

ずにさっさと降りた。ケルサには彼の気持が推測できた。ライルは私が社長と不倫をしていると思いこんでいる。だから、私が彼の母のことに触れるのを許さないのだ。

ケルサは走るようにしてライルのあとについていき、不安に胸を締めつけられながら個室に入った。

ベッドに歩み寄ると、ガーウッド・ヘザリントンの顔は紙のように白く、別人のように見えた。生命維持装置の管がたくさんとりつけられている。ケルサは枕《まくら》もとの椅子のひとつにそっと腰を下ろした。

少しすると、社長はケルサが来たのがわかったのか、目を開いてまっすぐに彼女を見た。

「こんにちは」ケルサは優しくほほえんだ。

「やあ」社長は弱々しく答えた。「私のかわいい……かわいい子」彼は口もとにかすかな微笑を浮かべ、また目を閉じた。

五分ほどして、ガーウッド・ヘザリントンは再び目を開け、今度は息子を見た。「ライル……私はおまえをとても……とても誇りに思っている」彼は苦しげな息の下から言った。ケルサはこぼれそうになる涙をやっとのことでこらえた。

ミスター・ヘザリントンのまぶたが落ち、二、三分して呼吸に変化が起こった。ケルサはこんな経験は初めてだったが、昏睡《こんすい》状態に陥ったのだと直感した。ライルと二人きりにしてあげなくては。

ケルサはそっと立ち上がり、ガーウッド・ヘザリントンの顔を見た。それから、唇を優しく彼の頬につけ、「さようなら」とささやいて病室を出た。

けれど、そのまま帰ってしまうことはできなかった。そばに小さな待合室があったので、そこへ行って腰を下ろした。そして、ガーウッド・ヘザリントンの病室のドアから目を離さず、医者や看護師があわただしく出入りする様子を見守っていた。

ケルサははっとした。看護師がひとり出てきた。

続いてもうひとり。もはやせわしない足取りではなかった。少しして医者も出ていった。ケルサは医者の姿が廊下の向こうに消えるとすぐに立ち上がった。

ケルサは病室のドアの前に立っていた。十四、五分経《た》ったころ、ひきつった顔のライル・ヘザリントンが出てきた。

「父は死んだ」彼はケルサの目を見下ろし、冷ややかに言った。

わかっていたことだったが、それでもショックだった。「残念です……お気の毒に」ケルサはかすれた声でつぶやいた。

「ああ、そうだろうとも！」ライルは吐き出すように言い、足早に立ち去った。

ケルサは会社に戻る気持になれなかった。ミスター・ヘザリントンの死に胸が痛み、そしてライルの言葉に傷ついていた。ライルは、私が彼の父からプレゼントやお金をもらえなくなったのを、ただそれを悲しんでいると思っているのだ。

大勢の人と顔を突き合わすバスや地下鉄に乗る気力がなかったので、会社の駐車場に車が置いてあるのを忘れたわけではなかったが、タクシーでフラットに帰った。家に着き、ネイディーンに連絡しなければいけないと思ったが、すぐには受話器をとり上げられなかった。

あまりに突然のことだった。ケルサは胸がつぶれ、涙がこぼれた。ミスター・ヘザリントンはなぜ私を呼んだのかしら？　今になってそのことを不思議に思ったが、考えたところでしかたがなかった。彼は亡くなってしまったのだから。あんなに立派で優しいかたが……そんなのフェアじゃないわ。まだそれほど高齢ではなかったのに、きっと激務がたたったのだわ。

ケルサは一時過ぎに会社に電話をし、ネイディーンと話そうとしたが、ミセス・アンダースンはオフイスにいないと交換手に告げられた。ネイディーンもショックで仕事が手につかず、家に帰ってしまったのだろうか。

一夜明け、ケルサは社長の死をひとつの出来事として静かに心に受け入れた。けれど、ガーウッド・ヘザリントンを単なる上司とは思えなかった。短い間だったが、彼は常に温かく、優しく、しかも礼儀正しく接してくれた。

ケルサはバスで会社に向かった。彼がいなくなり、職場の雰囲気もこれまでと同じではなくなるんだわ。そして、どきりとした。ライル・ヘザリントンが冷酷きわまりない口調でこう言ったのを思い出したのだ。〝僕が裁量できるものなら君は即刻くびだ！〟ライルが父の跡を継いで社長に就任することはほぼ間違いない。彼が社長になったら、真っ先に断行するのがきっと私の解雇だわ。私はじきに失業ね。

ケルサはバスを降り、会社まで五分の道程を歩きながら、仕事をとるかプライドをとるか心の中で戦った。仕事は楽しい。それならばとどまれるように最大限の努力をすべきだ。けれど、プライドは、ライル・ヘザリントンに〝出ていけ！〟などと決して言わせるものかと頑張る。

結局、プライドが勝った。そうなることは初めからわかっていた。くびを宣告される前に私のほうから進んで辞めるわ！

だが、オフィスでネイディーンと顔を合わせると、敬愛していたミスター・ヘザリントンが亡くなったのだから当然だが、前日の悲しい出来事についての話になった。そして、語り合ううちに、二人は前にもまして仲よくなったような気がした。

「ライルが社長になることはまず間違いないわね」と、ネイディーンが言った。

「私もそう思いながら来たの」ケルサは決意を述べることにした。「ライル・ヘザリントンは経験豊かなあなたに個人秘書を引き継いでもらいたがるでしょうね。私は余分ということになると思うの」ネイディーンがびっくりした顔をしたので、ケルサは急いで結論を言った。「それで、私、辞めることにしたわ」

ネイディーンは辞める必要はないと力説した。ライルは仕事の鬼だという評判だから、きっと前より仕事がきつくなる。ライルの秘書の、オティーリー・ミラーの話でも、彼が海外出張で留守の時のほうが仕事が片づくそうだ。

「だから、あなたはこれからも必要な人なのよ」ネイディーンは言った。「それに、ミスター・ヘザリントンは持ち株のすべてをライルに遺《のこ》したでしょうから……」

「奥さまには全然？」ケルサはちょっと驚いた。

「ええ……」ネイディーンは少しためらった。でも、ケルサは秘密を口外するような人ではないと思い直して続けた。「実はね、ミセス・ヘザリントンは会社に反感を抱いているの」

「反感を？」

「ミスター・ヘザリントンが会社のために割く時間に、と言ったほうが正確かしら。彼女には自分の財産があってもう十分に裕福だから、株をもらっても感謝ひとつしないでしょうね」

「まあ、お気の毒に！　ミスター・ヘザリントンは一生懸命にお仕事をなさったわ。それなのに、その努力や業績に奥さまがまるで無関心だなんて、ミスター・ヘザリントンがあんまりお気の毒だわ」

「初めは彼女も無関心ではなかったのよ」ネイディーンが打ち明けた話をした。「彼女は何度も莫大《ばくだい》な額のお金を融通したりして……むろん、全額返済はすんでいるわ。私は十七年もミスター・ヘザリントンと仕事をしてきたでしょう、だからその間にいろいろと……。最終的にはライルが大学を出たあと、彼女の反対を押しきってヘザリントン社に入り、夫同様に会社にのめりこむようになると、彼女は会社に完全にそっぽを向いてしまったの。それ以来、ここにも一度も足を踏み入れなかったわ」

「つまり、株を遺せば、ミセス・ヘザリントンは喜ぶよりもむしろ腹立たしく思うわけなのね」

「そういうことね」ネイディーンは言い、先を続けた。「今度はライルの持ち株にお父さまの分も加わるわけだから、重役会は彼の改革に反対を通すのは無理になるでしょうね」

「改革？」

「つまり、多角経営をさらに進めるということ」

「ヘザリントン社はすでに大企業なのに？」

「常に新しい可能性を探っていかないと、競争の激しいビジネスの世界では生き残れないのよ。だから、わかるでしょう？」ネイディーンはにっこりした。

「今、あなたに辞められると困るわ。ライルの方針が通れば……というより、お父さまの持ち株のすべてが彼のものになるはずだから、もはや通ったも同然なんだけど。となると、ひとりでも多くの人材を確保しなければ。あなたを失うのは痛手よ」

ケルサはネイディーンの慰留に心を動かされた。でも、仮にそうだとしても、ライルは社員の中のあるひとりについては、一刻も早くくびにしたくてうずうずしているに違いなかった。

「残念だけど、私はやはり辞めたいの」

ネイディーンはケルサの顔をしばらく見つめていた。悲しいが辞める決心はかたいのだとわかったようだ。「そう。でも、すぐにというわけにはいかないわ。ミスター・ヘザリントンは、解雇にも退職にも三カ月の猶予をもってするのが望ましいと考えていらしたわ。彼をしのぶという意味で、もう三カ月ここに残って、社長交替の忙しい期間、私を手伝ってくれないかしら？」

「ええ、そうね、ネイディーン」ケルサは言った。本当にすばらしい人だったガーウッド・ヘザリントンの気持にそうことならば、どんなことでもしたい……させてもらえるのならだが。

「退職願いは今日出してかまわないわ。もし、そうしたいのなら」

ケルサは退職願いをタイプしてネイディーンに渡したが、だんだんに気がくじけていくようだった。ネイディーンは三カ月間に私の気持が変わるかもしれないと期待しているようだ。

たぶん、ライル・ヘザリントンは今日はオフィスに来ないだろうとケルサは思った。ともかく、その日は彼の顔を見ることはなかった。そして、次の日も。ケルサは仕入れ部の若いエリートから夕食に誘われたが、断ってフラットに帰り、ひとりぼっちで食事をした。週末にドリフトン・エッジに行くのもやめにした。とても寂しい週末だった。両親を亡くした時と同じくらい寂しかった。

月曜日の朝も、ケルサの気持は沈みきっていた。それに加えて、車がまた動かなくなったのでがっくりした。バスで出勤し、オフィスに着くとすぐにいつもの修理工場に電話をした。

例の接客係は例のとおりくどくど言い、エンジンのかけかたを説明して、「ともかく、明日、乗ってきてくださいよ」の一点張りだった。

「それじゃ、明日お願いするわね」ケルサは念を押したが、車が動いてくれるかどうか心もとなかった。エンジンがかかったとしても、修理工場までなだめすかして走らせることができるかしら。

ケルサが受話器を置かないうちに、ミスター・フォードがオフィスに入ってきた。ネイディーンは先週の木曜日から彼と緊密に連絡をとっていた。

「おはよう」彼は二人に言ってネイディーンと二言三言交わし、今はもうミスター・ヘザリントンのいない社長室に入っていった。ネイディーンもそのあとについていった。

三十分ほどしてネイディーンが出てきて、ライルの指示で、しばらくの間ラムジー・フォードがこの社長室に来ることになったと告げた。「それから、ミスター・フォードが私とあなたに、明日のミスター・ヘザリントンのお葬式に出るようにおっしゃったわ」

どうしよう！　ケルサの心は引き裂かれた。大好きだった、深く尊敬していたガーウッド・ヘザリントンのお葬式には出たい。でも、私が行ったら彼の息子はひどく気分を害するだろう。そう思うと行くのはためらわれた。

ケルサは出られないと言おうとしたが、ネイディーンは当然ケルサも出ると思っているし、それに、言いわけの言葉が見つからなかった。ライル・ヘザリントンが、私と彼の父が不倫の関係だったと思いこんでいるとは、社長の思い出を汚すようでとても口に出せなかった。

次の日、ケルサはグレーのスーツを着、通りがかりの親切な人の助けでどうにか車をスタートさせ、会社に向かった。修理工場に車を預けて会社まで歩く。夕方までに修理を終えるのは無理だと言われたが、それよりミスター・ヘザリントンのお葬式に出ることのほうがずっと憂鬱《ゆううつ》だった。

ありがたいことに、午前中はどっと舞いこんだ仕事に忙殺され、思い悩む暇がなかった。けれど、ネイディーンの車に同乗してお葬式に行く途中、ケルサの心はまた二つに引き裂かれた。上司の葬儀に出るのは当然の礼儀だと思う。一方、誰の心もかき乱したくないと思うのだった。たとえあの呪《のろ》わしいライル・ヘザリントンであっても。彼は父を愛していただろうし、私の姿を見れば心穏やかではいられないだろう。

でも、彼は私に気づかないかもしれない。その可能性は十分にあるわ。そう思ってケルサはいくらか気が安まった。ガーウッド・ヘザリントンほどの知名人のお葬式には大勢の弔問客が来るだろうから、その中にまぎれこんでしまえば、彼の目に留まらずにすむだろう。

葬儀は厳粛にとり行われた。ケルサはミスター・ヘザリントンの死を悼みつつ、堂々とした姿のライルが、六十年配の背の高い貴族的な顔立ちの女性の腕をとって立っているのをひそかに見つめていた。

だが、彼に気づかれずにすむと思ったのは考えが浅かった。儀式が終わり、かたい表情のライルは威厳のある女性と腕を組んで教会の通路を下がってきた。そしてケルサが立っているところまで来た時、彼はそれまでまっすぐ前を見ていたのに、急にケルサのほうに顔を向け、氷のような視線で彼女を射抜いた。あの雰囲気では三カ月の猶予なしに私はくびだわと、ケルサは思った。

ケルサとネイディーンは厳粛な気持を抱いてオフィスに戻った。オフィスに着いてから、ケルサはネイディーンが青ざめ今にも倒れそうな様子なのに気づいた。彼女は十七年もガーウッド・ヘザリントンにつかえてきたのだから無理もない。

「早退なさったら？」ケルサは優しく言った。「今になって一度にショックが襲ってきたみたいだわ。でも、仕事が山とあるし……」

「だいじょうぶ、私にまかせて」

「でも……」

「心配せずにどうぞ」

「本当に？」

「ええ」ケルサは請け合った。

夜七時、ケルサはまだデスクに向かっていた。残業することはあらかじめ警備部に連絡しておいたので、七時十分にドアが開いて誰かが入ってきた時、てっきり見回りの警備員だと思った。

ご苦労さまと声をかけようと顔を上げたとたん、微笑が凍りついた。黒いスーツの背の高い、灰色の目の男が冷ややかにケルサを見下ろしていた。むろん、警備員ではなかった。

「献身的な仕事ぶりだな！」ライル・ヘザリントンは吐き出すように言った。

「片づけておきたい仕事が少しあったんです」ケルサはできるだけ穏やかに言った。彼はかつての父のオフィスでひとり静かに父をしのびたいのかもしれない。

「駐車場に君の車がなかったが」

「修理工場に……始終故障するんです」ケルサの落ち着きはたちまち揺らいだ。ライル・ヘザリントンが私の車を知っていたなんて……。

「君は、とっくに始終故障しない車くらい手に入れたと思っていたが」

そんな中傷は本当にもううんざりだった。ケルサはバッグをつかんで立ち上がった。「好きなだけつまらないことをおっしゃっていたらいいわ！　私はもう出ていきますから」

「君を引き止める気はさらさらないが」彼は数歩動いてケルサの行く手を遮った。「どうせ君はじきに父の後釜《あとがま》にとり入る気なんだろう」

ケルサは煮えくり返る思いをたたきつけたかったが、今日彼の父のお葬式があったばかりなのを思い出し、怒りを抑えた。「いいこと、私が出ていくと言ったのは、ヘザリントン社を辞めるという意味です」

ライル・ヘザリントンの目に一瞬驚きが走ったが、侮りの口調は変わらなかった。「今、この場で辞めるというわけか？」

「木曜日に退職願いを出しました！　でも、規定で三カ月間はとどまらなくてはならないんです」

彼はいぶかしむように灰色の目を細めた。「君は……どういうつもりなんだ？」

「あなたのようにひねくれた心の持ち主にはどうていおわかりにならないでしょうね！」

ライル・ヘザリントンがつとつめ寄った。ケルサはこの前彼がそうした時にどうなったか決して忘れていなかった。

ケルサはあとずさった。ライルは思っていたよりずっと洞察力が鋭かった。彼はほんの二秒で答えを出したのだ。

「プライドか？」怒りがみるみる彼の顔をどす黒く染めた。「ふざけるな！　君にプライドのかけらでもあれば、祖父ほども年の違う男と……」

「やめて！」ケルサは叫んだ。「はっきり申し上げるわ。私は誰ともベッドをともにしたことなんてありません！」

「君がヴァージンだって！　それが信じられたらお祭りだ！」

ケルサはまた彼を殴りそうになるのをやっとこらえ、ドアに向かった。「もう帰ります！」

「送ってほしいか？」彼があざけりをこめて言った。

「あなたに？　だったら這《は》っていくほうがましだわ！」

ケルサは怒りで爆発しそうになりながらオフィスを出た。だが、フラットに帰り少し頭が冷えると、まだくびがつながっていることに気づいて驚いた。信じられないことだけれど、ライル・ヘザリントンは私をくびにしなかったわ！

4

次の朝になると、ケルサはライル・ヘザリントンに怒りをぶつけたことが恥ずかしくなった。あんなにかっとなるなんて私らしくなかった。でも、彼と面と向かうと、どういうわけか、ふだんの私とは違う私になってしまうようだ。

出勤するバスの中でも、まだ悔やんでいた。昨日は彼のお父さまのお葬式の日だったのに。彼にとってはとてもつらい日だったのに、私ったら何て思いやりのないことをしてしまったのかしら。

でも、彼の態度があんまり不愉快だったからだわ。ケルサはそう心を慰めてみたものの、落ちこんだ気持のままバスを降りた。

「おはようございます」ケルサはネイディーンに言った。昨日早退したからか、ネイディーンはかなり早くから来ていたようだ。

「おはよう」ネイディーンはにっこりした。「昨日はありがとう。何も問題はなかったかしら？」

例の問題を打ち明けられたらどんなにいいだろう。頭が切れて思慮深いネイディーンなら、たちどころに解決してくれるかもしれない。

十一時ごろ、コーヒーを飲みながら、ケルサはいまだにくびにならないのが不思議でたまらなかった。お葬式の時のライルのあの冷ややかな目つきからして、それに昨夜の衝突は言うにおよばず、彼は今朝一番に〝くびだ！〟と言いに来ると思っていたのに。

彼はあんなにひどいことを言いながら、亡くなったお父さまに対する敬愛の気持から、彼のお父さまが私を気に入っていたことに免じて、規定の三カ月間は私を置いておくことにしたのかしら？

そんな思いにふけっているところに電話が鳴った。反射的に手を伸ばして電話をとると男が名乗った。

「バートン・アンド・バウエットのブライアン・ローリングズですが」法律事務所の人だとわかり、ケルサはネイディーンに電話を切り替えようとした。すると、彼はていねいな口調できいた。「ミス・スティーヴンズで？」

「はい」

「ミス・ケルサ・プリムローズ・スティーヴンズですね？」彼は念を押すように言った。

「はい」ケルサは戸惑うと同時に、くすっと笑いたくなった。

だが、ブライアン・ローリングズは重々しく告げた。「これは重要なお知らせです。今日の二時に事務所においでいただきたいのです。場所はおわかりですか？」

「はい。でも……」ケルサは面くらった。「すみません、よくわからないのですが……どういうご用件でしょうか？」法律事務所からの電話は、これまですべてネイディーンかミスター・ヘザリントンに回していた。

「遺言のことです。ガーウッド・ヘザリントンの」

「遺言！」

ネイディーンが、何なら代わりましょうかという顔をした。ケルサは首を横に振り、ブライアン・ローリングズの話をのみこもうとした。

「書面でお知らせしなかったことをお詫《わ》びします。実は今日書状をお送りするつもりだったのですが、休暇で外国へ行っていまして、今朝帰ってミスター・ヘザリントンが亡くなられたことを知ったしだいなのです」

「書状を私に？」ケルサはきき返したが、それならなぜ書状ではなく今電話をしてきたのか、なぜ二時に彼のところへ出向かなくてはならないのか、依然としてさっぱりわからなかった。

「そのはずでした。むろん、のちほど書状もお出ししますが、今朝、ミセス・エドウィーナ・ヘザリントンから電話がありまして、亡くなられたご主人の遺言の公開をぜひとも今日にしてほしいとおっしゃるのです」

「そうですか……わかりました」ケルサは答えたが、実際は何もわかっていなかった。ちんぷんかんぷんだった。

「よかった！　では二時に来ていただけますね？」

「はい……」

「ではその時に。お待ちしています」

ケルサは電話を切り、当惑した顔でネイディーンを見た。

「どうかして？」

「バートン・アンド・バウエットのミスター・ローリングズからだったわ」

「ミスター・ローリングズ、旅行から帰られたのね」ネイディーンは言った。

「ええ。それで、私に二時に事務所に来てほしいんですって」

ケルサはネイディーンの人柄にまたも感服せずにはいられなかった。社長の遺言公開に立ち合うのなら、まずネイディーンに声がかかって当然なのに、彼女はむっとした顔ひとつしなかった。

「ということは、ミスター・ヘザリントンはあなたにも何かを遺《のこ》してくださったのかもしれないわね」

「それじゃ、あなたにもミスター・ローリングズから電話が？」当然、ケルサはそうきいた。

「いいえ」

ケルサは急に落ち着かなくなった。

「そんなに気をもむことなくてよ」ネイディーンがほほえんだ。「前から気づいていたわ。ミスター・ヘザリントンは私の仕事の能力を高く買ってくださっていたけれど、あなたに対しては何か特別の気持があったようね。社長はきっと気の合ったあなたに、ちょっとした形見を遺してくださったのよ。二時に事務所へ行っていらっしゃい。そして、どんなことだったのか教えて」

ネイディーンはそれ以上何も言わず、そっとしておいてくれた。ケルサの胸はさまざまな思いが沸き返って騒がしかったので、彼女の心づかいがうれしかった。それにしてもどういうことかしら？　ひとつ確かなのは、社長室付きになってまだ間もないのだから、私の名前はごく最近遺言書に記されたということだ。でも、私にだけ特別に何か遺してくださらなかったほうがどんなによかったか。思い出だけ抱いていたほうがどんなによかったか。

そのささやかな形見のために遺言公開に立ち合わなくてはならない。貴族的な顔立ちのミセス・エドウィーナ・ヘザリントンと顔を合わすのは気が重かった。でも、彼女よりライル・ヘザリントンに会うほうが百倍も気重だった。彼は母と、そして、父の愛人だったと彼が思いこんでいる女が、たとえ、遺言を読み上げる間だけでも同席することに我慢がならないだろう。

ケルサは思いあぐねた末、一時近くなって、遺言公開は私が出なくてもべつに問題はないはずだという考えに達した。ブライアン・ローリングズは文書を送ると言っていたから、そうしてもらえばいい。

そう決めたケルサは社員食堂でお昼を食べ、それから車を引きとりに修理工場へ行った。いつもの接客係は昼食中だった。ほかの係員が出てくるのを待っている間に、ケルサの中で謹厳実直な両親のしつけが呼び覚まされた。そしてはっとした。私、いったいなぜ臆病《おくびょう》になっているの？

ミセス・ヘザリントンは、私が夫の愛人だったなんて思っていないはずよ。ライルだけがとんでもない誤解をしているのだ。それに、私は違うと何度も彼に言った。ライルの心がねじくれているとすれば、それは彼が悪いのだ。私の責任ではないわ。

だんだん怒りがこみあげてきた。私には後ろ指さされるようなことは何もない。彼の攻撃は不当だわ。そんなものに屈してなるものですか！

「車を受けとりに来たんです」ケルサはやっと出てきた係員に言った。

「あの、実は……まだのようで」と、彼はおずおずと言った。

「赤のフィエスタよ」

「はい、それはわかっているんですが、ミス・スティーヴンズ、まだ修理できていないんです」

そう言われればそれまでだった。ケルサは修理工場を出た。車がなければ二時までにバートン・アンド・バウエット法律事務所に行けない。ケルサは時計を見、私の車ではどのみち二時までには着けそうもないと思った。

あきらめて会社に戻る途中、近道をした横町で、ふだんタクシーなどめったに入ってこない道なのに、空車のタクシーが来るのを見つけた。きっと、あれに乗れという天のお告げだわ！

ケルサはとっさに手を上げた。止まった車に飛び乗って運転手に行き先を告げた。とたんに、胸がどきどきしてきた。

二時五分過ぎにバートン・アンド・バウエットの前に着いた。ケルサはタクシーを降り、本当に行くつもり？　と自問しながら中に入った。入った以上は受付で名乗り、用向きを告げなければならなかった。

「ミス・スティーヴンズ。はい、聞いております」と、受付嬢は言った。「皆さまはすでにおそろいで、あなたを待っているところです」

まあ、どうしよう。ケルサは教えられたほうへ急ぎ、階段をのぼった。集まっている人々の中にこっそりまぎれこめればと思っていたのだが、ミスター・ローリングズは全員——どうでもいいような私まで——がそろうまで始めないでいるらしい。

今ならまだ逃げだせると思った。だが、むろん、ケルサは逃げだすつもりはなかった。目ざすドアを見つけると、しっかりとノックした。

ドアはすぐに開き、三十五、六歳の中肉中背の男がていねいな口調できいた。「ミス・スティーヴンズですか？」

「はい」

「ブライアン・ローリングズです」彼は名乗り、微笑しながら握手の手をさし出した。「どうぞ、お入りください」

中に通されてケルサはびっくりした。そこには、たった三人しかいなかったのだ。ライル・ヘザリントンと彼の母親に違いない人、そしてもうひとりは四十代くらいの女性だった。

驚いたのはケルサだけではなかったようだ。ライル・ヘザリントンからは氷のような敵意が押し寄せてきた。彼の母親はむっとした顔をし、もうひとりの女性ははっとしたようにケルサに目を注いだ。

「この人は誰？」ミセス・ヘザリントンはブライアン・ローリングズの紹介を待たずに高飛車にきいた。

「なぜこの人がここに？」

「ミス・ケルサ・スティーヴンズです」ブライアン・ローリングズが言った。「ミス・スティーヴンズがここに来られたのは皆さまと同じ理由……つまり、遺言状の公開に立ち合うためにです」

「彼女のことも遺言状に？」

「じきにすべてがおわかりになりますよ、ミセス・ヘザリントン」ブライアン・ローリングズはそう答えてからケルサを紹介した。

ミセス・ヘザリントンは、ケルサの予想どおり握手しようとはしなかった。

「そして、こちらはミセス・エクルストーン」

ミセス・エクルストーンはそわそわしているように見えた。ミセス・ヘザリントンの態度に気圧《けお》されているのか、あるいは彼女もこんなところにいるのが居心地悪いのかもしれない。彼女はケルサに手をさし出しかけたが、ブライアン・ローリングズはすでにライルのほうを向いていた。

「あなたにはあらためて紹介する必要はないでしょうね、ライル？　ミス・スティーヴンズは……」

「ああ、必要ない！」ライルはぶすっとして言い、縮み上がらせるような目をケルサに向けたあと、完全に無視した。「さあ、始めようじゃないか」

ブライアン・ローリングズはケルサに椅子を勧めてからデスクの後ろにおさまった。

「これは、ミスター・ガーウッド・デイヴィッド・ヘザリントンのいちばん最近作成された財産処分に関する遺言書です。日付は……」

「彼は遺言を書き直したの？」ミセス・ヘザリントンはひどく不愉快そうに言った。夫人は明らかに今の今までそのことを知らなかったのだ。ブライアン・ローリングズが日付を読み上げると、彼女は、「たった二週間前じゃないの」と声を鋭くした。

「そうです……そのとおりです」ブライアン・ローリングズは穏やかに言った。「では、少額の遺贈分から始めましょう」

よかったと、ケルサは思った。関係のあるところだけ聞いてしまったら帰っていいはずだわ。

だが、ことはそう簡単にはすまなかった。遺贈額が一千ポンドから二千ポンドになってもまだケルサの名前は出てこない。二千ポンドを超えたところで、ネイディーン・アンダースンの名前が先に読み上げられた。ネイディーンの長年にわたる献身ぶりを思うと、ケルサは身の置きどころがないような気持になった。ミスター・ヘザリントンはいったい何を私に遺してくださったのだろう。しだいに耳が熱くなってくる。思いつきのつけ足し程度でありますようにと祈った。ちょっとしたアクセサリーとか飾り物とか……。

「少額の遺贈分についてはこれだけです」ブライアン・ローリングズは文書から目を上げた。

ケルサは愕然《がくぜん》とした。

私がここに呼ばれたのは間違いではないでしょうかと言おうとしたが、彼はすぐに先を続けた。「私の妹、アリシア・ヘレン・エクルストーンには……」

ケルサの頭の中は真っ白になった。いったいどういうこと！

「私の妻、エドウィーナ・シビラ・ヘザリントンには……」ブライアン・ローリングズは淡々と読み上げていく。

ミセス・ヘザリントンへの遺贈については、彼女自身の財産があることがまず述べられてから、詳しい記述があった。家屋敷は彼女に贈られること。地所は将来彼女自身の私有地ともども息子に遺すこと。ほかの動産と私物はすべて彼女に遺贈されることなど。

それから、ブライアン・ローリングズは幾度か咳《せき》払いをした。「最愛の息子カーライル・ガーウッド・ヘザリントン、および親愛なるケルサ・プリムローズ・マーチ・スティーヴンズに……」

息をのんだのはケルサだけではなかった。もう二人の女性も小さく声をあげた。

「ヘザリントン・グループの私の持ち株のすべて、事業上の資産のすべてを、この二人に、共有のものとして、等分に遺贈するものとする。また……」

「そんなばかな！」ライルが席を蹴《け》って立ち上がり、どなった。「とんでもない話だ！」

「言語道断だわ！」ミセス・ヘザリントンも立ち上がった。「そんなこと法が許すものですか！　異議を申し立てます！」

「法的に問題はありません」ブライアン・ローリングズは二人をなだめるように静かに言った。「異議を申し立てるのは無益と思われます。ミスター・ヘザリントンが新しい遺言状を作成しに来られた時、私は休暇中で、私の上役のウェンデルと複数の証人が立ち合いました。ウェンデルは、ご主人の様子に何ら不審な点はなく、脅迫や強制によるものでないことも確かだと言っております。それどころか、ミスター・ヘザリントンはいつもより上機嫌だったそうです。ですから……」

「納得できないわ！」ミセス・ヘザリントンは反駁《はんばく》した。「息子は父親同様会社のために懸命に働いてきたんです！　これは不正よ！　あんな女に……」

あんな女！　ケルサは信じられず驚きに身をこわばらせていたが、ミセス・ヘザリントンの侮辱と敵意に胸をえぐられ、思わず立ち上がった。

ミセス・ヘザリントンはまだ激しい口調でまくしたてている。ケルサはそっと部屋を出、ふらつく足で階段を下りた。あんな騒ぎの最中だから、私が抜け出したことに誰も気づかないだろう。ケルサはそう思ったのだが、最初の踊り場から次の階段に踏み出そうとした時、後ろから乱暴に腕をつかまれた。はっとして振り返ると、ライル・ヘザリントンが火を噴きそうな目でにらんでいた。

「これで何もなかったとは言わせないぞ！」彼は雷のような声でどなった。

ケルサは震え上がったが、誤解だと今また言ってもむだだと思った。ひと言でも反論したら首を絞め上げられそうだ。ケルサはありったけの力で彼の手を振りほどくと、一目散に階段を駆け下りた。ほっとしたことに、彼は追いかけては来なかった。

外に出ると一瞬迷った。ひとりきりになりたかったが、休憩時間以上の時間をとってしまったし、仕事がたくさん残っている。

ケルサはネイディーンに迷惑をかけたくないと思う一心でタクシーをつかまえ、会社に戻った。そして茫然《ぼうぜん》としたままオフィスに入っていった。

「まあ……そんな顔をしてどうしたの？」ネイディーンが言った。「よかったら話して」

ケルサは誰かに話さずにはいられなかった。

「きっと信じてもらえないと思うわ。私自身……私自身どうしても本当とは思えない」

ケルサが打ち明けると、ネイディーンも息をのんだ。「信じられないわ！」

「私がどんな気持かわかるでしょう？」

「ライルはどんな反応を？」と、ネイディーンがきいたが、それは当然の質問だった。

「彼は私を絞め殺しそうだったわ！」


「まあ……」ネイディーンがつぶやいた時に電話が鳴った。「もしもし、はい、ミスター・フォード」

ネイディーンはメモをとり始めた。ケルサも仕事にとりかかったが、まったく集中できなかった。文字や数字が目の前でちらつき、まるで頭に入らない。

「だめだわ」ケルサは電話を終えたネイディーンに言った。「脳細胞が死滅してしまったみたい」

「よくわかるわ！」ネイディーンは同情するようにほほえんだ。

「あの……早退してもいいでしょうか？」

「顔色がまだ悪いわ。だいじょうぶ？」

「ええ」ケルサはそう答えて会社を出たが、だいじょうぶではない証拠に、駐車場で車を捜し回り、ないわと焦り、それからやっと、まだ修理工場なのを思い出すありさまだった。

ひとつのことに頭を集中させたほうがよさそうだ。まず修理工場に車をとりに行こう――修理できているかどうかわからないけれど――ケルサはそう決めて歩きだしたが、駐車場の出入口にさしかかった時、黒いぴかぴかのジャガーが猛スピードで突っこんできた。もう少しではねられそうだった。

　ケルサは反射的に飛びのいた。車が止まったので、ケルサは思わずつかつかと運転席の窓に歩み寄った。すると窓が下り、ライル・ヘザリントンの憎々しげな目がケルサをにらみつけた。

　ケルサはその目を見て、たとえ本当に私を轢《ひ》き殺したとしても、彼の良心はちくりとも痛まないに違いないと思った。死んだようだったケルサの脳は息を吹き返し始めた。

「あなたがそんなに気持を害しているなら、私、三カ月待たずにすぐ退職します！」ケルサはたたきつけるように言った。

「辞める？」ライル・ヘザリントンは怒りに顔を引きつらせて言った。「君はいまいましくも半分オーナーなんだぞ！」

　ケルサは反駁したかったが、脳がまだ完全に機能しなかったので、あごをつんと上げ、せいいっぱい尊大に言い返した。「そんな話、私は知りません！」

「知らないだと！」

　彼は鼓膜が破れそうな声でどなった。そして、激怒のあまりケルサが車のそばに立っていることに気づかないのか、それとも、轢いてもかまうものかと思ったのか、アクセルを踏みつけると、ものすごい勢いでケルサの目の前を走り抜けた。

　何てひどい人！　ケルサの心は乱れ、どこをどう歩いて修理工場にたどりついたのか、あとになるとまるで思い出せなかった。

5

ショッキングなニュースは二日と経《た》たないうちに社内に広まった。

「おめでとうと言うのがまずは順当だろうね」と、社長代行のラムジー・フォードは言った。

「ありがとうございます」彼の思慮深い表情を見上げたケルサは、彼が誠実な気持でそう言ってくれているのだとわかった。

「で、このままネイディーンのアシスタントを続けるつもりなのかね？」

「先のことはまだ何も……。二、三カ月はこのままネイディーンと一緒に。その間にどうするか考えるつもりです」

「それがいい」ラムジー・フォードはうなずき、にっこりして社長室へ入っていった。

その日は金曜日だったので、いつものように仕事が立てこんだ。

「まだショック状態？」午後のお茶の時にネイディーンがきいた。

「まだ信じられない気持よ」ケルサはため息をついた。「むろん、ミスター・ヘザリントンのことは大好きだったけれど」

「毎日一緒に仕事をしていれば、誰でも彼を慕わずにいられなくなるわ」

「でも、ミスター・ヘザリントンと出会ってからたった六週間よ。それも、彼がたまたま私の名前を覚えていてくださって、それであなたの面接者の中に加えてもらえたというだけ……」ネイディーンの表情を見てケルサは言葉を切った。「私、何か変なことを言ったかしら？」

「あの……こんなことを言っていいものかどうか……」ネイディーンは考えこみながら口を開いた。「実は、面接をしたのはあなたひとりだったのよ」

「え？」ケルサは面くらった。社長の個人秘書のアシスタントとはいえ、重要で責任のあるポストなのだ。「どういうことなのかしら？」

「私にもわからないわ。でも、ミスター・ヘザリントンが、あなたに面接してみて、結果いかんにかかわらずアシスタントとして使ってくれないかとおっしゃったの。彼は何事もそれなりの理由なしになさるかたではなかったから……」

「まあ、そんな！」ケルサはびっくりした。社長が亡くなってから驚くことが次々に起こる。

「でも、気にしないで」ネイディーンはきっぱりと言った。「あなたの能力はすでに十二分に証明ずみよ」

だがケルサは気に病んだ。「あなたはわかってくださるわね？　何もなかったって……つまり、社長と私の間に特別なことなんて……。社長と私がおかしな関係などでは絶対になかったことを」

「もちろんよ。彼の人柄もあなたの人柄もよくわかっていますもの」

「ライル・ヘザリントンもそう納得してくれたらどんなに……」ケルサはため息をもらした。

「彼がそんなことを？」ネイディーンは絶句した。「でもね、ケルサ、公平な意見を言えば、彼には想像を絶するショックだったと思うの」

ケルサは、彼はミスター・ヘザリントンが亡くなる前からあらぬ疑いをかけていたと打ち明けたかったが、ためらっている間にネイディーンが言葉を続けた。

「あなたがシェアの半分を持ったことで、彼の将来の計画は危機にさらされることになるわ」

「なぜ？」

「なぜって、圧倒的な力を握るにはシェアが足りないからよ。彼が考えているプロジェクトには莫大《ばくだい》な資金のバックが必要だし、彼はお父さまという大きな後ろ盾を失った上、彼を阻止できるあなたという、対抗者が現れたわけですからね」

ケルサはその夜、週末だというのにたいへんな考え事をかかえて家に帰った。そして、その週もドリフトン・エッジに行くのはやめにした。

土曜日の郵便で、バートン・アンド・バウエット法律事務所から分厚い封書が届いた。中身はブライアン・ローリングズの手紙と、ケルサが遺贈された信じがたい財産の詳細な目録で、手紙は、疑問の点があればどんなささいなことでもご相談くださいと結んであった。

疑問の点があればですって？　疑問の点を全部質問していたら一年がかりになりそうだわ！

ケルサは文書を一時間ほどかけて丹念に読んだあと、手紙を大事に引き出しにしまい、頭を冷やすために散歩に出かけた。

歩きながら、新しい資産についてのみこむにはやはり一年くらい必要だと思った。バートン・アンド・バウエットでも、すべての整理に一年かそれ以上かかるに違いない。遺産相続税とか所得税とか、さまざまな手続きが必要なはずだ。

そう思うとやっと少し気が楽になった。焦ることないわ。ゆっくりと考え、これからどうすべきか最善の方法を決めればいいんだわ。

どうにか少し落ち着いたところで、ケルサの頭に真っ先に浮かんだのは、ブライアン・ローリングズに会い、何も……お金も株もいらないと話すことだった。けれど、そう思った次に、ネイディーンが、〝ミスター・ヘザリントンは、何事もそれなりの理由なしになさるかたではなかったから……〟と言ったのを思い出した。その言葉はケルサの頭の中でぐるぐる回り続けた。

なぜ？　なぜ？　なぜ？　クエスチョンマークだらけだ。考えるのはもうやめたほうがいいとは思う。けれど、疑問がとけるまでは一時も心が休まらないこともわかっていた。考えても考えてもわからない。ただ思い出すのは、ミスター・ヘザリントンと不思議なくらい温かく心が通い合ったこと、私が彼に感じていた一種親身な愛情を、彼も私にも感じてくれていたらしいことくらい……。

でも、だからといって、そんなこと、ミスター・ヘザリントンが莫大な財産を私に遺《のこ》してくれた理由にはならない。ケルサはなおも心を悩ませながら、会社に向けて車を走らせた。

不思議で不思議でたまらない。なおもなぜなぜと思いながら仕事にとりかかろうとしていると、ネイディーンが入ってきた。おはようと挨拶《あいさつ》を交わしたあとで、彼女がにっこりして言った。

「ミスター・ヘザリントンが遺言に私のことも書いてくださっていたこと、あなた言ってくれなかったわね？」

「ごめんなさい、すっかり忘れていたわ」ケルサは謝った。「土曜日にあなたのところにも手紙が？」

ネイディーンはうなずいた。「まだ受けとったわけではないけれど……つまり、お金を。実際にいただけるのはきっと忘れたころでしょうね」彼女もケルサと同じことを考えているらしい。「でも、彼が私のことも考えていてくださったのだと思うととてもうれしいわ」

二人は仕事を始めたが、ものの三十分としないうちに、ずかずかとライル・ヘザリントンが入ってきた。険悪な顔つきからして、彼のところにも土曜日に遺産相続の詳細が届いたに違いない。

ケルサの心臓はどきどき鳴りだした。彼はネイディーンに会釈を送り、ケルサのほうを向くなり言っライル・ヘザリントンは両わきで握りこぶしをぎりぎり固めていた。喉を絞めあげられないのが奇跡のようだった。

彼は返事代わりにドアをたたきつけて出ていった。

気を静めて！　気を静めて！　ケルサはわなわな震えていた。ああ、それに何てばかなことを言ってしまったのかしら。フラットに来るようになんて！

けれど、思えばほかに選択の余地はなかったのだ。彼はオフィスでは話せないと言うし、私は彼と食事などしたくない。道端で立ち話というわけにもいかないのだから。

ライル・ヘザリントンにすっかり心をかき乱されてしまったケルサは、しばらくしてネイディーンが戻ってきたので心からほっとした。

「話はすんだ？」

「彼は……ここでは話せないと言うの。で、今夜私のところで」

「君に話がある！」

た。

ネイディーンが気をきかせて席を立った。ケルサは内心たじろいだが、ライル・ヘザリントンの前で弱気を見せてなるものかと思った。

「さあ、どうぞおっしゃって」

「だめだ！」彼はいらだたしげに言った。「ここでは話せない。今夜夕食に迎えに行く。七時……」

「折よく今夜は暇です」ケルサは遮ったが、まるで彼に心惹《ひ》かれているように胸が躍った。これはいったいどういうことかしら！「どんなお話か知りませんけれど」むろん、いやというほどよくわかっている。そう、ここは腹を立てるべきだわ。あんなに失礼なふるまいをしておいて、私が一緒に食事に行くと思うなんてずうずうしい！「どうせ食欲が減退するようなことでしょう。五分以内という約束なら、仕事が終わったあと、私のフラットに来ていただいてもかまいませんけれど」

「そう。その内容について二人して頭をひねることないわね」ネイディーンは言い、仕事の続きをせっせと始めた。

まもなくミスター・フォードが来て社長室に入った。社長室に入ったけれど、彼はミスター・ヘザリントンではないのだ。ネイディーンが彼と二人で十五分ほど話をして出てきた。ドアが開いた時、ミスター・フォードがミスター・ヘザリントンのデスクに向かっているのが見えて、ケルサは涙がこぼれそうになった。

ケルサは次々にこなすべき仕事があることがうれしかった。何はともあれ、ライル・ヘザリントンのことを考えずにいられたから。彼は今夜来ると返事をしたわけではなかったが、きっと来るに違いない。

その日ケルサは家に帰ると、いつもとは違うことをした。まずシャワーを浴び、軽く化粧をし、長い金髪を念入りにブラッシングした。まるで彼を意識しているみたい！　どんな格好をしていようとあの人が気に留めるはずはないのにばかだわ。そう思いながらも、いつものジーンズはやめて、おしゃれなパンツとシルクのブラウスに着替えた。

不安で胸がいっぱいで、夕食をとることなど思いもよらず、彼はいつ来るのかしらと時間ばかり気にしていた。この前は八時半ごろだった。でも今日、彼は七時すぎに夕食の約束をしようとしたし……。〝仕事が終わったあと〟などと言わず、ちゃんと時間を指定すればよかった。時間も決めなかったなんて、あの時は本当にとり乱していたんだわ。

コーヒーをいれて腰を下ろすと、記憶のねじが逆戻りしたように、この前の時のことが――あのキスのことがいっぺんに頭によみがえった。

あんなに……はしたないほど夢中でキスに応《こた》えてしまうなんて、あれは本当に私だったのかしら。信じられない……。

いったいどういうこと？　ケルサの頭の中で、またもクエスチョンマークがメリーゴーラウンドのようにぐるぐる回りだした。わからないわ。考えても、考えても、考えても……。呼び鈴が鳴った。その音を待ちかねていたはずなのに、どきんとして飛び上がりそうになった。

落ち着こうとやっきになりながら戸口に向かい、立ち止まって息を大きく二つ吸いこんでからドアを開けた。

ビジネススーツを着た背の高い男性の姿を見ると胸の鼓動が速くなったが、こんな状況ですもの当たり前だわとケルサは自分を納得させた。予想どおり彼は通り一遍の挨拶もせず、ケルサも「どうぞ」としか言わなかった。けれど、最初ぐらいは礼儀に従おうと思い直した。「コーヒーでもいかが？」

ライル・ヘザリントンはケルサの美しい青い目を無言のまま冷ややかに見返し、やがて、ぶすっと言った。「話すことだけ話したらすぐに帰る」

ということは、話し合うのではなくて、一方的に話を聞かされるわけだわと、ケルサは思った。「それなら、立ったままでよろしいかしら？」

「好きにしたまえ」彼はうるさそうに言い、ケルサが椅子にかけるのを待って前置きなしに切りだした。「遺贈の内容を記した文書が届いたと思うが」

「ええ、土曜日に。でも……でも、私にはどうしても……」ケルサは言いかけてやめた。彼の目がこう言っている……君は今朝会社にいた。つまり法律事務所に駆けつけて疑問を問いただしたりしないで、遺産を全部かかえこむことにしたのだろう。またも自分勝手な思いこみ。こんな人に何も打ち明けることないわ。ケルサはつんとあごを上げた。「私の問題はそれとして、あなたの問題は何なのかしら？」

ライル・ヘザリントンは、生意気なと言いたげに細くした目をぎらりとさせた。「賢い君のことだ、僕の問題はとっくにお見通しだろう？」

彼はケルサのほっそりとした喉もとに目を落とした。きっと私を絞め殺したい気持なのだと、ケルサは思った。私は賢いとはいえないわ。彼をフラットに呼んで二人きりになる状態を作るなんて。

「だが、そいつは何とかなる……」彼のこめかみの筋肉がひきつった。言いたいことを懸命にのみこもうとしているようだった。「もし君が早まったことをしていないのなら」

ケルサは話が理解できなかった。彼は私に何かを頼みに来たのかしら。だとすれば、人に頭を下げることが大の苦手の彼にはたいへんな努力がいったはず！

「早まった？　あの……もっと具体的に言っていただけません？」そうきくと、彼はこれは大得意の、縮み上がらせるような目でケルサをにらんだ。

「父の……ネイディーンのアシスタントの仕事をしている君なら、僕が数年後をめどに大きな事業拡張構想を抱いていることを知っているはずだ」

「耳にしたことはあります」

「それなら説明するまでもないな。つまりだ。そのプロジェクトを推進するには強力なバックアップが必要だということなんだ」

つまり、私に味方についてくれと言っているのかしら？　決議の時、私も一票投じることができるのかしら？　重役会の仕組みについてケルサは何も知らなかった。でも、また説明を求めるのもおっくうだった。「それで？」

「だから、資金の確保が問題なんだ」

「つまり……余分な資金が必要なわけですか？」

「とぼけるのはやめたまえ、ミス・スティーヴンズ！」ライル・ヘザリントンはどなった。「僕はいやでたまらなかったが君に頼みに来たんだ。蜜《みつ》を吸うのはもうしばらく待ってくれと……僕が君の持ち株を買い上げる資金を作るまで……」

「蜜を吸う？」

ケルサがあまりにも驚いた顔をしたためだろう、ライル・ヘザリントンは、初めて少し彼女を信じる気持になったようだった。

「つまり、遺贈分を売却するということさ」

「そんなこと、どうしてできて！」ケルサはびっくりして叫んだ。

「まだ何も手を打っていないということか？」

彼はケルサをじっと見た。あざけりも皮肉もない真剣な目。ケルサはふっと希望を持った。筋道立てて説明すればわかってもらえるかもしれない。

「ええ！　第一、遺産相続の事務手続きが完了するのに一年くらいはかかるんじゃないの？　それに、私はミスター・ヘザリントンが遺してくださったものに、たとえ一ペニーだって手をつけようなんて夢にも思っていないわ。だって……」

「ほう？　白々しい！」

ケルサはかっとして立ち上がった。まじめに聞いてもらえると思ったのに！「最後まで聞いて！」

「勝手に好きなことを言いたまえ。僕は帰る！」

ライル・ヘザリントンはドアのほうへ歩きだした。

ケルサは思わずあとを追った。「聞いてちょうだい！」怒りに我を忘れて彼の腕をつかんだ。

ライルは足を止めて振り向いた。怒った彼の目が、負けず劣らず怒ったケルサのきらきらした青い目をにらみつけた。それから、腕をつかまえているケルサの手をちらと見た。ケルサははっとして手を離した。

「聞こうじゃないか」彼は冷たく言った。

「今度こそおしまいまで聞いてください！　私は私の仕事の領分のことなら熟知しています。今のポストに変わってからまださほど経っていませんが、いろいろ学びましたから。でも、あなたやブフイアン・ローリングズの領分のことは知りません。教えてもらってもいません。ですから、株だとかシェアだとかのことはまるでちんぷんかんぷんなんです」ケルサは一気にしゃべり、息をつくために言葉を切った。

「話はそれだけか？」ライル・ヘザリントンが少しも心を動かされなかったのは明らかだった。

「まだすんでいません！」ケルサはいらだって彼をにらんだ。「ミスター・ヘザリントンが遺してくださったものに一ペニーだって手をつけるつもりはないと言ったのは、本当に本当なんです。なぜって……なぜって、わけがわからないんですもの！　なぜ彼が私に遺産をくださったのか」

「僕にそれを説明させたいのか！」

「最後まで聞いて！」ケルサは金切り声をあげ、一歩つめ寄った。また殴ってやりたくなった。「理由もわからないのにいただいたものに手をつけられると思って？　どんなものにしろ、ミスター・ヘザリントンからいただく理由なんてないんですから」

ライル・ヘザリントンが信じてくれないことは彼の顔を見ればわかった。

「で……それで終わりか？」

「ええ、終わりです」ケルサは言った。急に怒りが引いていった。

「君は父のことをあくまでミスター・ヘザリントンと呼び続けるわけか？」

「オフィスではそう呼んでいましたから」

「ということはオフィス以外があるんだな」

ケルサは深く息を吸いこんだ。何て疑《うたぐ》り深い人なの！　本当に殴りつけようかしら。「あなたのお父さまとオフィス以外でご一緒することはほとんどありませんでしたし、ごくわずかな例外的な機会にも、ミスター・ヘザリントンとお呼びしていました」

「この期におよんでも、君は仕事以外に父と何もなかったと言い張るつもりなのか？」

「いいえ、そうは言いません」

ライル・ヘザリントンの顔がみるみる怒りにこわばる。それを見てケルサは一歩あとずさった。

「早まった判断をしないでください。上司としてあなたのお父さまを敬愛していました。本当にすばらしいかたでしたもの。いつも優しく、礼儀正しく、誰だって好きにならずにはいられないかたでした」

「ということは……君は彼を好きだったんだ」

ケルサはうなずいた。「私たち、とてもよい関係でした。ミスター・ヘザリントンは誰とでもきっと……でも……」あらぬ疑いに凝り固まっている人にばかなことを言ってしまったと思ったが、〝真実より強いものはない〟という諺《ことわざ》を思い出した。「ミスター・ヘザリントンと私は特に親しく心が通い合うという感じでした」

「まったくすてきな話だ！」

ケルサは手を上げたくてうずうずした。「ええ、とてもすてきなことだったわ！　あなたのお父さまとはとてもとても気持が通じたんです」

「ああ、そうだろうとも！」

「彼は私を好いてくださっていたわ」ケルサは無視して続けた。「もしかしたら、だから……だからあんな莫大な遺産を私に。でも……でも上司と部下という以上の関係なんてありませんでした。誓ってありませんでした」

「父がこの君のフラットへ来たこともなかったと言うのか？」ライル・ヘザリントンはきいた。自分自身の目で見てよく知っているはずのことを！

「一度だけ送っていただきました。そして……」

「電話をかけ忘れたのを思い出した」ライルが冷たい声であとを続けた。

「本当にそうだったんです！」

「どうせ君は、一緒に食事をしたこともないと言い張るつもりだろう」

「二週間前のことをおっしゃっているのね。あの晩は……」ケルサは彼の腕にぶらさがっていたブルネットの美人を思い出し、ふいに胸がずきんとした。これは何なのかしら。嫉妬《しっと》？　そんなばかな！

「あの晩は残業をしたんです。それで三人で……」

「三人？」

「ネイディーンも一緒でした。彼女は婚約したばかりで、それでまだ指輪に慣れていなかったのかもしれないわ。手を洗った時に抜いた指輪を化粧室に忘れて、それをとりに……ああ、こんなことを言って何になるの！」ケルサは言葉を切り、ライル・ヘザリントンに背を向けると居間の真ん中に戻った。もううんざりだわ。彼には何を言ってもむだだ。

ケルサは彼がドアをたたきつけて出ていくだろうと思った。だが、ドアをたたきつける音はせず、驚いたことに、彼が歩み寄ってくる足音がした。

「どうした……うんざり？」彼の声に怒りはなかった。冷たさも消えていた。

「うんざりよりもっとだわ」ケルサは振り向かずに言った。

「ほかにも男友達がいるのか？」

これにはケルサは振り向いた。

「いいこと、これが最後よ！　あなたのお父さまはあなたが言うような意味での友達ではなかったわ」

ケルサはまた彼に背中を向けようとしたが、どうしたことか、ライル・ヘザリントンと一緒にいたブルネットの女性がまたも目にちらついた。そして、どうしても言わずにはいられなくなった。「でも、もちろんほかに男性の友達はいます。私はべつに尼僧ではありませんもの」

「しかし君はヴァージンというわけだ！」

ケルサはため息をついた。本当にこんな人どうしたらいいのかしら！「ええ。それにたいして賢くない女だわ。頭が痛くなるまで考えても、なぜあなたのお父さまがあんな遺言をなさったのかわからないんですもの」ケルサはふっと思いつき、思いきって言ってみた。「ひとつの頭より二つの頭って言うわ。あなたも考えてみてくださらない？」

「君の言うことを僕が信じたと思うのか？」

「もうたくさん！　私があなたのお父さまの愛人だったなんて絶対に、絶対に二度と言わないで！」

「君が今そう言ったぞ」ライル・ヘザリントンはしばらくケルサを見つめ、ドアへ向かった。彼はそのまま出ていくかと思われたが、戸口で足を止め、静かに言った。「できることをしてみよう」

その夜、ケルサはベッドに入ってからまた彼の帰り際の言葉を思い返し、意味を考えた。信じてくれる気になったということかしら。きっとそうだわ。ケルサはほほえみながら目を閉じた。

6

次の朝、ケルサはシャワーを浴びながら歌を口ずさんでいた。体を拭《ふ》いている時にも自然とメロディーが唇をこぼれ、本当に久しぶりに楽しい気分だった。食欲さえわいてきた。

昨夜のことを思い返しながら、トースト二枚とマーマレードの朝食をとった。ライルはきっとわかってくれたのだ。私の潔白を信じてくれたのだ。とにかく、ライルは、彼のお父さまが私に莫大《ばくだい》な遺産を遺《のこ》した理由を調べてみようと言ってくれたし、物事はだんだんよいほうへ向き始めているんだわ。

実際、いつもはなだめすかさねばならない車に、何と一発でエンジンがかかったし、今朝は何もかもがいつもより明るく輝いて見えた。予定より十五分も早く会社に着いたことも、よいことの前触れに思えた。あわただしく電話が鳴りだす前にいくつか仕事を片づけられる。

ケルサは最近には珍しく、心をはずませながら廊下を歩いていった。ミスター・ヘザリントンが亡くなってからというもの、毎朝オフィスのドアを開ける時がいちばん寂しかったのだが、今朝はライル・ヘザリントンがやっと信じてくれそうな様子を見せたことを思い出しながらドアを開けた。

けれど、次の瞬間、ケルサはすべてがぬか喜びだったことを知った。折しも社長室からライルが出てきたが、その顔は石の仮面のようにかたくこわばっていたのだ。

「おは……」ケルサは挨拶《あいさつ》もできなかった。やあとも言わず、目さえ向けず、まっすぐ前を向いたまま、ライルは大またでドアから出ていった。

ケルサはあっけにとられ、彼が出ていったあとをしばらくぽかんと眺めていたが、我に返るとため息をもらし、ドアを閉めてがっくり椅子に座りこんだ。彼の気持がいくらかでも変わったと思ったのに！

もしかしたら、ライルがどなりつけもせず、私など目に入らないかのように通り過ぎていったのは前よりはましな兆候かも……ケルサはせめてそう思いたかった。彼が社長室に来るのは不思議でも何でもない。本来そこにいるべき人なのだから。彼は必要な書類か何かをとりに来て、そしてきっと、ついこの間までそこにいたお父さまのことを思い出し、心をかき乱されたんじゃないかしら。でも違うことはわかっている。ライル・ヘザリントンは一瞬にしろ私を信じかけたことを悔やみ、いっそう私が嫌いになったに違いない。

ケルサは彼に腹を立てたかったが腹は立たず、なぜかしら妙に悲しかった。

せっかく早く会社に着いたのに、何ひとつ仕事に手がつかないうちにネイディーンが来た。

「何か問題でも？」ネイディーンがきいた。

「いいえ」

「それならいいけれど。あなた、何だか沈んだ目をしているから」

「このところ考えることが多すぎて」

「わかるわ。もうひとつ頭が欲しい時には言って。私でよかったら」

「ありがとう、ネイディーン」

うれしかったけれど、今のところ打ち明けることも、力になってもらえることもなかった。ガーウッド・ヘザリントンが莫大な遺産をケルサに遺したこと、それを彼の息子が怒っていることをネイディーンはすでに知っている。それに、もし彼女が、ミスター・ヘザリントンがなぜあんな遺言をしたのか理由を知っているなら、とっくに話してくれているはずだ。

その朝も仕事はたくさんあった。十二時半に、オティーリー・ミラーが、昨日ラムジー・フォードがネイディーンに預けておいた書類をとりに来た。

「ライルが午後の会議の前に目を通しておきたいんですって」オティーリー・ミラーは言った。

「忙しそうね」ネイディーンが言った。

「ええ。でも、彼が午前中出かけてくれたから助かったわ。会議に間に合うように書類をそろえる暇ができて」

それを聞いてケルサは思った。彼は今朝ここを出たあと、すぐ飛び出していったのかしら、それとも彼のオフィスに戻ってから仕事で出かけたのかしら？

「たいへんそうね」ネイディーンが言っている。

「そりゃもう！　ライルの決意はすごくかたいわ。人に頭を下げることになろうが、借金しようが、たとえ資金を盗んでだってプロジェクトを推し進める気よ」オティーリーは言い、書類をかかえて出ていった。

「今日の会議は、ライルが考えている経営の多角化についての？」ケルサはきいた。

「ええ、そうよ」

「そのことでライルがまずしなければならないのは、資金繰りのために銀行関係者に会ったり、財務担当者と協議することや何かね？」

「その調子だと、もうすぐ私の仕事を代わってもらえそうね」ネイディーンはにっこりした。

その日、ケルサは家に帰ってからもひどく心がざわざわしてならなかった。夕食の支度をしながら、ネイディーンが言ったことを考えた。社長の交替に伴い、上層部の人事移動があるという噂《うわさ》だった。ネイディーンは何も言わないが、彼女は昇進を約束されていて、そして今の彼女のポストにオティーリー・ミラーがつく。でも……と、ケルサは夢想した。オティーリー・ミラーではなくて私が社長の個人秘書に任命されたらすてきなのだけど。そうしたら毎日ライルに会える……。

ケルサはぶるっとして夢想から覚めた。社長の個人秘書なんて、経験が浅い私にはとても無理。なぜそんなことを考えたのかしら！　それに毎日彼に会えたらなんて！　私、きっと頭がどうかしているんだわ。ライル・ヘザリントンなんて大嫌いなのに。そう、それに彼も私が嫌い。毎日私と顔を突き合わすなんてとんでもない、二度と会わずにすむならこれほどうれしいことはないと思っているはずだ。

ケルサは食事がすむと皿を洗って片づけた。そして、次に何をしようかと思っていると、呼び鈴が鳴った。

きっとご近所の誰かだわ。ケルサは玄関に出てドアを開け、心臓が引っくり返りそうになった。なぜなら、ライル・ヘザリントンがまた訪ねてきたのだ。

　彼は、朝もそうだったが、石のようにかたい表情で立っていた。

　彼は疲れているようだった。午後の会議がきつかったに違いない。食事をする時間はあったのかしら？　軽いものでも勧めようかしら？　ケルサがそんなことを思っていると、彼がぐいと眉を寄せた。

　反射的にケルサは身構えた。忘れてはだめ。がんとした態度をとらなくては。〝どうぞ〟なんて言う必要ないわ。

「私がミスター・ヘザリントンの愛人だったなんてことをまた言いに来たのなら、聞きたくないわ！」

「そんなことじゃない」ライルが言い返した。

「まあ……違うの？」ライルのこめかみの筋肉がゆるむのを見ると、ケルサはなぜか、ふと、彼の父に感じたような優しい気持になった。「お入りになって」

　でも、そのことでないとすると……午後の会議が難航した模様だし、きっと、株の売却で甘い汁を吸おうとするなと再度釘《くぎ》を刺しに来たんだわ。ケルサは居間に招き入れ、頭をそびやかして彼と向かい合った。

「お話は長くかかりそう？」

「ききたいことが山とある！」ライル・ヘザリントンは、まるで汚れたものでも避けるように、近づかれるのを嫌うようにケルサから離れた。

　ケルサの心は傷ついた。プライドがうずいた。もう言ったはずなのに。ミスター・ヘザリントンがなぜあんな遺言をしたのか理由がわかるまでは、たとえ一ペニーであれ手をつけるつもりはないと。

　けれど、ケルサはプライドをのみこんだ。ライルは厳しい戦いをしてきたのだからと、とがりそうになる心を抑えた。「おかけになって」彼にソファを勧め、向かい合って安楽椅子に座った。「うかがうわ。私があなたのお父さまとおかしな関係だったと非難しにいらしたのじゃないとすると……」

「違うと言ったろう！　父と君はそんな関係じゃなかった。それは証明できた」

ケルサは目を丸くした。「まあ！　証明できたですって？」

それなら、なぜよかったと微笑のひとつももらさないのかしら？　ケルサは困惑した。ライルはまるでうれしくないような顔をしている。

「でも、どうやって？」ケルサはきかずにはいられなかった。私ができなかったことを、どうやって彼は証明できたのかしら。

だが、ライルの答えは、まったく答えになっていなかった。それどころかケルサを責めるようだった。

「なぜ君は言わなかったんだ？」

「言わなかったですって！」ケルサは思わずかっとなった。何度も何度も何度も言ったのに全然耳を貸さなかったのは誰なの！「言ったわ！　口を酸っぱくして言ったわ。あなたのお父さまと私は後ろ指さされるようなことなど……」

「そのことじゃない！」ライルはどなった。

「それじゃ何のこと？」

「君は……君は、知らないと言い張るのか？」彼は今にも感情を爆発させそうだった。

「いったい何のお話？　あなたが何を言っているのかまるでわからないわ！」

「まるでだと！」ライルの灰色の目が怒りの火を噴く。「じゃあ、君がヘザリントン社に就職したのは単なる偶然だったと言うつもりか？」

ケルサは何が何だかさっぱりわからず、輝く大きな青い目をいっそう大きく見開いた。「偶然かどうかってどういうこと？　私、ヘリフォードシャーにいる時に……」

「ウォリックシャーじゃないのか？」

「母はウォリックシャーの出身ですけれど……」

「彼女がウォリックシャーの出身だってことは知っている」ライル・ヘザリントンは噛《か》みつくように言った。「僕は……」

「いったいどうしてあなたがそんなことを知っているの？」今度はケルサが遮った。「母がインチボローの出だということをあなたのお父さまにお話ししたことはありますけど、そんなつまらないことをあなたに……」

「つまらないことだって！　父は……」

ライルは、突然、これ以上我慢できないという様子で立ち上がった。彼は相変わらずケルサから距離をとっていたが、口調は打って変わって冷静に、というよりむしろ慎重になった。

「なぜ黙っていたんだ？」彼は言い、まっすぐにケルサの目を見つめた。「つまり……つまり、君が僕の妹だということを」

「妹？」ケルサは反射的に彼が言ったことを繰り返した。息が止まるほどびっくりし、二の句が継げず、目を丸くしてライルを見つめるばかりだった。

「僕の父もインチボローの出だった」

「まあ……私が母のことを話した時、ミスター・ヘザリントンは何もおっしゃらなかったわ」ケルサはそのことにもびっくりした。「でも、だからといって私があなたの妹ということにはならないでしょう？　そんな途方もない話ってないわ」

「途方もない話だと言うのか？」

ケルサは〝ええ〟と言おうとした。〝途方もないどころではないわ〟とも言おうとした。けれど、口を開くより先にライルが鋭くきいた。

「スティーヴンズになる以前の君のお母さんの名前は？」

「フイットカムよ」ケルサは面くらいながら答えた。と、ライルが一瞬色を失った。「母の結婚前の姓はフイットカムですけれど、それが……」

「それならば、君は僕の妹だ」ライル・ヘザリントンが断言した。

「なぜそういうことになるの？」ケルサは叫んだ。ライルの論法についていけなかった。その話は、私がミスター・ヘザリントンの愛人ではなかったという証拠につながるらしい。でも、どこで、どうつながるのかしら？「あなたは私とあなたのお父さまの間におかしなことがなかった証拠をつかんだように言ったわね。でも、それがその証拠だとしたらずいぶんばかげているわ。あなたのお父さまと私の母が同郷だというだけで、私が……私があなたと兄《きょう》妹《だい》だなんて。いったいどこからそんな話が……」

「君は父に名前を告げた。すると、君はたちまち輪送課の下っぱから社長室付きに昇進した」

「だからってミスター・ヘザリントンが私の父だということにはならないわ！」ケルサは頑固に言い返した。なぜか、ケルサはライル・ヘザリントンの妹になりたくなかった。「フランク・スティーヴンズが私の父よ。そうじゃないことをどう証明するの？できっこないでしょう？」

「できるとも」ライルは言った。彼はまだ立ったままで、そして、ケルサに近づくのを恐れるかのように距離を保っていた。

「ではうかがうわ。その証拠って何かしら？　どこでそれを見つけたの？」

「僕はそれを今朝、父の鍵《かぎ》のかかった引き出しの中から見つけた」

「今朝？　それじゃあの時……私がオフィスに入っていくと、あなたが社長室から……」

ライルはうなずいた。「昨日、ラムジー・フォードが、父のデスクに鍵のかかっている引き出しがひとつあり、その鍵が見当たらないと言ってきた。で、今朝、ラムジーに鍵を渡す前に中をチェックしておこうと思ってオフィスに行った。私物が入っているかもしれないと思ってね」

ライルは上着の内ポケットに手を入れた。

「そして、これを見つけた。　非常に個人的なものだ」彼はそっけなく言って折りたたんだ紙をとり出した。「あらゆる謎《なぞ》を解く鍵だ」

「何なの？」

「出生証明書さ。女の子の。その子の名は、ケルサ・プリムローズ・マーチ」

「私の名前だわ！」

「マーチ・フイットカムとガーウッド・デイヴィッド・ヘザリントンの間に生まれた子だ」

「嘘《うそ》よ！」ケルサは叫んだ。あまりのショックで顔から血の気が引いていくのがわかった。

それは冷ややかなライルの目にもはっきり映ったのだろう。「だいじょうぶか？」と、彼はいくらか心配そうに言った。「気絶しそうな顔をしているぞ」

ケルサは気を確かに持とうとして頭を振った。

「だいじょうぶよ。驚いたけれど……」

「知らなかったのか？」

「そんなこと絶対に嘘よ！」ケルサは激しく否定した。「私の父は……」

「残念だが……しかし、事実だ」ライルはケルサに近づき、出生証明書をさし出した。

ケルサはそれを受けとったが、目がちらつき、しばらくは文字が読めなかった。生まれた日、十二月七日、インチボロー総合病院で。女児。名前はケルサ・プリムローズ・マーチ。母親の名、マーチ・フイットカム。父親の名、ガーウッド・デイヴィッド・ヘザリントン。

「信じられないわ」ケルサはつぶやいた。

「僕だってそうさ！　しかし、間違いない事実だ。記録によれば、父はひとりで役所へ行って手続きをしている。係員に自分が父親であると述べているし、当時の住所をきちんと記入している。今の家を買う前に父と僕の母が住んでいた住所をね」

ライルは、父親が母と暮らしながら、母を裏切って不倫をしていたと考えているのだろうか。ケルサには彼の口調がいちだんと厳しさを帯びたように思えた。

「君はまったく知らなかったのか？」

「ええ、全然！」唖然《あぜん》としたまま出生証明書を見つめながら、ケルサの胸の中ではさまざまな思いがせめぎ合いぶつかり合っていた。

室内は静まり返った。ケルサの衝撃がライル・ヘザリントンにもわかったのだろう。ショックが静まるのを待つかのように彼も黙っていた。ケルサは身じろぎもせず、なおもじっと、穴の開くほど証明書を見つめていたが、ふいに突かれたように声をあげた。

「違うわ！」

「何が違うんだ？」ライルは、気でも狂ったのかと言いたげな目をケルサに向けた。

「あなたのお父さまは私の父じゃないわ！」

「出生証明書にそう書いてあるんだぞ、これ以上の証拠があるか！」

「でも、でも……これは私のじゃないわ。私の出生証明書じゃないわ」

「君はケルサ・プリムローズ・マーチと違うのか？」

「私はケルサ・プリムローズ・マーチです。でも、私の誕生日は十二月四日よ。それに……」

「単純な書き違いだろう」

「生まれた年も違っているわ！　私は二十二歳よ。このケルサ・プリムローズ・マーチは二十四歳」

ライルはつかつかと歩み寄り、ケルサから証明書をとり上げた。

「それに、私はインチボローで生まれたんじゃない像もしなかったわ。まして友達だったなんて……」

「愛人だ！」

「そうね。もしかしたら二人は愛し合っていたのかもしれないわね。でも……」ケルサはいちばん下の引き出しから封筒をとり出した。「これを見れば、私の本当の父が誰だかわかるわ」

ケルサは封筒の中身をとり出そうとしたが、ライル・ヘザリントンは待ちきれないようにその手から封筒をひったくり、証明書を出した。

「ほら、ここよ！」ケルサは腕を伸ばして欄を指さした。「生まれた場所……ドリフトン・エッジの自宅となっているでしょう？　そして生年月日。あなたが持ってきた証明書の日付より二年遅いわ。母の名前は同じね。マーチ・フイットカム。でも、父はフランク・トーマス・スティーヴンズよ。ご覧になりたいなら、二人の結婚証明書もあるわ」

「それはどうでもいい」

わ」ケルサはきっぱり言った。なぜもっと早く記載の違いに気づかなかったのかしら。あまりに大きいショックを受けたから無理もないけれど。「それに、病院で生まれたのでもないわ。ヘリフォードシャーの、ドリフトン・エッジの自宅で生まれたのよ」

ライルはひどく険しい顔で出生証明書とケルサを見くらべた。ケルサの言うことを信用していないのは明らかだ。

「私、証明できるわ」

「証明できる？」きき返すライルの声は奇妙にしわがれていた。

「ええ」

「できるものならしてみたまえ！」彼は吐き出すように言った。

ケルサは言われるより先に立ち上がり、ライティングデスクに駆け寄っていた。

「あなたのお父さまと母が知り合いだったなんて想

ライルの口調はぶっきらぼうだったし、表情は相変わらずこわばっていたが、さっきまでのひりひりするような感じはいくぶん薄らいだようだった。ケルサはといえば、彼が自分で読めばわかるものを、つかれたように夢中でしゃべっていたことに気づいた。顔からは血の気が引き、体もわなわなと震えていた。

「君の手……震えているじゃないか」

ライルに言われ、ケルサは急いで両手をジーンズのポケットに突っこんだ。

「まるで爆弾が破裂したようなショックだわ」ライルが兄かもしれないというショック、それに追い討ちをかけるように、人一倍道徳に厳しかったあの母が妻子のある人と……。「母にもうひとり子供がいたなんて、とても信じられない……」

ライルの表情が少しゆるんだように見えた。

「ブランディはあるかい？」

「お飲みになりたいの？」

「ばかだな、君にさ」ライルは言った。そして初めて、本当に初めて彼はケルサに向かって微笑した。

「あの……アルコール類は何も」ケルサは狐《きつね》につままれたような気持になった。「その……コーヒーでもいかが？」

「じゃあ、僕がいれよう」彼はびっくりしているケルサを残し、かってにキッチンに入っていった。

彼が戻ってきた時、ケルサはぐったりソファに座っていた。頭の中はいろいろな思いや考えがこんぐらかって泥沼のようだった。

「あら、コーヒーじゃないわ……紅茶ね」手渡されたカップからひと口飲んでケルサは言った。

「紅茶には鎮静効果があるというからね」ライルは自分のカップを手にし、ケルサの隣に腰を下ろした。

「気分はどう？」

「まだ茫然《ぼうぜん》としているわ」ケルサは素直に言った。

ライルに対していつのまにか打ちとけた気持になっていた。互いに怒ったり嫌ったりしていたのが嘘のようだった。「振り返ってみると、いくつか思い当たる節があるわ。ごくささいなことよ。だから、その時にはべつに何とも思わなかったけれど、今思うとなるほどと……つまり、あなたのお父さまが私を娘だと勘違いなさったのだと」

「どんなことがあったんだ？」

「例えば、最初にミスター・ヘザリントンに出会った時……あの、私と母はよく似ていたんです」ケルサは言い添えた。「あなたのお父さまは、きっと、私を見るなりすぐにわかったのでしょうね。こうおっしゃったわ……〝君の笑顔を一度でも見ていたら決して忘れるはずはない〟って。それから、私の名前を尋ねたの」

「で、君は名乗った。ケルサ・プリムローズ……」

「いいえ！　私はケルサ・スティーヴンズと言ったのよ。すると、ミスター・ヘザリントツは〝珍しい名前だ。ミドルネームはあるのかね？〟って」

「君の名前を聞いて父が心臓発作を起こさなかったのは奇跡だ」ライルが静かに言った。

「私がヘザリントン社に入ったのはまったくの偶然だったこと、信じてくださるわね？　あなたのお父さまと母が旧知の仲だなんて夢にも知らなかったわ」

「ああ、そうだろうな。僕が暴露すると君は青ざめて震えだしたものね。先を聞かせてくれ。君はケルサ・プリムローズ・マーチと名乗った……その時、父はどんな反応を？」

「マーチというからには三月生まれなんだねとおっしゃったわ」

「なかなか老獪《ろうかい》だ！　で、君は十二月生まれだと言ったわけだ」

ケルサはうなずいた。「ええ。そして、母の名をとって名づけられたと言ったの」

「それだけ聞けば父は十分だったろう。君は輸送課からただちに社長室付きに異動になった」

「私、仕事には自信があります。仕事はしっかりこなしています」ケルサはそれだけははっきり言っておきたかった。けれどまた、こう告白しないではいられなかった。「でも、ついこの間ネイディーンが打ち明けてくれたわ。ミスター・ヘザリントンは彼女に、私に面接して、たとえ能力に問題があってもポストを与えるようにおっしゃったんですって」

「その気持はわかるな。どんな理由があったか知らないが、父は娘と生き別れだったわけだからね。見つけたからには、毎日顔を見たかったんだ」

きっとそうだわとケルサも思った。「でも、なぜ私に何もおっしゃらなかったのかしら？」

「さあね？」ライルは肩をすくめた。「だが、いくつかの想像はできる。父は、君がその事実を知っているると思っていたのかもしれない。出生証明書のオリジナルを見たことがあれば、実の父親の名前も、フランク・スティーヴンズの養女になったこともわかるわけだからね。あるいは、君がまるで知らないと思ったかもしれない。いずれにしても、父は近々君が娘であることを公表する心づもりだったんじゃないかな。少なくとも、僕には、僕に妹がいることを打ち明けるつもりだったんだ」

「そういえば……あなたがオーストラリアから帰国してすぐに、ミスター・ヘザリントンはあなたと何か個人的なお話をしたがっていたそうね」

「頭の回転が速い！」ライルは微笑した。「あいにく僕は、父と二人で話す時間がとれなかった。忙しくて」

「お気の毒だったわ」ケルサは心から言った。「でも、なぜ確認調査をなさらなかったのかしら？」

「なぜって、証拠はそろっているじゃないか。まず君の名前、君が十二月生まれだという事実、それに君のお母さんの名前がマーチで、しかもインチボローの出身とくればもう疑う余地はないだろう？　おまけに君がお母さんに生き写しだとすれば」

「そうだわ、あの晩……ミスター・ヘザリントンが私を送ってくださって、そして、ここで電話をなさった時……」ケルサは言った。その話をしても、ライルの目はもうとがりはしなかった。今思えば、彼の父はあらかじめたくらんで電話を借りに寄ったのだ。「私の家族のことをそれとなくきかれたわ。私がとても仲むつまじい家族だったと言うと、彼はにっこりなさったわ。そして、両親の写真を一枚も飾っていないんだねって。それで、写真を……父と母が一緒に写っているのをお見せしたら、君はお母さんに生き写しだとおっしゃったわ」

「ということは、父は君のお母さんが、彼の娘のケルサ・プリムローズ・マーチを産んだ女性と同じ女性であることを確認したということだ。それなら、さらに調べる必要はない。そうだろう？」

でも、ひとつ確認もれがあったわ。私の生年月日。それを確かめてくだされば……ケルサはそう思わずにはいられなかった。ショックはまだ覚めない。ライルと今わかる限りのことを話し合ったが、それですべてが解明できたわけではなかった。

「私は……私はもっと調べてみなくては」

「うん、わからないことがまだまだある」ライルも同意した。「さっき君はお母さんのことを過去形で言ったね」

「母は亡くなったわ」

「お父さんに尋ねてみることはできるかい？　ひょっとして何か知っておられるかも……」

「父も母と一緒に亡くなりました。二年前、ギリシアを旅行中に車の事故で」

「それは……気の毒だった、ケルサ」ライルは慰めるようにケルサの手に触れた。

ケルサはどきりとし肌が粟立《あわだ》った。ライルはすぐに手を引っこめて立ち上がった。そして、落ち着かなげに、空になったカップをトレイに載せるとキッチンへ運んでいった。

ライルが戻ってきた時、ケルサは少なくとも彼の手の感触のショックからは立ち直っていた。

「あなたのお母さまはご存じないかしら？」

「あの父が、背信を――たとえやむない事情で起こったことだったとしても――ほかの女性とのことを告白したとは考えられないね。それに、母が知っている可能性があるにしろ、父が亡くなったばかりの今、古傷に触れるようなことはしたくない」

「本当にそうだわ。私、頭がこんぐらかっているのね。心ないことを口走ってしまったわ」ケルサはすぐに謝り、論理立てて考えようとした。「私、インチボローには一度も行ったことがないの。でも、出発点はそこしかないようね」

「インチボローに行くつもりかい？」

「もし、当時の母を知っている人を見つけられれば、ひょっとして……どうかして？」

ライルが何か思いついたような顔をしたのだ。

「叔母がいる。アリシア叔母さんだ。彼女はインチボローで生まれて育ったんだ」

「何か知っていらっしゃると思う？」

「可能性はあるが……」ライルはつぶやいた。「いや、はっきり言って可能性はかなり小さいな。彼女と父は二十も年が離れているからね。父は彼女が生まれてまもなく故郷を出たことだし。しかし、叔母は噂か何かを耳にしているかもしれない。そういえば……そうだ！　この間の遺言公開の時、叔母は君を見てとても驚いたような顔をしていた。僕はあの時ひどく腹を立てていたから、なぜなのか考えもしなかったが」

あの時ライルがどんなに怒っていたかケルサは忘れもしない。だが、今はほかに優先事項がある。

「あの、あの……今夜きいてみることはできて？　電話で叔母さまに……」

「そんなに知りたいことなのかい？」ライルはケルサの美しい青い目をのぞきこんだ。

ケルサは目をそらした。ケルサは心の奥の思いをめったに他人にもらすことはなかった。けれど、ついさっきまで嫌っていたはずのライル・ヘザリントンなのに、彼なら気持をわかってくれそうだと思った。「私……両親を失ってから、孤独が身にしみることが時々あるんです。身内がひとりもいないんです。でも、今、どこかに姉がいることがわかったんですもの……。どうしても彼女を捜し出さなくては。誰かに養子として引きとられたのでしょうから、別の名前になっているかもしれないわね」

「ケルサ」ライルはとても優しく、ケルサの額に軽く唇を触れた。「電話はどこだ？」

ケルサは緊張に青ざめて座っていた。ライルはまず、アリシア叔母の電話番号を調べるために番号案内にかけ、続けて再びダイヤルを回した。彼は耳に受話器を当てて立っている。その時間が長引くほどにケルサの期待はそがれた。電話はむだだったんだわ。

「出ない」ライルが受話器を置いた。「叔母が留守にするなんて珍しい。またかけてみよう」

「ありがとう」

ライルは玄関に向かった。もう話すべきこともなかった。

「ひとりになってもだいじょうぶかい？」

「ええ」

「また連絡するよ」

「おやすみなさい、ライル」

「おやすみ」

ケルサはソファに戻り、いつまでもそこに座っていた。ベッドに入ろうなどとは思いもしなかった。眠れるはずがなかった。どこかに姉が……血は半分しかつながっていないけれど、私の姉がいる。ライル・ヘザリントンは思っていたような、ひどい人ではなかった。私が妹でないとわかってから、ライルは優しさや思いやりを示してくれた。彼は、ひどい人どころか、とてもよい人だわ。

　真夜中近くなって、ケルサは少しでも眠っておかなければ仕事にさしさわると思い、ベッドに入った。けれど、興奮して目は冴《さ》えるばかりだった。いろいろな思いが頭を駆けめぐる。これはどういうことかしら？　たったひとりの姉を捜し出したくてたまらないのに、ライルがお兄さんでなくてよかったと思うのはどういうこと？

7

ケルサはほとんど眠れなかった。だが、次の朝、デスクに向かっても仕事に手がつかなかったのは、睡眠不足のせいではなかった。ライルが昨夜もたらした知らせがまだ頭を混乱させていたのだ。

　私に姉がいたなんて！　彼女は……もうひとりのケルサは身内を捜そうとしたことがあるのかしら？　思えば、それはとても微妙な、慎重さを要する問題だった。もしかしたら、もうひとりのケルサは、私が彼女を捜し出すことを喜ばないかもしれない。

　でも、私はどうしても見つけ出したい！　彼女はお母さん似かしら？　それならきれいで、優しくて朗らかな人だわ。お母さん……かわいそうなお母さん。なぜガーウッド・ヘザリントンと別れたのかしら？　母の意思？　それともミスター・ヘザリントンの？　どんな事情があったにしろ、お母さんはとても悲しい思いをしたに違いない。赤ん坊を養子に出すのは身を切られるようにつらいことだっただろう。

お母さんが私を厳しく……異性との交際について特に厳しくしつけたのはそのせいかもしれない。彼女は人生の落とし穴を知っていたから、私が同じ過ちをしないよう、一生の悔いを負うような目にあわないことを願ったのだろう。

ケルサの思いは、母からまだ見ぬ姉へとまた振り子のように戻った。そして、ガーウッド・ヘザリントンのことを考え、私と半分血がつながっている姉は、ライルとも半分血がつながっていることになるのだと、今さらのように気づいた。でも、昨夜の様子からすると、ライルは妹の存在を喜んでいないらしい。私が彼の妹ではないことを証明するまでは、とても冷ややかだったもの。

確かにそうだったわ。私が妹でないことがわかると、彼はとても優しくなった。そして、妹など捜したくもないのに、私のために叔母さんに電話をかけてくれようとさえしたのだ。

彼はもう一度かけてみてくれたかしら？

三十分後、十時半にケルサのデスクの上の内線電話が鳴った。ライルだった。

「叔母と連絡がとれた」

「それで？」ケルサは熱をこめて言った。

「僕らが会いに行くことになった」

「会いに？」思わず体が震えた。わざわざ訪ねていくということは、ミセス・エクルストーンは何かを知っているのだわ。

「僕はスケジュールが過密なんだが、今日の午後二時間ほどなら何とかなる。君のほうはどうだ？」

今日の午後！　ずいぶん急な話だ。ライルは何事にもまっしぐらに突き進む人なんだわ。

「何としても都合をつけます」

「じゃあ、二時に」

ケルサは震える手で受話器を置いた。きっと顔がこわばっていたのだろう、ネイディーンが気づかわしげな視線を向けた。

「あの……何でもないんです」ケルサは急いで言った。「ライルからの電話で、急に大事な用ができたので、私、彼と一緒に出かけなくてはならなくなって……二時に。かまわないかしら？」

「あなたがボスよ！」ネイディーンは、にっこりした。

そう言われて、また別のことがケルサの頭に浮かんだ。ガーウッド・ヘザリントンがなぜ彼女を社長室付きにしたのか、ずっと心に引っかかっていた疑問がこれでとけたのだ。むろん、私はボスではない。彼は私を自分の娘だと思いこみ、私が不自由なく暮らしていけるようにとあんな遺言をしたのだ。私が彼の娘でないことは確かなのだから、当然、遺産相続を辞退しなくては。

ケルサはミスター・ヘザリントンにしばしば抱いた親愛の情を思い出した。私はお母さん子で、感じかたも似ていたから、それできっと、お母さんが彼に抱いたのと似た気持になったんだわ。でも、そうだとしたら、昨夜ライルに感じた親愛の情は何なのかしら？　ライルに対しては、お母さん子だったというのは理由にならない。変だわ。本当にわからない。

とはいえ、今は理由不明の感情や遺産のことより、今日の午後、ライルと彼の叔母さんに会いに行くことのほうがずっと気になる。

もしかしたら姉は……もうひとりのケルサは結婚しているかもしれない。子供がいるかもしれない。

ケルサは思わず微笑を浮かべた。すてき！　私には甥《おい》か姪《めい》が……いいえ、両方かもしれない。そして私は叔母さんってことになるんだわ！

昼食の時間になったが、食べ物が喉を通りそうもなかったので、ケルサはオフィスに残って仕事を続けた。二時二十分前に席を立ち、化粧室へ行ったが、その時になって、待ち合わせ場所を打ち合わせていなかったことに気づいた。ライルは駐車場で待っているのかしら？

ケルサはピンクのセーターとグレイのウールのプリーツスカートの上にトップコートをはおり、バッグをとり上げた。二時十分前にオフィスを出ようとすると、ドアが開いてライルが入ってきた。

「出られるかい？」彼はケルサのつややかな金髪と非の打ちどころのない肌に目を走らせた。

ケルサは返事の代わりにうなずいてオフィスを出た。ライルと並ぶと、ケルサも背は高いほうなのだが、頭がやっと彼の肩に届くくらいしかなかった。並んで廊下を歩き、エレベーターの中でも並んで立った。

「おひるは食べたかい？」

ライルはケルサに尋ねながら受付に歩み寄った。若い受付嬢がにっこりして紙袋をさし出す。

「とても食べられなかったわ」ケルサは言った。

ライルのジャガーに乗ると、彼は紙袋を開けてセロファンの包みをひとつケルサに回した。

「少し食べておいたほうがいいぞ」

ライルは車のエンジンをかけた。彼は忙しくて昼食をとる時間もなかったのだろう。

「ごめんなさい。いろいろとご迷惑をかけて」

「おいおい……これは僕にも関係のあることなんだからね」

「そうだったわね。ごめんなさい」ケルサはまた謝った。「もうひとりのケルサはあなたにとっても兄《きょう》妹《だい》ね。でも……」ライルも彼女を捜し出そうとしているなら、彼が妹の存在を喜んでいないみたいなどと言っては悪い。

「サンドイッチを食べたまえ」

「私を黙らせるにはそれがいちばんね」ケルサはちょっと憎まれ口をきいてライルに目をやった。彼はにっこりした。

しばらくの間沈黙が続いた。ライルはエセックスに向けてひたすら車を走らせている。ケルサはいても立ってもいられないような気持だった。もうすぐ何かが判明するんだわ！

「叔母さまは何て……あなたは電話でどんなふうにお話ししたの？」ケルサはこらえきれずにきいた。

「話というほどの話をしたわけじゃない」ライルはケルサの緊張した顔にちらと目を走らせた。「叔母が君のお母さんを知っていたという保証はないし、マーチ・フイットカムという名前に心当たりがあるかどうかと切り出したんだ」

彼女には心当たりがあったんだわ。さもなければこんなふうにライルと一緒に訪ねる必要はないんだもの。「叔母さまは何とおっしゃったの？」ケルサははやる心を抑えてきいた。

「叔母は、〝きっと誰かがそのことを私にきくだろうと思っていた〟って。つまり彼女は鍵《かぎ》を握っているわけだ。とにかく会いに行くことにして、マーチ・フイットカムがすでに亡くなったこと、彼女の娘と一緒に行くことを言っておいた」

「よかったのかしら……私も一緒に行って？」

「叔母は、君のお母さんが亡くなったと聞いて動揺していた。彼女と親しかったんだ」

「本当？」

「そう言っていた。そして、君の疑問に知っている限りのことを答えるのが務めだと思う、とも言った」

期待していたよりずっと大きな進展だわ、とケルサは思った。そのあと二人は黙ったきりだったが、ミセス・エクルストーンが住んでいるオルニー・プライアーズに近づくにつれ、ケルサの胸は締めつけられるように苦しくなった。何から先にきいたらいいかしら。ききたいことだらけだわ！

オルニー・プライアーズに着くと、ガーウッドとアリシア兄妹が疎遠だった証拠に、ライルは叔母の家を人に尋ねる始末だった。ここに来るのが初めてだったのだ。しかし、まもなく捜す住所を尋ね当て、こぢんまりとした一戸建の家の前で車を止めた。

車を降り、二人は小道づたいに玄関に向かった。ケルサの胸は激しく鳴っていた。それがライルにもわかったのだろう、彼は呼び鈴を押してからケルサの手をとって握りしめた。やがてドアが開き、遺言公開の時に法律事務所で会った中年の婦人が二人を温かく迎え入れた。

「あの時あなたを見てはっとしたわ」アリシア・エクルストーンは感極まったようにケルサの頬にキスをした。それから、コートを脱ぐように言い、二人を居間に通した。「ともかく、まずお茶でも」

「アリシア叔母さん、もしよかったらお茶は遠慮してすぐに話をうかがいたいんです。ケルサが気が気ではないようですから」

ケルサはライルに感謝の視線を送った。

「それならおかけなさい」アリシア・エクルストーンは微笑し、それぞれが椅子におさまると、ケルサを見つめた。「どんなことをききたいの？　知っていることなら何でもお話しするわ」

「何もかもです。ライルからあなたが母と親しかったと聞きました。それで……あの、母が赤ん坊を……私の前にもうひとり赤ん坊を産んだかどうかご存じでしょうか？」

「まあ、知らなかったの？　お母さんはあなたに何も……」

「ケルサも僕も、父と彼女のお母さんが知り合いだったことを昨夜知ったばかりなんです。僕が偶然、父の個人的な書類の中から出生証明書を見つけ出して。ですから、むろん、二人の間に赤ん坊が生まれていたなんてことは……」

「それではさぞ驚いたでしょうね、ケルサ。あなたもね、ライル」

「驚いたなんてなまやさしいものじゃなかった！」

「あなたはお父さんにそっくりだわね」ミセス・エクルストーンはしみじみ言った。「顔形というより……むろん、あなたはヘザリントン家の容貌《ようぼう》を受け継いでいますけれど、それより行動が。あなたの出世ぶりはいつも新聞で読んでいましたよ。ガーウッドとはずっと疎遠で、この間法律事務所で立派な大人になったあなたに会ったのが十六年ぶり。でも、あなたのことを忘れていたわけじゃないわ」

「ケルサはお母さんにそっくりだったようですね」ライルはそれとなく話を本筋に戻そうとした。

「ええ、生き写し。ごめんなさい、あなたが生まれる前の話を聞きたかったんだったわね。実のところ、私は心がとがめていたの。兄にその話を一度もしなかったことを……。では、始めましょう。あなたがたがすでに知っていることを繰り返すことになるかもしれないけれど」

「かまいません、叔母さん」ライルが言った。

「そう……」アリシア・エクルストーンはどこから話を切り出そうかと迷うように少しためらった。

「そうね、まずさかのぼった話から。そんなことは聞きたくないと思ったら遠慮なく言ってちょうだい」彼女は微笑して先を続けた。「ガーウッドと私はあまり豊かではない家に生まれたの。でも、兄は貧しさを補って余りある頭脳と行動力の持ち主だったわ」

「父は常に最高を目ざしていました」ライルが口を挟んだ。

「彼は成功者として生まれついた人だったのね。私が生まれた時、兄はもう十九歳で、両親の話によれば、そのころから理想と野心に燃えていたそうだわ」アリシアの微笑が消え、ふと目が陰った。「兄が野心に駆り立てられていたことは、ずっとあとになって私にもいやというほどよくわかったわ。兄が私の友達を捨てた時に」

「捨てたというのは……私の母を？」ケルサは確かめるようにきき返した。

「ええ。今思えば、兄はそうするしかなかったのでしょうけれど、でも……」アリシアは言葉を切った。「話が先走りすぎてしまったようね。それはともかく、ガーウッドが家を出たのは私がまだよちよち歩きのころで、彼が二十一歳で莫大《ばくだい》な財産を持った女性と結婚した時も、私はまだ何もわからない赤ん坊だったわ」

「僕の母だ」ライルが言った。

「そう、あなたのお母さんよ」アリシアはうなずいた。「兄はエドウィーナの資力をバックにしてヘザリントン社を築き上げたの」

「でも、何もかも母の金に依存したわけじゃありません」

「そのへんの事情は私よりあなたのほうが詳しいでしょうね」アリシアは甥に微笑を向けた。「私が知っているのは……マーチのことが明るみに出た時にわかったのだけれど、エドウィーナがお金に関してたいへんに気が回る人だということ」

エドウィーナ・ヘザリントンは夫の浮気を知っていたということかしら？　ケルサはびっくりし、ちらとライルを見た。彼も驚いていたかもしれないが、表情からは何も読みとれなかった。

「先を続けてください」ライルは静かに言った。

「つまり、それは母が渋ったということなんですか。父に金を供与するのを……」

「ええ、あげるのをやめたのよ。でも、あなたのお父さんが適当な取引銀行を見つけることができたらある程度は前貸ししてもよいと」

「で、父はどうしたんですか？」

「ガーウッドは猛烈に働き、結果として経営はレールに乗ったというわけ。でも、彼の野心はそれだけにとどまらず、さらに大規模な工場の設立にとりかかったのよ。再び大きな借金を負うことになったけれど、それもやりとげたわ」

「ミッドランズの工場でしょう」

「ええ、それよ。私が十七歳になるころには、うちの暮らし向きもだいぶよくなり、私はインチボローの秘書養成学校に行かせてもらえたの。当時あなたは十二歳くらいで寄宿学校に入っていたわ。あら、また脱線ね」アリシア・エクルストーンはすまなそうに言った。「今朝あなたに電話をもらってから、昔のことを繰り返し繰り返し思い出していたのよ。ケルサはほとんど何も知らないというから、事情を説明するのに少し前置きが必要だと思って」

「話がよくのみこめますよ、叔母さん」

ライルに励まされ、彼の叔母は再び話の糸口を引っ張り出した。「ガーウッドはほとんどインチボローに来なかったわ。彼は私がまだ本当に小さかった時に家を出たでしょう、だから私には兄というより、年に一度、クリスマスにプレゼントを持ってきてくれるよそのおじさんという感じだったわ。そのクリスマスに……私が十七歳の時のクリスマスに、私は秘書養成学校の友達を家に招いたの」

「私の母ですね」話が核心に近づいてきたのを知って、ケルサの胸はいっそうどきどき鳴った。

「ええ、あなたのお母さん。彼女の両親は……あなたのお祖父《じい》さんとお祖母《ばあ》さんは、マーチをとても厳しくしつけていたようね。彼女はあまり自由にさせてもらえなかったのよ。だから、一週間私の家に泊まりに来るのを許してもらえたのが奇跡みたいだったわ。それで……兄が年に一度顔を見せに来た時、マーチはうちに泊まっていたの」

「それが二人の出会いだったのですね」ケルサはつぶやいた。胸がつまった。

アリシア・エクルストーンは小さくため息をついた。「マーチは十七歳で、美人で純真だったわ。ガーウッドは二倍も年上で、結婚していて息子もあったのにひと目で彼女に恋をしてしまったの」

「私の母も？」

「ええ、マーチもひと目惚《ぼ》れ！　彼女は男の子とふつうにつき合うのも禁じられていたから、男性に関して無菌状態だった。それであっという間に燃え上がってしまったのね。ガーウッドは、いつもはプレゼントを渡し、ちょっとおしゃべりをして義理を果たすと飛んで帰っていったのに、あのクリスマスだけは……」

「その時は泊まって？」ケルサはきいた。

「ええ、何日か。そして、次のクリスマスが来る前にマーチは赤ん坊を産んだわ」

「私の姉……」

ケルサの声に、姉がいることを知った喜びがにじんだ。すると、アリシア・エクルストーンは悲しげに声を落とした。

「とてもつらいのだけれど、ケルサ……その赤ちゃんは生き長らえることができなかったの」

「嘘《うそ》！」ケルサは叫んだ。信じたくなかった。たったひとりの肉親を捜し出せるかもしれないという夢が、まだ一歩も踏み出さないうちに打ち砕かれてしまうなんて信じたくなかった。

「それは確かなんですか？」ライルがきいた。

「生まれて四週間で亡くなったわ。それは確かよ。

なぜって、身内では私だけが赤ん坊のお葬式に出たんですから」アリシアは悲しげに言った。

ケルサの希望は完全に消え、泣きたくなった。

「ミスター・ヘザリントンは……」震える声で尋ねようとして、きくまでもないと気づいた。「彼はお葬式に出なかったのかどうかおききしようとしたんですが、むろん、出なかったのですね。出なかったというより、彼は赤ん坊が死んだことを知らなかったのですね。知っていたら、私を娘だと思いこむはずありませんもの」

「ええ、兄は知らなかったの」アリシア・エクルストーンは言った。「彼はあなたのお母さんに恋をして……ごめんなさい、ライル、あなたには聞き苦しいことでしょうけれど……」

「気にしないでください」ライルは静かに言った。

「僕もすべてを知りたいんです」

「それなら」と、彼の叔母は続けた。「また先走りすぎてしまったけれど、その……つらい話は早くしてしまったほうがいいと思ったの。話を戻すと、ガーウッドは暇を盗んでは――彼はまた事業を拡張しようとしていてとても忙しかったのだけれど――マーチに会いに来ていたわ。マーチも両親の家を出てひと部屋のアパートに移っていたの。そしてまもなく、彼女はガーウッドに妊娠していることを告げなくてはならなくなったのよ」

「それで彼は……」

「兄は離婚してあなたのお母さんと結婚するつもりだったんですよ」

「すると……僕の母は知っていたわけですか、愛人や赤ん坊のことを」

「ええ、ガーウッドは打ち明けたの。マーチは彼の子を身ごもり、生活手段がない。結婚するのが自分がとるべき唯一の道だと」

「母はがんとして応じなかっただろうな」

「がんとして。でも、誰にでも決して許せないことはありますよ。それに、エドウィーナはあなたの将来のことも考えたのでしょう。彼女は即座にガーウッドの目を覚まさせてやったの。すでに妻子がいること、家庭に対する義務を負っていること、そして、もし離婚を強行すれば、彼と彼の新しい家庭は経済的に破綻《はたん》することになるだろうと」

「つまり、資金を撤収させると脅しをかけたんだな」と、ライルが言った。

「エドウィーナには兄を破産に追いやる力が十分にあったし、本気でそうしたでしょうね」

ライルは小さくため息をついた。「そんなことになれば、父の長年の努力はすべて水の泡になってしまうわけだ」

「ええ。だから……」

「父はどちらかを選ばなくてはならなかった」

「選択の幅はそうなかったわ。恋人と赤ん坊と貧乏をとるか、血のにじむような努力をして築いた会社と、妻とかけがえのない息子をとるか。彼は心を決めたあと、二回だけマーチと会ったわ。一度は決意を話した時、もう一度は彼女が赤ん坊を産んだ時に病院に来て。彼が赤ん坊にしてやれることといえば、認知することだけだったから」アリシア・エクルストーンはケルサを見やった。「ケルサ・プリムローズの出生届けを出しに行ったのは兄よ。名前はあなたのお母さんがつけたの」

「ケルサ・プリムローズ・マーチじゃなかったんですか？」ケルサはきいた。

「あなたのお母さんの名前を入れようと考えたのは兄なの。そのあとは、私が知る限り、彼は一度とインチボローに来なかったわ」

「で、赤ちゃんは？」

「とてもかわいい赤ちゃんだったわ」アリシア・エクルストーンは優しく言った。「でも、生まれた時からひよわでね。赤ん坊が生まれて三週間目にあなたのお母さんはインチボローからグロースタシャーのティルジーに引っ越すことになり、私が手伝って一緒に行ったの。その時には元気そうだったのに、一週間としないうちに病院に駆けこむことになって……あの時はとてもつらかった。マーチは気も狂わんばかりだったし。でも、ガーウッドとはもう別れたのだから、彼には絶対に何も言わないでと約束させられたわ。彼女にもプライドがあったでしょうし、それにきっと少しは憎しみも」

「叔母さんはその約束を最後まで守ったんですね」ライルが言った。

「ええ。私自身、気がとがめるところがあったからかもしれないわね。二人が出会うきっかけを作ったのは私だし、それに、私の友達を厄介払いするように捨てた兄が許せなかったから。それで赤ん坊のケルサが死んだ時、口が裂けても兄にはひと言も告げまいと心に誓ったのよ」

「その後母はどうしたのでしょう？」ケルサには母の心の痛みが我がことのように感じられた。

「マーチはティルジーにいるのがつらかったのでしょうね。じきにヘリフォードシャーのドリフトン・エッジに移り、そこでフランク・スティーヴンズに出会って結婚したの」アリシアの口調はいくぶん明るくなった。「そのころには私もジョン・エクルストーンと結婚することになって、あれやこれやの事情でマーチとのつき合いが絶えてしまったのよ。でも、彼女がまた身ごもったことを聞いて、とにかくよかったと思ったわ」

「私の父と母はとても仲よく、幸せに暮らしていました」ケルサは愛する両親のためにそれだけは言っておかなくてはと思った。知りたかったことはこれで全部わかった。「お話を聞かせてくださって本当にありがとうございました、ミセス・エクルストーン」

「少しでもお役に立てたのならよかったわ」

「赤ん坊が死んだことはどこからも、ちらとも父の耳に入らなかったんでしょうか？」ライルがきいた。

「私は言わなかったし、今度の遺言が何よりの証明じゃないかしら。私はジョンと結婚してこっちへ移り、そのうちに両親が年をとって弱ってきたので、目が届きやすいようにうちの近くに引っ越してきてもらったの。私の結婚式のあとあなたたち一家に会ったのは、あなたのお祖父さんのお葬式の時と、次にお祖母さんが亡くなった時」

「覚えています。その時僕は二十歳だった」

「あなたはお父さんとそっくりでしたよ……野心満々で」アリシアはほほえんだ。「私とガーウッドは互いに口もきかず、兄妹というより赤の他人のようだった。でも、そのお葬式の時、私はたまたまエドウィーナと隅のほうに二人で立っていて……赤ちやんのお葬式をふと思い出したんでしょうね……ケルサが死んだことを思わず彼女に言ってしまったの」

「母は父に告げなかったんだろうか？」

「言わなかったでしょうね。彼女は過ぎたことをほじくり返されるのをいやがっていたわ。夫婦の仲は円満にいっているし、今さらガーウッドに知らせる必要はないとはっきり言いましたからね。それに……ごめんなさい、ケルサ……エドウィーナは、〝主人はあんな女がいたことすらとっくに忘れているわ〟って」

「だが、父は片時も忘れることはなかったんだ。だから、会社の廊下でケルサにでくわした時にひと目で娘だとわかった」

「まあ、そんなふうにあなたとガーウッドは……」

アリシアはそのへんの事情をまだ何も知らなかったのだ。ケルサは一部始終を説明した。

「まあ……ガーウッドは本当に引っくり返るほど驚いたでしょうね。あなたはお母さんにそっくりだし、兄が信じて疑わなかったはずだわ。私もあなたを見た時すぐにぴんときたわ。私は、あなたがマーチの二人目の娘だということを知っていましたけどね」

「母も気づいたかもしれませんね？」

ケルサもそう思った。

「ええ」と、アリシアは答えた。「名前で。それに、何より、ガーウッドが財産の半分をケルサに遺《のこ》したことでいやでもわかったはずよ」

「ミスター・ヘザリントンは私を自分の娘だと思いこんであんな遺言をされたんです。でも、私は彼の娘ではありませんから……」ケルサは今この時にはっきり言っておこうと思った。

アリシア・エクルストーンは優しくほほえんだ。

「でも、あなたはマーチの娘。兄はマーチに負い目を……大きな負い目を感じていたはずよ。彼は長年の罪の意識を少しでも軽くしたい、そんな方法ででも償いができればと思ったんでしょうね。兄の気持がわかる気がするわ」

それにしても、ミスター・ヘザリントンはこんなにも急に命が終わるとは思っていなかっただろう。ケルサはあらためて彼の死に心を痛めた。今聞いて知ったことも悲しかった。心が沈みきっていたので、ミセス・エクルストーンがお茶を勧めるのをライルが断ってくれたのでほっとした。

「会社に戻らなくてはなりませんから」彼はそう言って腰を上げた。

「あなたがたに会えなくてジョンは残念がるでしょうね。もうすぐ帰る時間なんですよ」アリシアはケルサにコートを手渡し、玄関へ見送りに出た。

「いろいろとありがとうございました」ケルサは懸命に微笑を浮かべた。

「もっとよい話だったらどんなによかったか……」

アリシアはケルサを優しく抱きしめた。

帰りの車の中でケルサは黙りこくっていた。さまざまな思いが渦巻いていたが、どうしても会いたかったもうひとりのケルサがずっと前に死んでしまったことが、何よりいちばん胸にこたえた。

お母さんはあなたをとてもとてもいとしく思っていたのだわ。私にも同じ名前をつけずにはいられなかったくらいに……ケルサは心の中でもうひとりのケルサにささやいたが、その子が母につらい思い出しか残さなかったことを思うとやはり悲しかった。

お父さんはお母さんにとても優しかったわ。ケルサは、沈んだ気持を引き立てる要素を一生懸命に探そうとした。両親はとても仲むつまじかった。深く愛し合っていた。そうだわ、きっとそう、お父さんは何もかも知っていたんだわ。お母さんとガーウッド・ヘザリントンのつかの間の悲しい恋のことを。

ケルサは母が哀れでならなかった。自分のことのように胸が痛んだ。どんな事情があったにせよ、やはりガーウッド・ヘザリントンは母を捨てたのだ。けれど、彼を憎むことはできなかった。彼を知っていたから。彼が本当に好きだったから。その気持は今も変わらない。

ライルの母のことも考えた。高慢で見るからに冷ややかなエドウィーナを正直なところ決して好きになれなかったが、でも、彼女もまたつらい思いをしたひとりなのだ。夫がほかの女に心を奪われていると知った時、彼女も苦しんだに違いない。

気づくと車は見慣れた街区を走っていた。運転しているライルを見て、ケルサの胸にふと疑問がよぎった。彼の父は初めからエドウィーナを愛していなかったのかしら？　ひょっとして財産目当てに結婚したのかしら？　彼がお母さんと別れる決心をしたのは、資金を撤収すると妻に脅しをかけられたからだというし……それに並々ならぬ野心家だったというし……。

ケルサはライルの気持も思いやった。彼は母を苦しめた父の背信行為を許しがたく思っているのではないかしら。車が止まり、ケルサははっとした。見るとケルサの住むフラットの前だった。

「私、会社に戻るつもりだったのよ」

「いや、僕は戻るが君は戻らなくていい」

「でも……」

「口ごたえするな。今君の胸の中はさまざまな思いに乱れているはずだ。さあ、降りたまえ」ライルは優しく促した。

ケルサは自立した生きかたが好きだったが、たまにはこんなふうに命令されるのも悪くないと、ふと思った。それに、ライルに腕をとられ、フラットの玄関にエスコートされる気分も悪くなかった。

「だいじょうぶかい？」彼はドアの鍵を開け、気づかわしげにケルサの青い目を見つめた。

「もちろん」ケルサは言ったが、急に涙ぐんでしまった。

「だいじょうぶじゃないな」ライルはケルサの背を優しく押して中に入った。「君は姉さんが欲しかったんだろう。だが、その望みが失《う》せてしまった」

「それは……あなただって同じことよ」

「僕にはほかに家族がいる」ライルはケルサを抱き寄せ、唇にそっとキスをした。

「私にキスしたのは……私を元気づけるため？」

「元気が出たかい？」ライルはにやっとした。

ケルサはその笑いかたが好きだったが、黙って彼の腕から抜け出した。

「もうだいじょうぶだね？」

「胸の奥がまだ少しちくちくしているけれど、あとは何ともないわ」ケルサはほほえんだ。「ミセス・エクルストーンに会わせてくださってありがとう」

「君も僕も知らなくてはならないことだった」

ライルはドアに歩み寄り、背中を向けた。

「ライル」ケルサはふいに彼の名前を呼んだ。

彼は立ち止まって振り返った。「何だ？」

「母は……母は……優しくてよい人だったわ。彼女はレディだったわ」

「いったい何を言いたいんだ？」

こみあげる涙がケルサの喉をふさいだ。「母は……ふしだらな女ではありませんでした」威厳をこめて言った。

ライルはしばらくの間、黙ってケルサを見つめていた。

「わかっているとも」やがて彼は答えた。

「本当に？」

ライルは微笑した。「彼女がそんな女だったら……君のような娘ができるはずがないじゃないか」

彼は静かにそう言い、身をひるがえして出ていった。

ライルの後ろでドアが閉まると、ケルサは安楽椅子に座りこんだ。一時間経《た》ってもまだそうしていた。とても驚いていた。彼の別れ際の言葉がうっとりするほどうれしくて、そして、なぜ急にうれしくなったか直感的にわかったからだった。彼が言ったのは、こういうことじゃないかしら？　これまで私を誤解していた。そして、私にいくらか好感を持っている。ええ、きっとそうだわ。どうかそうでありますように。ケルサは心から祈った。なぜなら、彼を愛していたから……。そのことが今ははっきりわかった。

その夜ベッドに入ってから、ケルサはフイルへの恋に気づいた時なぜあんなに驚いたのだろうと不思議に思った。彼が最初にキスをした時に恋は始まっていたのだ。男の人とキスなどしたこともない私がうっとりとし、大胆に応《こた》えたりしたのは、ライルに対して特別な感情を持っていたからなんだわ。

目が冴《さ》えて眠れずにいると、何としても捜し出したいと願った姉、もう捜しようのないところへ行ってしまった姉のことが頭に浮かび、また悲しくなった。

ケルサはライルの面影にすがった。彼のことを思っていると、悲しみが薄れてくるのだった。やがて、ついに眠りに落ちていきながら、確かに、本当に確かに私はライルに恋をしているのだわと、ケルサは思った。

木曜日の朝、眠りから覚めてほんの一瞬の間、あれは夢だったのかしらと思ったが、目を開く前にケルサの心はもうライルのことでいっぱいになった。そして、じきに、ますます彼を愛さずにはいられなくなった。昨日車を会社に置いたままにしてきたので、ケルサはバスで出勤するつもりで家を出たのだが、何と車は、魔法のように、フラットの駐車場に戻っていたのだ！

ケルサは微笑を浮かべて運転していった。きっとライルが手配して届けてくれたのだわ。運がよければ、今日もライルに会えるかも。

運はケルサについていた。十時ころ、ネイディーンが隣の社長室でミスター・フォードと打ち合わせをしている時に、仕立てのよいスーツをぱりっと着こなしたライルがオフィスに入ってきたのだ。

「どう、元気になったかい？」彼はケルサのデスクの端に浅く腰をかけた。

「はい」彼は私に会いに来たわけじゃないわ。そう思いながらも、ケルサの心臓はどきどき鳴っていた。

ライルは微笑を浮かべたケルサの唇にちらと目を落とし、そして再び目を合わせた。その灰色の目は優しかった。「遅ればせながら君に詫《わ》びなくては」彼の口調はまじめだった。「許してくれるかい、ケルサ？　さんざんひどいことを言った僕を」

ええ、本当にひどいことを！　でも、もうちっとも気にしていないわ！「もちろん」ケルサはしとやかに言った。

「それなら、今夜食事につき合ってくれる？」ライルがにっこりしてきいた。

「喜んで！」ケルサは笑った。胸がはずんだ。ライルとデイト……今夜ライルとデイトだわ！

「じゃあ、八時に迎えに行くよ」

彼が微笑してデスクを離れた時、社長室からネイディーンが出てきた。二人が挨拶《あいさつ》を交わす間に、開いたドア越しにラムジー・フォードがライルを見つけて声をかけた。

「やあ、ライル！　きこうと思っていたんだ。君のプロジェクトはその後どうなっているかと」

「着々と進んでいますよ、ラムジー。実は昨夜、資金調達のすばらしい手を考えついたんだ」ライルは上機嫌でかつての父のオフィスに入っていき、間のドアを閉めた。

彼の姿を目で追っていたケルサは、はっと思い出した。遺産のことをまだ彼に言っていなかったわ。

彼の父が遺してくれたものを私は受けとる権利がないし、欲しいとも思わないし、すべて返上するつもりでいることを。

でも……ケルサは夢見るような目でほほえんだ。

今夜、ゆっくり話す暇があるわ。

8

　八時少し前にライルが迎えに来たが、ケルサはすでに支度ができていた。実のところ、三十分前から、彼がいつ来てもいいようにしてあった。サーモン色のウールクレープのドレスをスマートに着て微笑を浮かべ、いかにも落ち着き払ってドアを開けたが、内心、破裂しそうに鳴っている心臓の音が彼に聞こえませんようにと祈っていた。

「バッグをとってきます」ケルサはにっこりと言い、しずしずと歩いて寝室に入ったが、ライルの目が届かないところへ来ると大きく息を吸いこんだ。震えだしそうだった。小さなクラッチバッグをとり上げ、数秒立ち止まって気を静めてから部屋を出た。

「おまちどうさま」

　ライルは優しい目で、ケルサのきらめく青い目を見つめた。「とてもきれいだよ、ケルサ」

「あら、どうも」ケルサはどきどきしながらも、そんなお世辞は聞き慣れていますという調子を何とか作って言った。「そうそう、車を届けてくださってありがとうございました。今朝、お礼を申し上げるのを忘れてしまって」

「どういたしまして」ライルは軽やかに言い、ケルサの腕をとって車に導いた。

　彼が連れていったのは、しゃれてしかも落ち着いた雰囲気のレストランだった。

　ライルとの夕食は夢のようにすばらしかった。ケルサは心底そう思った。ライルは機知に富みチャーミングで、彼を忌まわしい怪物みたいに思っていたことがあったのが嘘《うそ》のようだった。彼はしっかりとした信念の持ち主だったが、持論を押しつけはせず、ケルサの意見にも耳を傾けた。仕事に関係のある話はいっさいしなかった。とはいえ、時間が飛ぶように過ぎていったのは、たぶん、彼が恋しい人だったからだろう。

ケルサは出てくる料理にはうわの空で味もわからなかった。けれど、ライルもこのひとときを一緒に楽しんでいるようだったので、それだけでもう幸福だった。「コーヒーは別室で」と、彼がウエイターに言うのを聞き、ケルサはいつのまにか四品のコースが終わったのに気づいてびっくりした。

広い豪華なラウンジから移ったところは、壁のくぼみに作られた静かな席で、ケルサは彼と並んでソファに腰かけるのがうれしかった。

「重役たちの話では、父は亡くなる前の数週間、とても幸福そうだったそうだ」ライルは初めて会社のことに触れた。

「ミスター・ヘザリントンとはごく短いおつき合いでした」ケルサは気づかいながら言った。ライルはきっと、父親の人生の最後の時期に遠いオーストラリアにいたことを寂しく思っているに違いない。「でも、彼はいつも優しくにこにこしていらしたわ。時には腹が立つこともおありだったでしょうに」

「父は君に腹を立てたことなどなかったはずだよ、ケルサ、それは確かだ」

ケルサは話の流れに戸惑った。ライルの目は優しいからぴりぴりすることはないと思うけれど……。

「ええ、それは確かに、私に不機嫌な顔をなさったことはありませんでした。でも……あなたは何をおっしゃりたいのかしら?」

ライルがすてきな唇にすてきな微笑を浮かべたので、ケルサの胸は高鳴った。

「僕にわかるのに君にわからないのかな? 父はおおむねにおいて幸福な男だったと思う。しかし、心の隅に悔恨を抱いていたはずだ。罪の意識にさいなまれることもあったはずだ」

「それは……私の母のこと?」ケルサは、ライルが彼の母の側に立ち、苦い気持で言っているのかもしれないと、ためらいがちにきいた。

「叔母は、父はぎりぎりの選択をしたと言っていたし、本当にそうなのだろう。だが、とにかく、君のお母さんと赤ん坊を見捨て、二度と彼らに会わないと心に誓ってそれを守り通した。僕は、あの父が、ほかの点では尊敬すべき人間であったのに、そのことを忘れて平然としていたとは思わない」

「お父さまの心の傷はいえなかったと……」

「父は自分に誓ったことを曲げなかった。それが人生だと諦観《ていかん》していたのだろう。しかし、心の隅には決して埋められない寂しさがあっただろうな。廊下で君にばったり会うまでは……」ライルはちょっと言葉をとぎれさせた。「父は誤ったかもしれないが、僕は君に感謝しなくてはね。父がせめても君のお母さんが亡くなったことを知ることができたこととひとつとっても。そして、父が君が別れた娘だと思いこむことができたことも。君は父の人生の空虚を埋めてくれた。父を幸福にしてくれた」

「まあ、そう言ってくださってうれしいわ」ケルサは胸がいっぱいになった。ライルはひどい誤解をしていたことをすでに詫《わ》びたし、ケルサは彼をすっかり許していた。そして今の言葉が、心の隅にかすかに残っていた中傷の傷跡もきれいさっぱりぬぐい去った。「廊下でばったり出会うなんて、本当に偶然というか何というか……」

「それは君がヘザリントン社に入った時に決まっていたことなんだ」

「そうかもしれないわね。もしかすると、ヘザリントン社に応募したのも運命のいたずらだったのかも」

「そして、面接した人間が君の能力を見こんで本社勤務に決めたことも」

「さあ、能力を見こまれたのかどうかは疑問だわ。なぜって、輸送課から昇進するのに私はたいへんな苦労をしたんですものね。覚えていらっしゃるでしょう？」ケルサはいたずらっぽく微笑した。そして、ライルが笑ったのでうれしくなり、またも心臓がどきどきした。「実を言うと、最初は別の課でもっとよい仕事につけるはずだったんです。でも、なかなか決断できずにぐずぐずしているうちに、そのポストが埋まってしまって」

「決断できなかったというのはどうして？　ボーイフレンド？」

「いいえ。私はドリフトン・エッジで生まれて育ったでしょう。ですから、ほかの土地へ移るには大決心がいったんです。家がありましたし」

「家が？」

「今もあります……両親の家が。いずれ売るか貸すか決めなくてはならないでしょうね」ケルサはほほえんだ。「でも、今のところ、週末ごとにドリフトン・エッジに帰って……」

「週末ごとに？」ライルは疑わしげに目を細めた。「ヘリフォードシャーの田舎に男友達を囲っているんじゃないだろうね？」

「まさか！」ケルサは笑った。彼は何だかやきもちでも焼いているような言いかただったと、ちらと思ったが、そんなことあるはずないわと、すぐに頭から追い払った。「家に風を通したり、水道管が凍って破裂していないかチェックしに行くだけです。あとは散歩をしたり、友達に会ったり……」こんな話、ライルは死ぬほど退屈なんじゃないかしら？　楽しそうに聞いてくれているけれど。きっと、彼はどんな話題にも興味深げに耳を傾けることができる特技の持ち主なんだわ。ケルサは親友のヴォニーのことを話した。彼女に突っつかれ、働きがいのある会社に転職する気持になったことを。

「それじゃ、我が社はヴォニーに感謝しなくてはならないな」

ケルサの胸はうれしさにふくらみ、彼のすてきな微笑と唇をうっとりと見つめた。これは、私のこれまでの人生の中で最もすばらしい出来事のひとつなどではなく、まぎれもなくいちばんすばらしい出来事だと思った。なぜなら、愛する人とこうして一緒にいて――むろん、彼は私など足もとにもおよばない洗練された女性をたくさん知っているに違いないけれど――とにかく、今夜は、私とのデイトを楽しんでくれているみたいですもの。

そんなことを思っているうちに、気づくとコーヒーを飲み終えていた。二人はレストランを出、ライルはケルサを車で送った。車がフラットの前に止まった時、ケルサは今夜をこれでおしまいにしたくないと思った。せめてもうしばらく……。

コーヒーを飲んだばかりだったが、ライルもひょっとしてもう少し一緒にいたい気分かもしれないと、ケルサは小さな希望に賭《か》けた。「コーヒーはインスタントで、豪華なディナーのあとではお粗末かもしれませんけれど、よろしかったら……」

「喜んでごちそうになるよ」ライルが答える。「何なら僕がいれよう」

ケルサの胸はときめいた。「いいえ、けっこうです。あなたのコーヒーは紅茶の味がしますもの」

二人は笑いながら建物に入った。ライルは玄関の前でケルサから鍵《かぎ》を受けとってドアを開け、一緒に居間に入った。ブラックかそれともクリーム入りか尋ねようとしてケルサが振り返ると、ライルとまっすぐに目が合った。灰色の温かな目。尋ねるつもりだったことがどこかへ飛んでいってしまった。

二人は触れ合いそうな近さに立っていた。ライルはケルサの目から何かを読みとったのかもしれない、ゆっくりと腕を伸ばして彼女を引き寄せ、肩を抱いた。

「君は美しい」ライルは言い、しばらくそのままじっとしていた。もしケルサが逃れたいのならそうするがいいというように。

けれど、ケルサは逃れたくなどなかった。「ああ、ライル」ため息をつくように言い、体を触れ合うと、彼の背中に腕を回した。

優しく、ライルはキスをした。もっと優しくケルサはキスを返した。

「ケルサ」ライルはささやき、もう一度唇を重ねて親密なキスをした。彼の唇が離れると、ケルサは彼を求め、次に抱きしめられ喉にキスをされると、もっともっと彼を恋い求めた。

たくましい腕の中にいるのがうれしかった。ケルサはもう一度彼の名前を呼びたかったが、その前にさっきよりもっと熱いキスに唇をふさがれた。ケルサの情熱は燃え上がり、その炎は刻一刻大きくなっていった。

「ライル……」

「ケルサ」ライルはうめくように言い、情熱に駆られてまた唇を合わせた。

抱き合いながら、彼はケルサを導くように少しずつ寝室のドアのほうへ動いていた。

ドアの前でライルは体を離し、ケルサの目をじっと見つめた。彼の目が〝いいのかい？〟と、問いかけていた。

ケルサは彼を愛していた。だから、彼に体を寄せてキスをした。次の瞬間、二人は寝室のドアをくぐっていた。ライルは上着を脱ぎ捨てベッドに座り、ケルサを引き寄せた。

ライルがネクタイを引き抜く。ケルサはうっとりと彼のワイシャツの背に手を這《は》わせた。いつファスナーを下ろされたのか、気づくとドレスがするりと肩から抜け、二人はベッドに横たわっていた。

ケルサがライルの胸毛でざらりとした胸に顔を埋《うず》めたのは、そうしているのを恥じたからではなく、はにかみからだった。

「本当にいいのかい？」と、ライルが優しくきく。

「ええ、ライル」ケルサはライルの胸から顔を上げてささやき、彼を抱きしめてほほえんだ。「とてもすてきな気分だわ」

二人はキスをした。ライルがケルサのクリームのようになめらかな肌に手を滑らせる。ケルサは愛撫《あいぶ》に燃え上がりながらも、愛の行為についてまったく無知なのを彼に知られてしまうに違いないと思い、それがくやしかった。「あの……」と、ぎこちなさを謝ろうとすると、彼の手がぴたりと止まった。

何かが変わりかけているのをケルサは感じた。ライルが急に体を離し、突然ひどく真剣な表情になったのだ。

「ケルサ、いつかも言ったが……君はヴァージンなのかい？」

「わかってしまうのかしら？」ケルサははにかんで小さな声できいた。と、いきなりライルがはね起きたのでびっくりした。ケルサにたくましい裸の背中を向け、ベッドの端に座った。

「ケルサ、君はとても魅力的だ」ライルの息づかいは乱れていたものの、口調ははっきりしていた。

「男なら誰だって夢中になる……」彼は力を振りしぼるようにして立ち上がり、服を拾い上げた。「僕は帰ったほうがよさそうだ」

「帰るですって？」ケルサは驚き、帰ってほしくない気持を隠すのも忘れてきき返した。

まさかそんなの嘘だわと心の中でつぶやいてはいても、ライルが本気なのはわかっていた。彼はズボンをはき、シャツに腕を通す。

ライルはドアのほうへ行き、途中で足を止めて振り返ると静かに言った。「明日から一週間、僕は海外に出かける。戻ったら連絡するよ」

　玄関のドアが閉まり、その音は五分経《た》ったあともケルサの耳の中に残っていた。そしてケルサはまだ信じられなかった……そんなふうにライルが行ってしまったことが。

　なぜライルは突然愛し合うのをやめてしまったのかしら？　なぜなの？　どうして？　ケルサは明け方近くまでうずく心で悩み苦しんだ。

　浅い眠りに落ち、金曜日の冷たい朝の光の中で目を覚ました時、やはりそうなのだわと思った。それ以外に理由は考えつかない。ライルは私が愛の行為に無知なのに気づき、うんざりしたんだわ。

　その日は割に暇だったせいもあったかもしれないが、ケルサはまるきり仕事に身が入らなかった。お昼近くなってもライルのことが頭から離れない。彼は私のぎこちなさにうんざりしたとしても……でも彼は〝君はとても魅力的だ〟と言ってくれたわ。うれしさで胸が熱くなった。それに、〝男なら誰でも夢中になる……〟と。ケルサは夢見心地になったが、突然はっと我に返った。恋心って人を忘れっぽくさせるらしいわ。ライルに夢中で、彼と一緒にいることにうっとりして、肝心なことをすっかり忘れていた。ミスター・ヘザリントンの遺産のことを話すつもりだったのに。人違いだったのだからお返ししますと。あんなにいろいろなことをおしゃべりしたのに、最も大事な話を忘れてしまうなんて！

　思い出した時に行動に移すのがいちばんだわ。また忘れてしまうかもしれないし。「午後一時間ほど外出してかまわないでしょうか？」ケルサはネイディーンにきいた。「ブライアン・ローリングズに話したいことがあるんです」

「どうぞ」とネイディーンはほほえんだ。「今日は一日暇そうですもの」

ケルサは微笑を返し、すぐにバートン・アンド・バウエット法律事務所に電話をかけたが、ブライアン・ローリングズは一日留守だと告げられた。「月曜日も予定がつまっているんですよ、ミス・スティーヴンズ」彼の秘書は申しわけありませんと言い、用件を尋ねた。ミスター・ヘザリントンの遺産のことでとケルサが言うと、ヘザリントンの名前が魔法の扉を開く呪文《じゅもん》のようなききめを現した。「まあ、そうですか！　そういうことでしたら、よろしければ、月曜日の四時半に予定を入れておきますが」

「ええ、お願いします」ケルサは電話を切り、月曜日の四時過ぎに行くことになったとネイディーンに告げた。

ケルサは気持を切り替えて仕事に集中しようと懸命になった。けれど、ライルが心を占領してしまっているので、彼のことを思わずにいるのは至難の業だった。そうこうして、午後もだいぶ過ぎたころ、オフィスに豪華な花の配達があった。

「誰かさんから愛の印ね」ケルサはネイディーンにほほえみかけた。彼女のフィアンセからだと思った。

「そうらしいわ」ネイディーンはにっこりし、花をケルサのデスクに運ぶように配達人に言った。

「私に？」ケルサは目を丸くした。封筒には確かにミス・ケルサ・スティーヴンズと書かれている。カードをとり出して目を走らせたケルサは、びっくりし、心臓がどきどきし、みるみる真っ赤になった。

〝僕が君のことを思うように、君も僕のことを思ってくれたらと願っている〟サインは〝L〟ケルサは息がつまった。信じられなかった。

「あの、あの……友達からなの」

「ええ、そうでしょうとも！」ネイディーンはにっこりしてから、ケルサの狼狽《ろうばい》をそれ以上かきたてないよう、気をきかせてさっと仕事に戻った。

十分経っても、ケルサの胸の鼓動はいっこう静まらなかった。ライルが私に花を！　彼がどこにいるのか知らないけれど……どこであろうと、彼は私のことを思ってくれているんだわ。

夕方、バスケットにアレンジされた豪華な花を大事に車に乗せて家に帰る時にも、ケルサの瞳はうっとりと輝いていた。ライルが私のことを思っているなんて！　ゆうべ彼は帰ったら連絡すると言った。彼に恋していたから……恋していればこそ、ケルサは彼の言葉や行為からありもしないことを深読みしまいと心を戒めるのだが、いくら地に足をつけて考えようとしてみても、花を贈ってくれたり、君を思っているなどとほのめかすからには、ビジネスの話をするために連絡してくるとは思えないのだった。

ライルのことで頭も心もいっぱいだったから、胸のざわめきがいっこうに静まらず、ばったり友達に出会うのも苦痛に思え、ケルサはその週もドリフトン・エッジに帰らないことに決めた。彼が電話をくれるかもしれないなどと思っているわけじゃないわ。彼は行ったばかりよ！　一週間と言っていたわ。ということは、帰ってくるのは、たぶん、来週の木曜日。

土曜日、ケルサは掃除や洗濯をすませてしまうと安楽椅子に座り、夢見がちに宙を見つめたり、ローテーブルの真ん中にうやうやしく飾ったフラワーバスケットをうっとり眺めたりして過ごした。

日曜日の朝になると、ライルに会いたくて胸がずきずきし、恋というのはとても手に負えないものなのだと初めて知った。そして、もし彼が木曜日ごろに帰ってくるとしても、すぐに会えるという保証はどこにもないのだと思い、いたたまれないほど苦しくなった。

恋は食欲も奪うものらしく、お昼になっても何も食べたくなかった。もしかしたら……と、恐ろしい予想が頭をもたげる。ライルは帰国しても一週間くらい電話すらくれないかもしれないわ。

日が暮れるころになっても、ケルサの心は波立ち、胸はうずき続けた。一生懸命に希望をかきたてようとした。けれど、事実が冷たく意地悪く希望を阻む。たった一度のデイトとほんの数回のキス――いくら心をとろけさせるようなキスだったとしても――そして、豪華な花を贈られたからといって、ライルが私を少しでも好きになってくれたという証拠にはならないのだ。

ケルサはどきんとした。誰かが呼び鈴を鳴らしている。頭の中が真っ白になった。

ばかみたい。発《た》ったばかりのライルが帰ってきたはずがないでしょう。それでも……それでも、もしや……。しびれた頭はありうるはずのない希望を紡ぎ出す。ケルサは震える足で戸口へ行った。

そこに立っていたのは、むろんライルではなかった。一瞬でもそんなことを思ったなんてよほどどうかしている。ケルサはその女性の訪問者が誰なのかひと目でわかった。

「ミセス・ヘザリントン！」

背の高い、石のように冷たい表情をしたその人は見下すようにケルサを眺めた。

「少しお時間をいただけるかしら？」ライルの母は上流階級のアクセントで言った。

「はい、もちろん」ケルサは驚きから覚め礼儀を思い出した。「どうぞお入りください」と中に通しながら、ライルの母が訪ねてきた理由を必死に考えた。でも、どうしてもわからず、急に不安になった。

「ライルが……まさか彼が……」

エドウィーナ・ヘザリントンは冷ややかに口もとをこわばらせた。「ヘザリントン家の男の心配にはおよびませんよ。彼らはしっかりしていますから！苦い目にあうのは女です」

ケルサはその言いかたを不快に感じた。だが、ガーウッド・ヘザリントンを愛したことで傷ついたのは、母と今目の前にいるこの女性であったことはまぎれもない事実だった。ともかくも、ライルの身に何かあったのでなくてよかった。「どうぞおかけください」椅子を勧め、飲み物を出したものかどうか迷ったが、そんな心配はじきに頭から吹き飛んだ。

さっきまでケルサが座っていた安楽椅子にミセス・ヘザリントンが歩み寄りながら、テーブルの上の花に目をやったのだ。ケルサははっとした。親密なメッセージがとてもうれしかったので、ライルのカードをいつでも目に入るように花の中に立てかけておいたのだ。ミセス・ヘザリントンは花の前で足を止め、カードを読んだ。当然、〝L〟というイニシャルも。

「ではやはりそうなのね！」彼女はかたい口調で言い、長居をするつもりのないことを強調するように、安楽椅子の端に浅く腰をかけた。

「あの……それはどういうことでしょうか？」ケルサは礼儀上、向かい合って腰を下ろした。

「この花はライルからね」ミセス・ヘザリントンはのみこめずにいるケルサを一瞥《いちべつ》し、高圧的な口調で続けた。「今朝アリシア・エクルストーンから電話がありましたよ。あなたがいそいそとつき従う息子と一緒に彼女を訪ねたという話を聞いた時、すぐぴんときたんです」

「ぴんと？」ケルサはわけがわからなかった。

「ライルは何かを欲しいとなるとやみくもになる。子供の時からそうでしたよ。彼は早速、父親の遺言が発効になるのを待たずに、手に入れようと決めたものを追いかけだしたんです。明らかにそうです！」

ライルの母の口調はとげとげしく、ケルサに好意を持っていないことは火を見るよりも明らかだった。それは無理もないことだと思う。でも……。

「彼が、自分に正当な権利があると考えているものを、あなたに持っていかれるのをおめおめとあきらめると思う？」ミセス・ヘザリントンは切りつけるように追い討ちをかけた。

「いいえ」今まで考えてもみなかったが、何事にしろ、ライルがおめおめとあきらめる人でないのは確かだ。ケルサの脳はようやく働き始めた。「おっしゃっているのは、お金や株の……」

「ミス・スティーヴンズ」エドウィーナ・ヘザリントンは不作法に遮った。「私の息子がそのことに関して、あなたに何を言ったにせよ、あるいは何も言わなかったにせよ、彼はそれを手にするために戦うでしょう。そして、どんな手段に訴えても手に入れますよ。彼はそういう血を受け継いでいるのです」

「でも、彼は……」ケルサは、彼はそんなことをする必要はまったくないと言おうとした。なぜなら、私は相続を進んで放棄するつもりですからと。

けれど、ケルサが言いかけるのを無視し、ミセス・ヘザリントンは敵意もあらわに続けた。「はっきり言いましょう、ミス・スティーヴンズ。私がうかがったのは、私はあなたを義理の娘にするのはごめんだと、そのことをはっきり言っておきたかったのです」

「義理の娘ですって！」ケルサは唖然《あぜん》とした。

「いいですか、私はあなたが息子の妻になるのを望みません」ミセス・ヘザリントンはひと言ひと言に力をこめて言った。

「あの……」ケルサはあっけにとられ、口ごもった。「ライルはまだ何も……」

「私はヘザリントン家の男について知りつくしています。そのひとりと四十年も暮らしたのですからね。ライルは必ずそうしますよ。彼はあなたの財産が目当てなのです。父親にならって、彼は財産目当てに結婚する気なのです」

「待ってください、私は……」

「ライルは父親がしたことをそっくりまねるつもりなのです」ミセス・ヘザリントンは強引に続けた。「財産を相続した女と結婚する気でいます。言うまでもなく、あなたは早晩冷たい事実を目の前に突きつけられることになるのです。夫はあなたのお金欲しさに結婚しただけでなく、そのうえに愛人まで欲しがるということを！　これは私の忠告ですよ。あなたは幸いにもノーと言える立場だわ。彼のお金を目当てに結婚する必要はないのですから。ですから、ライルが父親ゆずりの舌でどんなうまいことを言っても、彼とはこれ以上かかわらないことね」

一方的に理由を述べたてるライルの母を、ケルサはあっけにとられて見つめた。ライルが、初めて会ったころにいやというほど見せつけた辛辣《しんらつ》で攻撃的な態度を両親のどちらから受け継いだのかはもう明らかだった。彼の母が投げつけた言葉はケルサを恐ろしい不安に突き落とした。あの時も同じこの部屋だった。あの時、ライルは私を妹だと思いこんでいて、敵意を隠そうともしなかった。その彼が、急に優しく思いやり深くなったのは、私と血のつながりがないとわかった時……つまり、結婚可能だとわかってからだわ！

ケルサははっとした。そして、ライルの母が言おうとしていることがわかりかけてきた。そんなことは絶対にありませんと反駁《はんばく》したかった。でも、本当にそうではないと言えるかしら？　すでに疑いが心に忍びこんでいた。吐き気がした。ひとりきりになりたかった。ひとりになって考えたい。ケルサはいきなり立ち上がった。「あの、ご忠告をありがとうございました」

石のような表情のミセス・ヘザリントンが腰を上げたので、ケルサはほっとした。

「約束していただけるかしら」ミセス・ヘザリント

ンは居丈高に言った。

「それはできません」ケルサはきっぱり言った。礼儀を忘れたのではなかったが、我慢の限界にきていた。一刻も早く出ていってほしい！

「あなたにはすでに財産があるのです。お金のためにライルと結婚する必要はないのですよ」ミセス・ヘザリントンは念を押すように言った。

ケルサは黙っていた。ライルの母はいらだちを隠そうともしなかった。ケルサは先に立って玄関に向かいながら、できることなら別れの挨拶《あいさつ》も省略したいくらいだった。

「もしあなたが彼に恋をしているなら、あなたはいっそうばかを見ることになりますよ！」ミセス・ヘザリントンは冷ややかに言った。

彼女が横柄な態度で出ていき、ドアが閉まると、ケルサは椅子に倒れこんだ。

ライルと交わした言葉を繰り返し思い返した。一時間もそうしていただろうか、ケルサは結局、愚かな恋をしていたことに気づいた。

そうではないと必死で打ち消そうとしてみる。けれど、あらゆることを思い合わせ、何度も考えるうちに、ライルが好意を寄せてくれているというあかしより、彼の母の言葉のほうがずっと真実みを帯びてくるのだった。

ライルは父親がケルサに遺《のこ》したものを手に入れるために結婚しようとしている――彼の母はそう断言した。確かに、ライルは事業の新規拡大のための資金を喉から手が出るほど欲しがっているが、でも、彼はそんなことまでするだろうか？　そんな人だとは思えない。でも、彼の父は財産目当てで結婚したのじゃなかった？　ミセス・ヘザリントンがさっきはっきりそう言ったんじゃなかった？　それに……ああ、それに彼の叔母さんも、ライルのすることなすことが父親にそっくりだと言っていたわ。

考えて考えて、しまいに頭がくらくらしてきた。そして、真夜中過ぎ、ヘザリントン家の男はお金のためにならどんなことでも、たとえ意に染まない結婚でもするという悲しい結論に達した。

本当に、何度考えてみても、彼の態度が急変したのは、私が彼の妹ではないことがわかってからだ。妹でないことがわかったとたん、急に気づかいを見せてお茶をいれてくれたりしたのだ！

日付が月曜日に変わってだいぶ経ってから、ケルサは疲れきって眠りについた。ベッドに入ってもなおも渦巻く思いから逃れるように、頭まですっぽり毛布にもぐりこんだ。

ケルサは六時に目を覚ました。真っ先に心に浮かんだのはライルのことだった。そして、あれは間違いだと、ライルの母が言ったことは全部間違いだと思った。けれど、たちまち現実が押し寄せてきた。

ライルは、〝男なら誰でも君に夢中になる〟と言った。でも、彼は夢中にならなかったのよ。そうでしょう？　あんなふうに抱き合っている間も彼の頭は冴《さ》えきっていたに違いない。それなのに私は我を忘れるほどうっとりして、あのあともずっとうっとりしていたんだわ。胸がずきずきした。

でも……たとえヘザリントン社の権力を握るためとはいえ、ライルがそこまで卑劣な手段に訴えるかしら？　ケルサはなお信じられない気持だった。だが、ふいにあることを思い出し、はっとした。体中が冷たくなった。あれはライルとアリシア・エクルストーンに会いに行った次の日――もうひとりのケルサが赤ん坊の時に死んだこと、私が彼の妹ではないことがはっきりした次の日だった。あの木曜日の午前中、ライルがオフィスに立ち寄って私を夕食に誘った。私は大喜びで誘いに乗り、彼の魅力にぼうっとなってしまったのだが、それもちゃんとライルの計算のうちに入っていたに違いない。そして私を誘ったあと、ラムジー・フォードが彼に声をかけて事業計画について尋ねた時、ライルはこう答えたのだ。〝着々と進んでいますよ。実は昨夜、資金調達のすばらしい手を考えついたんだ〟

ケルサはぞっとした。私はお母さんとまるきり同じだったんだわ。人を疑うことをまるで知らなかった。そう気づくと心が決まった。

遺産はむろんすべてライルにゆずるつもりだし、その手続きを今日することになっている。ライルは私と結婚してもしなくても、すべてを手に入れられるのだ。お金のことはどうでもよかった。そのあとに……遺産のすべてを手にできるとライルが知ったあとに危機にさらされるのはプライドだった。プライドと心だった。彼はきっと、〝帰ったら連絡する〟と約束したことも、あんなに思わせぶりなメッセージをつけて花を贈ってくれたことも忘れてしまうだろう。それどころか、会社の廊下ですれ違っても知らないふりをするかもしれない。それに、もっと悪くすれば、〝僕が裁量できるものなら君は即刻くびだ〟と言ったいつかの脅しを実行に移すかもしれない。そう思うと、ケルサはもうじっとしていられなかった。

ケルサは出勤しなかった。そして、九時十分過ぎにネイディーンに電話をした。

「あの、私……」

「寝坊したの？」ネイディーンが言った。

「いいえ、そうじゃないんです」ケルサはどう言うか三時間かけて考え決めたことを、急いで口に出した。「退職願いのことですが、三カ月待たずに辞めるのはどうしても無理なのでしょうか？」

電話の向こうから無言の驚きが伝わってきた。しかし、ネイディーンはじきにいつもの冷静さをとり戻してくれた。

「何かあったの、ケルサ？　私で力になれることとなら言ってちょうだい」

「あの、べつに何でもないんです」ケルサはいやでも嘘をつかねばならなかった。「ただちょっと、週末にもう一度考えてみて、そして、あの……早く辞められるのならそのほうがいいと。でも、あなたにご迷惑をかけるのは……」

「私はかまわないのよ。必要ならほかから人手を回してもらいますから。でも、あなたのことが……本当に何でもないの？」

　ケルサはさらに五分ほど苦しい言い逃れをし、ともかくもヘザリントン社と縁を切ったが、受話器を置いても重苦しい気持は少しも晴れなかった。

　次に、フラットを管理している不動産屋に電話をし、急にドリフトン・エッジに戻ることになったので夜までに引き払いたいむねを伝えた。借り手がすぐにつくことがわかっているのだろう、不動産屋は快く承諾し、鍵を預けてもらえれば家具の配送を手配すると言った。

「事務所が閉まったあとだったら鍵は郵便受けに入れておいてください」と、不動産屋は言った。「その場合、名札を必ずつけて」閉店後に何ダースもの鍵が郵便受けに投げこまれるような口調だった。

　ケルサは大忙しで荷造りし、昼過ぎには車で運べるものは全部車に積みこんだ。思えば短いロンドン生活だった。それでも手痛い火傷《やけど》をしてしまったけれど、プライドは無傷のまま出ていける。

　だが、ライルが贈ってくれた花を捨てようとした時、強く後ろ髪を引かれた。ロンドンを離れたくないと思った。そして、どうしてもその花を捨てることができなかった。バスケットを持つ指が凍りついたように動かなかった。

　彼が呪《のろ》わしかった。まだ彼に思いを残している自分が呪わしかった。こんなもの偽りだとわかっているのに投げ捨てられないなんて。

片づけがまだすまないうちに、気づくとブライアン・ローリングズに会いに出かける時間になっていた。約束は四時半だった。

ケルサは、法律事務所から直接ドリフトン・エッジに向かう心づもりだったのだが、それはもう間に合わない。もう一度フラットに戻らなければならないと思いながら出かけた。

「どうぞお入りください、ミス・スティーヴンズ」ブライアン・ローリングズはにこやかに握手の手をさしのべた。「さて、どんなご用ですか？」

話し合いは思ったよりずっと長いものになった。ケルサは、遺産はいりませんと言えば簡単にすむと思っていたのだが、ブライアン・ローリングズはすんなりと受け入れてくれなかったのだ。

「相続を放棄するというのは……そのお気持は本当に確かなんですか？」

「はい、確かです」ケルサはきっぱりと言ったが、法律のことを何も知らなかったので、ふいに不安になった。「あの……私は欲しくないのですから、受けとれと強制されることはないと思いますが」

「しかし、ガーウッド・ヘザリントンはあなたが相続することを願って……」

ブライアン・ローリングズはケルサの気持を何度も確認し、決意がいささかも揺らがないことを了解してから、署名が必要になった時のためにドリフトン・エッジの住所と電話番号を控えた。

ようやく解放されたケルサはフラットにとって返した。途中だった片づけをすませ、最後の点検をして部屋を出ようとした時、電話が鳴った。

この部屋で電話をとるのはこれが最後だわ。そう思いながら電話をとり上げたケルサは、心臓が止まりそうになった。ライル！

「僕がいなくて寂しいかい？」ライルが優しく言った。ケルサは一瞬何もかも忘れ、舞い上がりそうに胸がときめいた。だが、はっと我に返った。ライルは私が彼に惹《ひ》かれていると思っている。それは思い違いだと、はっきり告げなくては。

　ケルサは軽く笑った。「あら、まだ出かけたばかりじゃないの！」

　電話の向こうの沈黙が手に触れられるように感じられた。が、じきにライルが穏やかにきいた。

「どうかしたのか、ケルサ？」

「べつにどうもしていないわ！　これから外出するところで急いでいる以外には」

「デイトか！」

「あの、あの……彼を待たせたくないの」

　すると彼は、あっという間に出会ったばかりのころのライル・ヘザリントンに逆戻りした。「この間の晩に僕を誘ったようなことはするな！　そいつにヴァージンを捧《ささ》げるんじゃないぞ！」

　ケルサがあっけにとられている間に電話は乱暴に切れた。次の瞬間、ケルサの胸は怒りでいっぱいになった。怒りの涙があふれた。だが、怒りのほうが始末がよかった。何て人！　よくあんなことが言えるわ！　〝僕がいなくて寂しいかい？〟ですって！　ということは、彼はまだ外国にいるのだわ。いつかレストランで一緒だったブルネットの美しい人と南国の休暇を楽しんでいるのかもしれない。ふとそう思い、いっそう腹が立った。

　ケルサの心はいやが上にもかき乱され、不動産屋に鍵を返すのを忘れそうになった。だが、鍵が郵便受けの底に落ちる音を聞いた時、これですべてが終わったのだと、ひどく空虚な気持に襲われた。ドリフトン・エッジの家に着くころには、せめて怒りでもわいてくれたらと願うほどだった。

　寂しかった。でも、ライルと二度と会わないためにはこうするほかなかったのだ。ケルサは車をガレージに入れた。荷物をとくのは明日にしよう。

久々の我が家に入ると暖房を入れ、必要最小限のことだけすませて、心を休めたくて早々にベッドに入った。けれど、眠りさえも安らかではなかった。次の朝ケルサはまだ暗いうちに起き、シャワーを浴びてジーンズとセーターを着た。

寝室で髪にブラシを当てながら、ケルサの心を占めているのはなおもライルだった。だが、その時、静寂を破って鳴り響いた玄関のベルの音が、ケルサの頭からライルを追い出した。

牛乳屋のレンかもしれない。ケルサはブラシを置いた。きっと窓の明かりを見て気をきかせ、牛乳が入り用かどうか声をかけてくれたのだわ。配達の仕事を遅らせては悪い。階段を駆け下り、急いでドアを開けたケルサは、驚きのあまり卒倒しそうになった。玄関の明かりに浮かび上がった人は、まだ外国のどこかにいるはずの、二度と会うことはないはずのライル・ヘザリントンだった！

「君の客はもう帰ったんだろうな！」彼は開口一番、噛《か》みつくように言った。

ケルサは一瞬面くらったが、昨日私がデイトがあるとほのめかしたからだと思い出した。「彼を泊めたりはしません！」冷ややかに言い返したものの、心臓が破れそうに鳴っていた。

「話がある」ライルはたたきつけるように言い、ケルサが止める暇もなくずかずかと玄関に入ってきた。

「まあ、ようこそ！」

その皮肉に振り返り、冷たくにらみつけた彼は、初めて会ったころの情け容赦のないライル・ヘザリントンだった。なぜ急に帰ってきたのかしら？　なぜ私を訪ねてきたのかしら？　ケルサはわけがわからず、ただ、また彼の頬をばしりと打つような結末にならなければいいがと思うばかりだった。

9

ライルは思いつめたような顔をしていたが、ケルサは無視した。まだ暗いうちにはるばる車を飛ばしてきたのは、何か目的があるはずだ。ケルサは温かくもてなしたい気持が胸に突き上げてくるのを抑えつけた。

彼を居間に導いて明かりをつけると、数歩離れて向かい合った。口論になるかもしれない。だから、かっとしてまた彼に手を上げることがないように、意識して離れて立った。

「まだ海外にいらっしゃると思っていたわ」ケルサは身構えて口火を切った。

「午後また向こうに戻る」

「まあ？」ライルは私に会いたくなってちょっとだけ帰ってきたのかしら？　ケルサはちらと思い、即座に打ち消した。「忘れ物か何かをとりに？　それなら、オフィスかご自宅でしょう？　ここに来るのはお門違いじゃなくて？」

ライルの目は冷ややかだった。石のような表情からは、彼が遊びに行ったのか仕事で出張したのか、読みとりようがなかった。

だが、氷のような目で見つめられるとケルサはひどく落ち着かなくなった。まるで私が悪いことをしたみたいだわ！　視線をそらし、安全な距離を確保するためにソファの後ろに回った。ライルは何かを必死で抑えつけている。それを今にも爆発させようとしているのがはっきり感じられた。

ケルサはちらと彼を見た。彼の目はもう氷片のようではなく、くすぶるように黒く光っていた。彼は怒っている。おそろしく怒っているんだわ。

「何があったんだ？」彼が刺すような声で言った。

「何がって何のこと？」

「君はこの前会った時そんなに冷たくなかった。それどころか燃えていたじゃないか。僕が……」

「待ってちょうだい！」ケルサはそれ以上言わせまいと遮った。「ずいぶん一方的ね。それならあの時私はどうすればよかったというの？」

「じゃあ、君は男には誰でもあんなふうにふるまうのか！　そう言いたいわけか？」

「そんなこと言っていません！」ケルサはかっとなった。「あなたとはもう話もしたくないわ。あなたは何か用があっていらしたんでしょう？　それなら用件を……」

「だから、何があったんだ？」ライルは言った。

「僕らはうまくいっていた。僕は気持が通じ合っていたと……」

彼は心を開くのをためらっているみたい。ケルサの心は一瞬揺れたが、すぐに正気をとり戻した。心を開くですって？　いいえ、彼は甘い言葉で私をだまそうとしているだけよ！

「いいこと、ライル」今こそずばりと言うべきだ。

「あなたがどう受けとったか知りませんけれど……つまり、私の……」ああ、ずばりと言うのは何て難しいの！　我ながらじれったかった。「あなたは私がほかの人とデイトしたのを怒っていらっしゃるみたいね。でも……」

「君はほかの男とデイトしたのか？」ライルが鋭くきき返す。「そのあとここへ帰ってきたとすると、会っている時間はほとんどなかったはずだ！」

彼と目を合わせると、嘘《うそ》を塗り固めたくても、ケルサの舌は嘘を拒んで動いてくれない。ライルは理論で突っこむのがとても得意らしい。

「とすればデイトしなかったのかもしれないわ」ケルサは肩をすくめた。こんな話を続けるのはうんざり。〝お芝居をする必要はないのよ〟と叫びたくなった。〝私がほかの人とデイトしても、たとえ百人の男の人とデイトしても、あなたはもう怒るふりなどする必要はないのよ〟と。私は遺産は受けとりません。全部あなたにゆずります。ですから、あなたは広げた嘘をさっさとしまってお帰りなさい。ドリフトン・エッジでぐずぐずしていることないわ！

ライルがじっと見つめている。そんなふうに見つめられていると、ケルサの心は揺らぎ、頭が混乱してきた。戸惑いが生じ、不安になった。プライドと尊厳を傷つけずに切り抜けようとするなら、今は何も言わずにいたほうがよさそうだった。どのみち、私がサインをして手続きが完了すれば、ブライアン・ローリングズが話してくれるのだから。

と、ライルが急に気でも抜けたようにマントルピースに寄りかかった。どうしたのかしら？　ケルサには彼の心の動きがまるでつかめなかった。ただ、彼の口調が穏やかになったことは確かだった。

「ケルサ、なぜ嘘をついた？」

「そんなこと……どうでもいいわ！」

「君はびくびくしている。なぜだ？」

「いいこと……」ケルサはいらだった。「あなたは午後の飛行機で戻るのでしょう？　どこに戻るのか知りませんけれど、もう行ったほうがよくてよ」

「ここに来た用がすむまでは行かない」ライルはがんとした口調で言った。

ケルサは、その用とは何なのかはっきり問いただすべきだとわかっていたが、思いきってきけなかった。もし本当に口論にでもなったら、どこかで本心をもらしてしまうのではないかと、それが怖かった。

「いいかげんにして、ライル！　朝の六時半なのよ」

「確かに訪問には早い時間だ。だが、君は僕が来る前に起きてちゃんと服を着ていた。ということは、ベッドの寝心地がよほど悪いのか、あるいは睡眠を妨害する何らかの理由があったわけだ」

「それは……」ケルサは言葉に窮し、ライルに背を向けると思わず口走ってしまった。「ヘザリントン家の人たちにはもううんざり！　帰っていただきたいわ！」

ライルがマントルピースから離れるのがわかった。私の願いを聞き届けてくれたわけだわ。彼は帰ろうとしている。ケルサは両手をわきでかたく握りしめた。涙がちくちく目を刺した。喉がつまった。振り返って最後にもうひと目ライルを見たかった。見たくてたまらない。でも、だめ。きっぱり終わりにしなくてはだめ！

けれど、次の瞬間、ケルサははっとした。涙が引っこんだ。彼が出ていく音が……ドアが開いて閉まる音が聞こえるはずだったが、そんな音はしなかった。そうではなくて、ライルがソファを回って近づいてくるのが目の隅に入った。

帰って！　ケルサはもう一度言おうとして口を開けたが、声が出なかった。ライルが見つめる。彼の目が鋭くきらりとした。

「ヘザリントン家の人たちと君は言ったね。つまり複数をさしたわけだ」

「そんなこと……そんなこと言ったかしら」ケルサはごまかそうとした。

「君は父を好いていた。それは確かだ。ということは、その不名誉なヘザリントン家の人たちの中に父は含まれないはずだ。アリシア叔母さんも除外されるだろう。彼女は君の知りたいことを包み隠さずに話してくれたのだから」

ケルサは口もきけずにライルを見つめていた。彼の意図に気づき、できることならどんな嘘でもつきたかったが、それもできなかった。

「となると、残るは僕、そして……」ライルはそこではっとしたようにケルサを見つめ直した。「そうか。そうなんだね、ケルサ？　母が君に何か言ったんだね？」

「あの……」そうなのだと言えたら。でも、それだけは言えない。彼の母が訪ねてきたことや、そこで交わされた話、ロンドンを出た本当の経緯をライルに知られたくない。「あなたのお母さまが私にいったいどんな話があるというの？」せいいっぱいとぼけてみせたが、ライルの視線を受け止めるのが苦しかった。

ライルはしばらく考えこむようにケルサを見つめていたが、やがて言った。「日曜日に母からスイスのホテルに電話があった。おそらく僕に言ったと同じことを君にも言ったんだろう」

彼はスイスに行っていたんだわ。とりあえずそれだけはわかった。けれど、びっくりした拍子に警戒心が飛んでしまった。「それじゃ、私を訪ねたあとであなたにも？」

「ああ、君は本当にかわいい人だ！」

ライルの言いかたは自然だった。とても演技とは思えない。そんな言葉に乗ってはいけないと思いながらも、ケルサの胸はときめいた。

「正直に言うと、母から電話があったのは日曜日の昼ごろだった。おかげで大いなる懸念が確認できたよ。ありがとう」

「まあ、ずるいわ！」

「で、どんな話だったんだ？」

ケルサは恨みがましい目でライルを見た。決して言うつもりはなかったのに！

「話してくれるね？　母はどんな用で君を訪ねたんだ？」

「すばらしく頭の回転のよいあなたには想像がつくのじゃなくて？」

憎らしいことに、ライルは即それに応じた。「僕に電話で言ったことと関係があるのは間違いない。きっと……」ライルはふいに顔をこわばらせ、ケルサの腕をとった。「ケルサ、母が君に何を言ったにせよ、僕を信じてくれ。僕の話を聞いてくれ」

「どんなお話かしら？」ケルサはできる限り冷ややかに言ったが、彼の手の感触に胸が騒ぎ、心を静めなくてはならなかった。

「いろいろある。だが、母のお節介に感謝して、僕の本当の気持を君に伝えなくてはならないね。かなり回り道をしなくてはならないみたいだが」

「あなたにしては珍しいこと」ケルサはちくりと皮肉を言った。彼はいつも何でもずばずばと言うのに。

「確かに」ライルは肩をすくめた。「君に会って以来、いつも言いたいことが目白押しだったからね」

「ええ、そうね」ケルサは少し意地悪く答えた。

「どうやら母はまんまと目的を達したらしい。だが、僕にも言わせてくれ。これだけはどうしても言わなくちゃならない」

ライルの顔はとても真剣で、誠実そうだった。ケルサは用心しながらも、ふと少し心がゆるんだ。

「少し時間がかかる。座らないか？」

「次にはコーヒーをご所望になるのかしら？」ケルサはソファの前に回って腰かけた。ライルが隣に来た。三人がけのソファだったが、困ったことに、彼は体が触れるほど近くに座った。

「お話を続けて」

「では最初からいこう。君に初めて会った時……」

「私をお父さまの愛人だと思いこんだわね」

「聞いてくれるかい？」

「どうぞ」ケルサは肩をすくめた。聞き手に回るのは一歩ゆずったことになるかもしれないが、ライルの母の警告が胸に刻みつけられている。もし彼がひと言でも〝婚約〟とか〝結婚〟とかいう言葉を発したら、ぴしりとはねつけてやるわ！

「僕はオーストラリアに発《た》つ直前だった」

「私たちが初めて顔を合わせたのは、あなたが戻ってきてからよ」

「僕が初めて君を見たのは出かける前だ」

「まあ！　どこで？」ケルサは、彼の言うことをうのみにしまいと心を引きしめた。

「会社の駐車場で」

「私はあなたを見なかったわ」もし見かけていたら覚えているはずだ。彼が誰か知らなくても、抜きん出て長身の洗練されたライル・ヘザリントンを見過ごすはずがないし、ひと目見たら忘れっこない。

「僕は駐車場にいなかった。僕は急いでいた。一カ月の予定でオーストラリアに発つ間際までオフィスで仕事に追われていたんだ。エレベーターを待つのももどかしく階段を駆け下りていくと、踊り場の窓から君の姿が見えた。君はちょうど車から降りたところで、僕は……」ライルは息を整える必要があるかのように言葉を切った。「僕は思わず足を止めて君に見とれた……とても優雅に駐車場を横切っていく君の姿に。何て美しい人なんだろうと思った」

ケルサは目を丸くしてライルを見つめた。その言葉を信じられたらどんなにいいだろう！　しかし、ミセス・ヘザリントンの警告が信じたい気持の前にがんとして立ちふさがる。だが、ケルサはふと思い出した。あれはいつだったか、ライルは私の車を知っているはずがないのにと、不思議に思ったことがある。でも、私が車から降りるところを見ていたのだとすれば……。

「あの、先をどうぞ」ケルサは促した。ライルは私が何か言うのを、話を進めるきっかけを待っているようだった。

「で、君が誰なのか、どうしても知りたくなった。君が視界から消えると階段を駆け下りた。階に着くと、君は僕になど目もくれずにロビーを通り過ぎていった。近くにいた男を急いでつかまえてきくと、すぐ教えてくれた。ついこの間輸送課に入ったケルサ・スティーヴンズだと——イアン・コリンズの秘書の」

「あなたに目もくれずとおっしゃったけれど、あなたの質問に答えたその男性にも目もくれなかったわ」ケルサはひと言口を挟んでおきたかった。何てきれいな人だろうと思ったなどと言われてぼうっとなっていると思われたくなかった。

「確かに。だが、君のすてきな脚ときれいな金髪は会社の隅々にまで知れ渡っていたわけだ。ヘザリントンの男性社員の誰にきいても、君が誰なのか、たちどころに教えてくれただろう」

「まあ……」ケルサは何かぴりっとしたことを言い返したかったが、見つからなかった。「それで?」

「その時はどうすることもできなかった。何しろ飛行機に乗り遅れそうになっていたからね。だから戻りしだい輸送課をのぞいてみようと決めてあきらめ、そして……」

「でも、一カ月の間に私のことなどきれいに忘れてしまったのでしょう?」

「忘れるものか。忘れやしない!」ライルが力をこめて言う。ケルサの心臓は再び激しく鳴りだした。

「あの月曜の午後、ロンドンに戻った僕は会社に直行した」ライルは続けた。すべてを明確に記憶しているような口調だった。「父は毎週月曜日の午後に会議をしていた。僕はそれを知っていたから、途中で顔を出して会議を引っかき回すよりはと思い、まっすぐに輸送課に行った」

「お父さまに挨拶《あいさつ》をするより先に輸送課に?」ケルサはあきれてきき返した。

「言っただろう?　君のことを片時も忘れなかったからさ」

ケルサはそんな言葉にまいってはだめと、舞い上がりそうな心を懸命に抑えつけた。

「しかし、イアン・コリンズのオフィスに入っていくと、デスクに向かっているのは金髪美人ではなく、気立てはいいがあまりさえない秘書だった。当然、僕は彼女がなぜその席にいるのかきいた」

「そして、当然、私の消息もきいたのでしょう?」

ケルサは言い、たとえ嘘を並べるにしても、なぜそんなに入念にするのかしらといぶかしんだ。

「君をヘザリントン社以外のところで働かせたくなかったからね。いつでも顔が見られるところ、いつでも話ができるところにいてほしかった」

「あら……」ケルサは目に不信をあらわにした。

「信じてくれ」ライルは身を乗り出した。「僕はひとつひとつありのままに話そうとしているんだ。母が言ったことで君の胸がまだ荒れ狂っているに違いないと思うからさ。母という人は相手の気持などかまわず歯に衣《きぬ》を着せずにぐさりと……」

「その息子もそっくりだわ!」

ケルサはここぞとばかり冷ややかに言ったが、ライルがあまりにも素直に認めたので気をそがれた。

「まったくだ。そう言われてもしかたがないな。しかし、とにかくイアン・コリンズのオフィスに話を戻そう。彼の新しい秘書に、ケルサ・スティーヴンズは長続きしなかったようだねと探りを入れると、驚いたことに、君は辞めたのではなく社長室付きになったと言うじゃないか! 経験豊かな古株の秘書がほかに何人もいるのになぜ君がいきなり昇格したのかと首をかしげながらロビーに戻ると、いっそう驚くべき光景が」

「あの時のことね!」ケルサはぴんときた。「社長と私が定時前に一緒に会社を、笑いながら……」

「あんなにうれしそうな父を見たのは初めてだった。僕はいっぺんに頭に血がのぼってしまった」

「そして私たちのあとをつけたのね！」

「ああ。君のフラットに乗りこんですぐに話をつけてやろうと思った」

「まあ」

「我慢がならなかった。しかし、何をするにも少し頭を冷やしてからにしようと思い直したんだ」

「あなたは何事につけ性急なところがあるわ」

「しかし、あの時にはショックのあまり得意の勇み足もひるんだ。父が年がいもなく思慮分別も忘れ、しかも、その相手は僕が……」ライルは言葉を切り、ケルサの目を見つめ、そして静かに言った。「僕が心を奪われた人だったのだからね」

「心を奪われた？」ケルサはかすれた声できき返した。そんな言葉はひと言だって受けつけないはずだったのに。だが、正常な精神が冷たい頭をもたげ、淡い希望をたちまち無慈悲にふみにじった。「でも、あなたはそんなこと、今の今までちらとも言わなかったわ」

「どうかしていると思うだろうが、僕は言う必要はないと思っていた。確かだったからだ！」

何が確かだったの？　ケルサはききたかった。私に心を奪われたって本当？　私があなたを思っているのと同じくらいあなたも思ってくれているの？もし、エドウィーナ・ヘザリントンが日曜日に来なかったら、ケルサはそうきいただろう。けれど、彼の母は来て警告し、そして彼女の言ったとおりになった。

ケルサはかぶりを振り、勇気をしぼり出して言った。「もうけっこうよ、ライル。帰ってください」

「帰れだって？　僕の話を最後まで聞きもせずにか？　僕にはまだ言いたいことが……」

「もう何も聞きたくないわ！」ケルサは遮った。ライルへの思い、彼の母の訪問によって受けたショック、逃げるようにロンドンから故郷に戻ったこと、それやこれやが一緒くたになって胸をかき乱した。

我慢できなくなって立ち上がった。「ライル・ヘザリントン、あなたの嘘はこれ以上ひと言だって聞きたくありません!」すると、ライルも立ち上がったので、ケルサは反射的にあとずさった。「こうなることはあなたのお母さまから聞いていたわ。知っているのよ、あなたがなぜ……」はっとして、本当の気持をもらしてしまうかもしれない危険に気づいて口をつぐんだ。

「続けたまえ」ライルが促した。「言うんだ!」

「いいえ!」

「それはフェアかな?」

「ええ、フェアですとも!」ケルサはパニックに陥って叫んだ。「帰ってちょうだい」

「断ると言ったらどうする? 母が君の頭にどんな誤解の種をまいたか知るまでは断じて帰らないと言ったらどうする?」

「やめて!」

「やはり君は僕のことを誤解しているんだ。その理由は……」

「私がどう誤解しようとかってでしょう? あなただって私のことをさんざん誤解したわ!」

「そのとおりだ。そのことは何と言われてもしかたがない。しかし……」

「聞きたくないわ! わからないの? 私はあなたが言うことになど興味がないのよ」

ライルが顔色を変えた。

「今言ったことは本心か?」ライルは問いつめた。

「君は僕の話に本当に興味がないのか?」

ケルサは彼が、重役室であろうとどこであろうと、何事であろうと簡単にあきらめる人ではないことを知った。

「ええ、ありません!」ケルサは必死に演技した。

「まったく手に負えないな!」ライルはなじったが、

ひとつ大きく息をつくと続けた。「だが、僕はこんなばかげたことで一生の大事をだいなしにする気はないからな。聞きたくなくても聞いてもらう。君が母とどんなやりとりをしたのか言わないというなら、僕が母とどんな話をしたか言おう」

「私は……」ケルサはもう何も聞きたくないと言おうとしたが、ライルの強引な口調に気圧《けお》され肩をすくめた。「どうせたいした意味はないと思うけれど」

「母にとっては重要なことだったようだ」ライルは言った。「母は泡を食って君の住所を調べて飛んでいったのだからね」

「あなたとの電話が原因で、それでお母さまが私のところへいらしたというの？」

「そうに違いないと僕は思う」ライルは歩み寄ってそっとケルサの腕をとった。「聞いてほしい。僕も、そして母も君に対して非常に無礼だった。それはよくわかっている。心から詫《わ》びる。許してほしい。そして、お願いだ、日曜日に母が君を訪ねたことをいっさい忘れてくれ」

私だって忘れたいと、ケルサは胸をしぼるようにして思った。忘れられたらどんなにいいかしら。ライルとのすてきな夕食、花の贈り物とメッセージ、あの時の幸せな気分！　ああ、本当に、ミセス・ヘザリントンが訪ねてくる前の気持に戻れたらどんなにいいだろう！

「でも、あなたのお母さまはいらしたわ」ケルサは顔をこわばらせ、かたくなにつぶやいた。

ライルのあごがこわばった。彼の目にかたい決意の色が浮かんだ。「ケルサ、母のせいで僕らの人生をぶちこわしにされるのは絶対にごめんだ」彼は静かに、しかし頑固な口調で言った。「そんなことは断じてさせない！」

ケルサのほうは〝僕らの〟という彼の言葉に胸を躍らせまいと厳しく心を戒めた。

ライルがいつのまにか、優しく、けれどしっかりとケルサを引き寄せていた。きっと気づかれないように少しずつそうしたのだろう。ケルサはどぎまぎし、彼から離れるために、しかたなくまたソファに腰を下ろした。ライルも座った。かたい決意の表情をいささかも崩さずに。

「スイスにかかってきた電話だが……僕の母は、確かに非常に冷たい一面があるが、しかし、思いやりや寛容さの持ち合わせがまるでないわけでもない。あの日、母は、父がコレクションしていた青磁の壺《つぼ》のひとつをアリシア叔母さんに形見分けしようと電話をした。で、思い出話をしているうちに、アリシア叔母さんは、この間僕らが訪ねていった話をしたのだろう」

「そう……」ケルサは話に嘘はないかどうか用心しながら、曖昧《あいまい》に相づちを打った。

「そこで、君のお母さんや、むろん君のことが話題にのぼったというわけだ」

「でしょうね」ケルサは話に釣りこまれてうなのを気どられまいと、わざとそっけなく言った。

「父の不倫に触れたのはその電話が初めてだった。僕は、さぞかしつらい思いをしただろうと母を慰め、それから、だがケルサはとてもかわいい人だ、改めて引き合わせたいと言ったんだ」

「まあ！」ケルサはびっくりし、無関心を装っていたことも忘れた。本当にそんなことを？　ミセス・ヘザリントンは仰天したに違いない。

ライルは真剣な目でしばらくじっとケルサを見つめた。「僕は前から君と僕のことを考えていた。だから、君に対する気持を隠すつもりもない」

「ライル、まあ、ライル！」ケルサの心臓は破裂しそうだった。胸が引き裂かれた。彼を信じたい！　信じたくてたまらない！　でも、あの警告が……。

温かな手がケルサの震える手を包みこんだ。

「何も恐れることはないんだよ。僕は二度と君を傷つけはしない。二度と悲しませたりするものか。だから、もうしばらく辛抱して聞いてくれ。僕が嘘をついていないことを必ず証明してみせる」

「あの……」ケルサは冷静になろうと必死になった。「お母さまは何て？　あなたが私を……引き合わせると言ったら……」

「喜んでいたとは言えない。もっとも、母の立場を考えれば無理ないと思うが」

「つまり……〝絶対に許しません〟とか？」

「いったいなぜ父親の愛人の娘を引き合わせたいのかときいたよ。しかし、母は鋭いからね、僕が打ち明ける前にこうきいた。〝まさか、彼女に心を奪われているなんて言うのじゃないでしょうね？〟と。僕の返事を聞いて、母は事態を何としても食い止めようと思ったのだろう。僕とじっくり話す代わりに君のところへ押しかけたんだ」

ケルサは何が何だかわからなくなった。ライルに優しく見つめられ何も考えられなくなった。

「あなたはどんな返事を？」

「本当のことを言った。僕はずっと君のことを思っていた。いろいろなことを考えていた。心も決まっていた。だから早晩母には知れることだった」

「そう。でも……本当のことって？」ケルサは勇気をふるい起こしてきいた。

「つまり、僕がどうしようもなく君に恋をしているということさ」

「まあ、ラ、ライル」動揺のあまり言葉がつかえた。「私、もう何を信じたらいいのかわからなくなったわ」

「かわいいケルサ、母はずいぶんよけいなことを言ったらしいね。だが、みんな忘れるんだ。大事なのは君と僕の気持だ。僕らがどう思っているかだ。僕は君を愛している。本当だ。初めて君を見たあの日からずっと君を愛していた」

「初めて見た時からですって！」ケルサはかすれた声でつぶやいた。

「その点は僕はやはり父にそっくりの息子だね」ライルはほほえんだ。「アリシア叔母さんによれば、父は君のお母さんをひと目見るなり頭がからっぽになったらしい。僕の場合、僕のかたい頭がひと目惚《ぼ》れなんてことがあるものかと異議を唱えた。だが、僕の心は知っていた。はっきりとわかっていた。君は僕にとってただひとりのかけがえのない人だと」

「嘘だわ！」

「本当だ。それが恋なんだ。恋というのはそういうものなんだ。僕は初めて仕事を呪《のろ》った。大急ぎでオーストラリアに発たねばならないことをね。君のあとを追いかけたくてたまらないのに」

「まあ……ライル！」ケルサの声は震えた。

「僕を信じてもらえる方法がある。母に会いに行こう。そして母の口から、僕が電話で何と言ったか繰り返してもらおう。母は僕が君を深く愛していると告白したことを、僕がそんな告白をしたのはあとにも先にもそれが初めてだと言ってくれるはずだ」

「あなたは……本気で？」

「むろんさ。さあ、すぐに行こう」ライルはケルサの腕をとって立ち上がりかけた。

「待って。急にそんな、私……まだ心の準備ができていないわ。気持をまとめなくては。考える時間が必要だわ」

「時間はたっぷりある。ききたいことがあったら何でもきいてくれ」ライルは穏やかに言った。「ただ、僕が君を愛していることだけは忘れないではしい。恋というのは苦しい。食欲はなくなるし、夜はよく眠れない。おまけに嫉妬《しっと》という怪物がことあるごとに肩に飛び乗って毒を耳に吹きこむ！」

「あなたが嫉妬を？」

「そうさ！　僕はずっと嫉妬に胸をかきむしられていた。だから、父が〝内密の話がある〟と言った時、僕はてっきり、父が君と愛の巣を持ちたいと打ち明けるつもりだろうと思いこんだ。で、何としても父に話すチャンスを与えまいとした」

「ミスター・ヘザリントンは私が彼の娘だと信じ、それをあなたに打ち明けようとしたんだわ」

「僕は仕事が忙しいことにかこつけて父と会わないようにした。そして、非難の矛先を君にぶつけて君をさんざんののしった」

「あなたは私の言うことに少しも耳を貸そうとしなかったわね」ケルサはやんわりととがめ、ほほえみながらライルと目を合わせた。が、ケルサの胸にも嫉妬が頭をもたげ、微笑を消し去った。

「どうかしたのか？」ライルがすぐにきく。

ケルサははにかんでいる場合ではないと思った。

「あなたはひと目で私に恋をしたと言ったわね。でも、オーストラリアから戻って一週間と経《た》たないうちにブルネットの美人とデイトしていたわ」

「すてきだ！　君もやきもちを焼いていたのか」ライルがうれしそうににやっとした。

「やきもちじゃありません！」

「それじゃこう言ったらやくかな？　ウィラ・ジェイムスンとは長いつき合いでね、僕はまったくばかなことをしたんだ。ケルサ・スティーヴンズなんて女性に心を奪われていないと思いこもうとして、ウィラにデイトを申しこんだんだ」

「でもプラトニックな関係だったのでしょう」ケルサは口をついた大胆な言葉に我ながら驚いた。

ライルはにんまりした。「そう思ってもらっていいよ。ひとつ言い忘れたが、ウィラの母親と僕の母は友達なんだ」

「あの時レストランであなたは恐ろしい顔をしていたわ。今にも私たちのテーブルに来て、あなたのお父さまと私をつるし上げそうに見えたわ」

「ああ、すんでのところでね。しかし、ウィラの母親の交友サークルに――つまりは僕の母の交友サークルということになるが、そこに父の浮気の話が広まってはいけないと気づいた。ちょうど母がクルーズに旅立ったばかりだったし、僕は母が帰る前に片をつけようと決心した。僕自身の感情はともかくとして、週末に父と話し合おうと決めた。だが、その前に……」

「その前に私のフラットに来て、私をお金で追い払おうとしたのね」

「思い出したくもない！　僕はおそろしく悔やんでいる。君をあんなふうに責めたこと、君を脅したりどなったりしたことを。ついに君に横っ面を打たれたね。だが、あの時君が欲しくて狂ったような衝動に駆られながら、よく帰れたと思う。よく自制心が働いたものだといまだに我ながら信じられない」

ケルサはライルのキスに燃え上がり、積極的に応《こた》えたことを思い出し、急いで話の進路を変えた。

「結局、あなたはお父さまと話をする機会がなかったのね。その前に亡くなられてしまったから」

「父が亡くなってからいろいろなことが明るみに出た」ライルはしんみりとした口調になった。「病院で、君を呼んでくれと父は言った。だが、君が僕の妹だということまで話す力はなかった」

「どのみちわかるとお思いになったのでしょうね」ケルサは優しく言った。「私の名前を聞けば、あなたのお母さまや叔母さまが気づくはずだし、もしお二人が沈黙を守ったとしても、引き出しにあの出生証明書が入っていたわけですもの」

「あの出生証明書を見つけた時は……目の前が真っ暗になったよ！」

ケルサは、あの朝ライルが声もかけず目もくれずにオフィスを出ていったのを思い出した。「喜んだのではなかったの？　お父さまと私が不倫の関係ではないことがわかったわけでしょう？」

「喜ぶだって！」ライルは叫んだ。「どうして喜べる？　僕は君と結婚したかった。それなのに君が妹だなんて！」

ケルサは息をのんだ。「私と結婚？」

「もちろんだ。いったい君は今まで何を聞いていたんだ？　僕にとって君はただひとりの人だと、たまらなく君を愛していると言ったじゃないか！」

「まあ……ライル」

「君は僕を愛していると言ってくれるかな？」

「いいえ」ケルサはそう言った。でも、ライルは私の気持をもうすっかり知っているのだわ。

「いいとも」ライルは優しく言った。「ほかに僕にききたいことはあるかい？　そうだ、これも言っておきたいな。話は戻るが、父の遺言が公開され、父が君にビジネスの半分を遺《のこ》したとわかり、誰の目にも、父と君の間に特別な関係があったことが明らかになった。僕はそれが、君が父の愛人だった証拠だと思った。君をくびにしたかった。だが、どうしてもできなかった。くびにしたら毎日君を見ることができなくなるからね」

ケルサの胸は震えた。

「出生証明書を見つける前の晩にフラットに君を訪ねた時、君はどんなに美しかったか。目をきらきらさせて、それはもう真剣な顔だった……。僕はどんなに君を信じたかったろう」

「あなたは、お父さまがなぜあんな遺言をしたのか調べてくださると言ったわ。もう少しで私を信じてくれそうだった。私、とてもうれしかったわ」

「本当かい？　ああ、ケルサ、君を抱きしめたくてたまらない。あの時……父と君のお母さんが知り合いだったことがわかって君がひどくショックを受けた時も、どんなに君を抱きしめたかったか」

「そうだったの？」

ライルはうなずいた。「だがこらえるしかなかった。君が母親違いの妹ではないと証明されたわけではなかったからね。たとえ、慰めるためであっても君に触れるのが怖かった。だが、天涯孤独なのを時々とても寂しくなると君が言った時には、胸が痛んで思わず君の額にキスをしてしまったが……」

「姉を見つけ出したくてたまらなかったわ。でも、あなたが兄でありませんようにと祈ったわ」

「ケルサ」ライルがささやいた。「君がそう祈ったのが、僕と同じ理由からだといいが」

「ミセス・エクルストーンに会いに行く前、あなたもぜひ話を聞きたいと言ったわね」

「そうとも。どんな証明でも証言でもいい、君が妹ではないというあかしが欲しかった。そうすれば君と結婚できる……結婚を申しこめる」

「あの……」ケルサはしっかり考えようとしたが、胸がどきどきし、何が何だかわからなくなってしまった。「それから……あなたは夕食に誘ってくださったわ」

「すてきな夜だった。君はとても魅力的だった。だから、君のフラットに戻って君を抱きしめたとたん、頭がからっぽになったのも無理はないだろう？」

「でも、あなたは理性を失わなかったわ」

「失いかけていた」ライルは告白した。「だが、必死で自分を引き戻したんだ。君が本当にヴァージンだと知り、君のお母さんのことがふいに頭をかすめ、君を彼女と同じ目にあわせてはいけないと気づいた。赤ん坊ができる危険があるわけだからね」

「まあ！」ケルサは驚いた。そんなことは思ってもみなかった。

「僕は君を傷つけたくなかったし、君にどんな小さな不安も与えたくなかった。僕は苦しかったが、情熱よりもまず君のことを考えなくてはいけないと思った」

「そうだったの」ケルサはため息をもらした。ライルは彼の父とはまるで違う行動をしたのだ。ガーウッド・ヘザリントンは結果を考えずにお母さんと愛し合った。ライルは――今はもう彼を信じることができる――私を愛し、私を本当に大事に思ってくれているんだわ。「それで……あなたはいきなり帰ってしまったのね。そして次の日、会社に花を送ってくださったのね」

「フラットに送るわけにはいかなかった。君は毎週ここへ来ると言っていた。会社から直接来るのかもしれないし、僕はね、週末、君に僕のことを思っていてほしかったんだ」ライルは微笑した。

「お母さまはあのカードをご覧になって、あなたと結婚しないと約束してほしいとおっしゃったわ」

「ひどいな！　で、君は何と言ったんだ？　約束したのか？」ライルは顔をこわばらせた。

「私……あの……それはできませんって」

「ああ、よく言ってくれた！」ライルは感極まったようにケルサを抱き寄せた。「これでやっと母がなぜ君を訪ねたかというポイントに到達したね」

彼はケルサの目をのぞきこんだ。ケルサの心からいっさいのかげりを……どんな小さなかげりをもぬぐい去ろうとするように。ケルサは夢を見ているようで、もし夢ならどうか永遠に覚めませんようにと祈った。

「さあ、話してごらん」

「あなたのお母さまは……」ケルサは言葉をのみこんだ。確かにミセス・ヘザリントンはとてもひどいことをした。でも、彼女のことを悪く言うのはいやだった。

「続けて」ライルが優しく促した。「今いちばん大事なのは君と僕のことだ。もし、僕と母の仲がぎくしゃくしないかと心配しているのなら、その問題はまたあとで解決すればいい。今は僕たち二人のことだけを考えてくれ。僕がどんなに君を思っているかを。あとに問題を残すかもしれないどんなささいなこともほうっておきたくないんだ」

「そうね、そのとおりね」

ケルサが答えると、ライルは励ますように肩に回した腕に力をこめた。

「ミセス・ヘザリントンは、あなたが、お父さまが私にくださった遺産をどんなことをしても……結婚という手段を使ってでも手に入れたがっていると思っていらっしゃるようだったわ」

「何だって！」彼は息をのんだ。「それを君は信じたのか？」

「すべてが符合したんですもの。あなたは急に態度を変えたでしょう。私が妹ではなく、私と結婚が可能だとわかったとたんに」

「そのわけは言ったろう？　もう君を恋人にしてもよくなったからさ」ライルはうめいた。「それが裏目に出たのか！　すぐ母に会いに行こう。一緒に母を問いつめよう。そして僕が電話で何と言ったか、ひと言残らずきき出すんだ」

「その必要はないと思うわ」

「どういう意味だ？　まさか君は僕に肘鉄をくらわすんじゃないだろうね？　母の言うことなど……」

「私が言ったのは」ケルサは彼を遮ってほほえんだ。「あなたを信じますという意味よ。ですから、わざわざ行かなくてもいいの」

「信じてくれたのか！　ああ、ケルサ」ライルは身をかがめ、ケルサの唇に優しくキスをした。「信じてくれてうれしいよ。それに……そんなことがあったのなら、ゆうべ君がほかの男とデイトがあるふりをした気持はよくわかる」

「ごめんなさい」ケルサは謝った。彼への愛がきらきら目からあふれた。心臓がすてきなときめきのリ

ズムを刻んでいた。ライルが私を愛してくれている
なんて、ああ、夢のよう！「でも……」
「何だい？　どんなことでも隠さずに言ってくれ」
「べつにたいしたことじゃないの。ただ、あなたの
お母さまがお帰りになったあと、とてもつらかった
わ。あの木曜の朝のこと……ミセス・エクルストー
ンを訪ねた次の日の朝のことを思い出すと、お母さ
まの警告を信じないわけにはいかなかったんですも
の。あなたはラムジー・フォードに、資金のことな
ら昨夜とてもいい手を考えついたと言ったでしょ
う？」
「君のことを言ったと思ったのかい？」ライルがあ
きれ返った顔をした。「何てことだ！　あの時のこ
とならよく覚えているとも。間のドアを開けておく
んだったよ！　ドアが開いていれば君にも聞こえた
だろうに。僕はラムジーに、スイスの銀行に融資の
相談を持ちかける話をしたんだ」
「まあ、そうだったの」ケルサはため息をついた。
その時、ふと思い出した。「そういえば、あなたは
私の株を買いとるつもりだったのでしょう？」
「そう。それが僕の権利でもあり義務でもあると思
ったからね。会社の弱体化を防ぐためにも……」
「でも、その必要はないの！」ケルサは待ちきれず
に言った。「私、ミスター・ヘザリントンが遺して
くださったすべてをあなたにゆずるつもりで、もう
手続きを始めているのよ」
「知っている」ライルがほほえんだ。
「どうして？」ケルサはびっくりした。
「ブライアン・ローリングズに聞いた」
「それなら……」
「それなら何だい？」
「あなたがそれを知っていたのなら……ここへ来る
前に知っていたなら、それこそ、あなたが財産のた
めに私と結婚したがっているのではないという証拠

だわ！」

「ということは、僕と結婚してくれるということだね？」ライルはにっこりした。「財産があろうとなかろうと、ケルサ・スティーヴンズ、君は僕のものだ。さあ、もう言ってくれるね……」

「待って。あなたはブライアン・ローリングズから聞いたと言ったわね？　でも、私が彼に会って話をしたのは昨日の夕方なのよ」

「それも彼から聞いた。君に電話を切られたあとで彼にかけたんだ」

「あの電話はスイスからだったのね？」ケルサはすまない気持になった。

「そう、スイスからだ。僕は嫉妬で気が狂いそうだった。君がほかの男とデイトするなんて言うんだから！　何かに頭を集中させないと、本当に正気を失いそうだった。それで、書類を眺めていると、二、三法律的なアドバイスが必要なのに気づいた。で、ブライアンに電話をした。その用件はすぐにすんだんだが、彼の話のほうにびっくりした。君が事務所に来て、遺産の受けとりを放棄する手続きをとってほしいと言ったというじゃないか！　しかも、できるだけ早急に手続きをしてほしいと」

「ライル……」ケルサは小さくため息をついた。彼を信じてよかった！　彼は本当に私を愛しているんだわ！　本当に私と結婚したいんだわ！　遺産がすべて彼のものになることを知っていながら私のところに飛んできたんですものね。

ライルは優しくケルサを引き寄せ、キスをした。

「君が会社を辞め、フラットを引き払ってドリフトン・エッジへ帰る気らしいとブライアンが言った時には頭をがんとやられたようなショックだった」

「それで私がここにいるとわかったのね？」

「いや、その時は知るよしもなかった。僕はどうしても君に会わなくてはと思った。会うまでは何も手がつかない。で、すぐに飛行機を予約し、今日のスケジュールを変更して……」

「それじゃ、一睡もしていないのね！」ケルサは改めてライルを見、目の周囲ににじむ疲労に気づいた。

「頭の中にクエスチョンマークがひしめいて眠るどころじゃなかった。電話では君は僕の顔など二度と見たくないようだった。なのに、なぜ遺贈分を僕にそっくりくれるのか……」

「あなたのお母さまは会社に関心がないそうだし、私には受けとる権利がないからよ」

「それはどうかな？」ライルは微笑した。「君が僕の妻になれば、どのみち財産は君のものだ。それは別として、僕は希望に頭がくらくらしだした」

「希望？」

「そう。君が僕に憎しみ以外の感情を持ってくれているかもしれないという希望さ」

「いつそんなことをもらしたかしら？　私、とても用心していたつもりよ」

「意地悪な子だ」ライルがいとしげにとがめた。「君は何ももらさなかったよ。僕はこれまでの出来事をひとつひとつつなげて希望に行き着いたんだ」

「頭がよすぎるとあなたに腹を立てたことがあったわ」ケルサは笑った。

「人間は努力する動物だ」ライルがにやっとした。

「どんなふうにしたのか聞かせて」

「僕らの間には最初からぴんとくるものがあった。僕が君をののしり、ついに横っ面をたたかれたあの晩、あんな乱暴なキスにも君は応えてくれたもの」

「私にもわかったわ、あの時に……あなたが特別な人だってことが」ケルサが告白すると、ライルはうれしそうにキスをした。

「それに、木曜日の晩に一緒に食事をした時のことを考えた。すばらしく楽しかった。君も僕と同じ思いを抱いているように見えた。そうだ、絶対にそうだと僕は確信した。あの晩のキス、そして僕を見つめた君のきらめく目。君はためらいもせず僕に抱かれようとした。君が誰とでも寝るような人じゃないことはよくわかっている。君はお母さんに生き写しだという。だとすると、することもそっくりかもしれない。ためらわず身をまかせるところも……むろん、愛している男にならばだ！　そうだ、君はきっと僕を愛してくれているんだと僕は思った。希望がふくらんだ。うれしさに頭がくらくらし、飛行機が着くとまっしぐらに君のフラットへ……」

「フラットへ？」

ライルはうなずいた。「いつもの場所に君の車がなかったが、とにかく呼び鈴を鳴らし続け、君が出ないのでドリフトン・エッジの住所を当たってみることにした」

「ブライアン・ローリングズに私の住所を？」

「動転していてきくのを忘れた。だが幸い」と、ライルはにっこりした。「直観的に大事だと思ったことを脳に記憶させる特技があるんだ。で、君の出生証明書の住所を覚えていた」

「それですぐここへ車を飛ばして？」

「眠っている場合じゃないからね。君が今も生家に住んでいることに希望をつないで。あるいは、引っ越していたとしても、ドリフトン・エッジはこぢんまりしたところで誰かにきけばわかるに違いないと考えながら。よほど焦っていたんだな。電話帳を調べるとか役所に当たるとかは思いつかなかった。ここに着いて車を降りると、二階の窓に明かりがついているのが見えた。あの時ほど腹が立ったことはなかった」

「まあ、そうだったの」ケルサは優しく言った。「それでドアを開けた時、あなたはあんなにぷりぷりしていたのね」

「話しているうちにだんだんにのみこめて、気も落ち着いてきた。木曜にデイトした時の君と同じ君がちらりちらりと顔をのぞかせたし。日曜日に母が君を訪ねたという話を聞いてぴんときた。君は僕を思ってくれているんだと確信した」

「お母さまが訪ねてきたあと、すぐに私が会社を辞めて逃げだしたから？」

「君と僕の戦いの中で学んだことがひとつ……君は簡単に逃げだすタイプではない」

「そのとおり」

「つまり、そんな君でも立ち向かうのを恐れるような何かが……君のプライドか感情を危うくしかねないほどのことが起こったということになる」

「鋭いこと！」ケルサはほほえんだ。

「君が思っているほど鋭くない男に、このうえなく美しい青い目の女性と結婚したがっている男に、これ以上じらさないで言ってくれ。イエスかノーか？僕を愛しているのか愛していないのか？」

「両方ともイエスよ」ケルサはささやいた。「愛しているわ、ライル。あなたに恋いこがれているの」

ライルの目に喜びの炎が燃え上がる。

「僕の天使！」彼はケルサを引き寄せ、美しい青い目をじっと見つめた。「愛するケルサ。もう一瞬たりと離れたくない。午後、僕と一緒にスイスに来てくれるかい？」

「まあ、ライル！」

「来てくれるね？」

ケルサは大きく息を吸いこみ、そして、「ええ」と答えた。二人の唇が重なる。ケルサの心臓は激しく鳴りだした。彼と離れるなんて絶対にいや。

ハーレクイン・プレゼンツ・スペシャル　2000 年 6 月刊（PS-3）
マイ・バレンタイン　2016 年 1 月刊（V-24）
ハーレクイン・ロマンス　1994 年 7 月刊（R-1100）

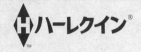

スター作家傑作選
～甘く、切なく、じれったく～

2024 年 4 月 20 日発行

著　者　ダイアナ・パーマー　他
訳　者　松村和紀子（まつむら　わきこ）

発 行 人　鈴木幸辰
発 行 所　株式会社ハーパーコリンズ・ジャパン
東京都千代田区大手町 1-5-1
電話 04-2951-2000（注文）
0570-008091（読者ｻｰﾋﾞｽ係）

印刷・製本　大日本印刷株式会社
東京都新宿区市谷加賀町 1-1-1

装 丁 者　小倉彩子

表紙写真　© Viktoriia Bielik, Ilyach, Tomert, Valentyn640, Kai Shen | Dreamstime.com

ISBN978-4-596-53859-8 C0297

4月26日発売 ハーレクイン・シリーズ 5月5日刊

ハーレクイン・ロマンス

愛の激しさを知る

独りぼっちで授かった奇跡	ダニー・コリンズ／久保奈緒実 訳	R-3869
億万長者は天使にひれ伏す《純潔のシンデレラ》	リン・グレアム／八坂よしみ 訳	R-3870
霧氷《伝説の名作選》	ベティ・ニールズ／大沢　晶 訳	R-3871
ギリシアに囚われた花嫁《伝説の名作選》	ナタリー・リバース／加藤由紀 訳	R-3872

ハーレクイン・イマージュ

ピュアな思いに満たされる

生まれくる天使のために	タラ・T・クイン／小長光弘美 訳	I-2801
けなげな恋心《至福の名作選》	サラ・モーガン／森　香夏子 訳	I-2802

ハーレクイン・マスターピース

世界に愛された作家たち
〜永久不滅の銘作コレクション〜

情熱は罪《特選ペニー・ジョーダン》	ペニー・ジョーダン／霜月　桂 訳	MP-93

ハーレクイン・ヒストリカル・スペシャル

華やかなりし時代へ誘う

路地裏をさまよった伯爵夫人	アニー・バロウズ／琴葉かいら 訳	PHS-326
ふたりのアンと秘密の恋	シルヴィア・アンドルー／深山ちひろ 訳	PHS-327

ハーレクイン・プレゼンツ作家シリーズ別冊

魅惑のテーマが光る
極上セレクション

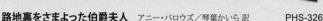

秘密の妻	リン・グレアム／有光美穂子 訳	PB-384

※予告なく発売日・刊行タイトルが変更になる場合がございます。ご了承ください。

今月のハーレクイン文庫

4月刊 好評発売中！

Harlequin 45th Anniversary

帯は1年間“決め台詞”！

珠玉の名作本棚

「愛にほころぶ花」
シャロン・サラ

癒やしの作家S・サラの豪華短編集！　秘密の息子がつなぐ、8年越しの再会シークレットベビー物語と、奥手なヒロインと女性にもてる実業家ヒーローがすれ違う恋物語！

（初版：W-13,PS-49）

「天使を抱いた夜」
ジェニー・ルーカス

幼い妹のため、巨万の富と引き換えに不埒なシークの甥に嫁ぐ覚悟を決めたタムシン。しかし冷酷だが美しいスペイン大富豪マルコスに誘拐され、彼と偽装結婚するはめに！

（初版：R-2407）

「少しだけ回り道」
ベティ・ニールズ

病身の父を世話しに実家へ戻った看護師ユージェニー。偶然出会ったオランダ人医師アデリクに片思いするが、後日、彼専属の看護師になってほしいと言われて、驚く。

（初版：R-1267）

「世継ぎを宿した身分違いの花嫁」
サラ・モーガン

大公カスペルに給仕することになったウエイトレスのホリー。彼に誘惑され純潔を捧げた直後、冷たくされた。やがて世継ぎを宿したとわかると、大公は愛なき結婚を強いて…。

（初版：R-2430）